MARLBOROUGH STREET
POLAND STREET
WORK HOUSE
NOEL STREET
PORTLAND STREET
BERWICK STREET
WARDOUR STREET
CARLISLE STREET
BROAD STREET
PUMP
PETER STREET
LITTLE PULTENEY
PULTENEY STREET
GOLDEN SQUARE
WARWICK STREET
BREWER STREET
ARCHER STREET
QUEEN STREET
JN265277

ブロード街の12日間

デボラ・ホプキンソン
千葉茂樹 訳

ブロード街の12日間

もくじ

第3部　調査　169

第4部　ブロード街の井戸《いど》　221

第5部　最後の死者、そして最初の患者《かんじゃ》　271

THE GREAT TROUBLE
by Deborah Hopkinson
Copyright @2013 by Deborah Hopkinson
Japanese translation rights arranged with Random House Children's Books,
a division of Random House, LLC.
through Japan UNI Agency, Inc., Tokyo.

第1部

泥《どろ》さらい

ほかにも、「川くず屋」とでも名づけられる階層がある。一般《いっぱん》的《てき》には「泥《どろ》さらい」と呼ばれるが、川沿いのあちこちの埠頭《ふとう》にただようはしけのあいだをうごめきまわる、あらゆる年齢《ねんれい》層《そう》の人々だ。彼《かれ》らは、見るもおぞましいぼろきれで、ようやく体の半分ほどをおおっているだけだ。

ヘンリー・メイヒュー『ロンドンの労働者とロンドンの貧困層』（一八五一年）

第1章　川くず屋

一八五四年八月二十八日（月）

いまでは「大いなる災厄《さいやく》」と呼ばれているこのできごとは、八月のあるどんより曇《くも》った、いやなにおいのただよう朝にはじまった。もちろん、そのときはまだ、そんなことがはじまってるなんて、ぼくはちっとも知らなかった。知っている人などだれひとりいなかった。

ぼくがその日のことを覚えているのは、まったく別の理由からだ。

ぼくはもう死んでいることになっていた。なのにどうしてだか、あいつはぼくが生きていると気づいてしまった。

それは、ほの暗い朝早くのことで、ほとんどの「泥《どろ》さらい」たちはまだ川に姿を見せていなかった。ぼくはこの時間がいちばん好きだ。なぜだか川のにおいもそんなにきつくないし、ロンドン中のほとんどの人たちはねむっていて静かだ。もうじき、人々がせかせかと動きまわり、この古い街は騒《さわ》がしくなるだろう。
親指ジェイクはそこにいた。いつものことだ。泥《どろ》さらいの仲間たちは、ジェイクはいつ寝《ね》るんだろうと不思議に思っている。その日の朝も、ジェイクは川の水際《みずぎわ》にいた。川とは名ばかりのくさくてどろどろの泥《どろ》のなかを、これまで長い時間はいずりまわってきたぼくは、おどろきもしなかった。ぼくがにごった水のなかからキラリと光るものを拾い上げたのを見たとたん、ジェイクはいきり立った雄牛《おうし》のように、ぼくにむかって大声をあげた。

　生まれてほぼ十三年、農家で暮らしたことなど一度もないけれど、いきり立つ雄牛《おうし》なら見たことがある。恐《おそ》ろしいのに興奮せずにはいられないスミスフィールドの家畜《かちく》市場でだ。けれど、家畜《かちく》市場は二年前に移動してしまった。街のど真ん中を牛や豚《ぶた》、山羊や馬、羊たちが騒《さわ》ぎ立て、歩きまわって大混乱をひき起こしていたからだ。ぼくは市場がなくなってしまうのが悲しかった。

「おい、それをよこせ、イール！」ジェイクはそう叫《さけ》んで、長い棒をぼくの足首めがけて突《つ》きだした。

「あんたになんか、つかまるもんか」ぼくはあざけりながら、すばやくあとずさりした。足の指のあいだから、茶色い泥《どろ》がぬるっとでてきた。「がめついこと、いわないでよ。これはただのロープの切《き》れ端《はし》だよ」

「嘘《うそ》つけ。それのどこがロープだ。キラッと光ったのをこの目で見たんだからな。コインだろ」ジェイクは人さし指を突《つ》きだした。親指がちゃんとついている右手のほうだ。「ルールを守れ、イール」

「なんでさ？　ぼくに対してルールを守るやつなんてどこにもいないよ」そういったけど、これは本当じゃない。このジェイクでさえ、ぼくにいいことをしてくれたことがある。

「この恩知らずの、悪たれめ」ジェイクはそうわめいて、ぼくにむかってたっぷりのたんを吐《は》きかけた。

ジェイクはむかし、鍛冶屋《かじや》をしていたと赤毛のネッドからきいたことがある。ネッドは、この川沿いにいる仲間たちのなかでいちばんくさくて、いつもぷんぷんといやなにおいをまきちらしている。

「ジェイクが落ちぶれたのは酒のせいさ」ネッドはそう教えてくれた。「しこたまのんだくれたある日、でっかいハンマーで自分の親指をたたきつぶしちまったのさ」

ぼくは筋骨隆々《りゅうりゅう》だったころのジェイクを想像してみた。背中にはヘビのような筋肉がもり上がっている。最近では、こそこそとはしけの船体から銅板をひきはがしたり、引き潮の泥《どろ》のなかから金属を拾い集めるようなことをしている。

「おまえはウナギ野郎《イールやろう》だ」ジェイクはそういうと、ぼろきれのようなシャツのすそで顔をぬぐった。シャツも顔もおなじくらい汚《よご》れているのに、ふく意味があるのか疑問だ。「ぬるぬると抜《ぬ》け目《め》がなくて、だれよりも強情《ごうじょう》ときた。ここいらの連中はみんなそういってるぞ」

「ほめてくれてありがとう」ぼくはそういって、にやっと笑った。

「さあ、それをよこせ。そこはおれの縄張《なわば》りだ」ジェイクはせびるような声でそういった。

「おまえは水際《みずぎわ》からなかには入っちゃだめだ。それがルールなんだぞ」

「いっつもルール、ルールってうるさいんだから」

ぼくは意地を張ってそういった。でも、ジェイクはお見通しだ。結局はぼくが折れることになる。ジェイクみたいな大男は、自分の好きなところを縄張《なわば》りにできる。ぼくのような子どもは水際《みずぎわ》からなかには入らずに、引き潮の泥《どろ》のなかから石炭のかけらやロープの切《き》れ端《はし》、ぼろきれや木端《こっぱ》を拾うだけ。それでも運がいい日には、鍋《なべ》がいっぱいになるぐらいの石炭を拾って、お金に換《か》えることだってできる。

いまぼくには、ブロード街のライオンビール醸造所《じょうぞうしょ》にねぐらがある。泥《どろ》さらいをするのは、石造りの地下の部屋にいても暑くてたまらない日の早朝だけだ。なので、たいしたものは拾えないけれど、ぼくにはすこしでもお金を稼《かせ》がなくてはいけない理由がある。

「なあイール、たのむよ」ジェイクは荒々《あらあら》しい青い目でぼくを見すえてもう一度いった。「おれたちは、みんな川くず屋の仲間だろ？　この土地でなんとか一日一日を生きていかなくちゃならんのだ。お天道様《てんとうさま》の下で平等にな。ルールを守って、いたわりあわなくちゃならんのだ」

ジェイクはなおもつづけた。「もっと早く気づいていれば、おれだって、いとしいかみさんのヘーゼルや子どもたちを失うこともなかったんだ」ほとんどひとりごとのように、油の浮《う》いた水面を棒でたたきながらいっている。

「わかったよ」ぼくはとうとうあきらめた。「あんたの勝ちだ。さあ、受け取って！」

大男のジェイクは、ぼくが投げたものにむかって手をのばしたけれど、受けとめそこねて、うつぶせに泥《どろ》のなかに倒《たお》れこんだ。にごった水が勢いよくはね上がる。ぼくは笑い声をあげて背をむけ、歩きはじめた。

けれども、ジェイクは最後にもうひとことといった。

「気をつけろよ、イール！」起き上がったジェイクは、精いっぱいの大声でそういった。「やつが、おまえのことをかぎまわってるぞ。おれはなにもしてないからな。だがな、おまえは死んじゃいないって告げ口したやつがいるらしいんだ」

「なんだって？」ぼくは泥《どろ》に足を突《つ》っこんだまま、動けなくなった。「いま、なんていった？」

「ちゃんときこえただろ。おまえは自分が賢《かしこ》いつもりだろうが、せいぜい気をつけるんだな」

ジェイクが忠告する。「おれは、おまえのことはなにひとつ話しちゃいない。だが、フィッシュアイ・ビル・タイラーがおまえをさがしてる。ロンドン中さがしても、あれほどのワルはいない。やつもむかしはまっとうな魚屋だったんだがな。だが、いまじゃすっかり悪党だ。本当にたちが悪い」

「あいつはなんていってた？」ぼくはたずねた。

「やつは、ただ自分のものを取りもどしたいだけだといってたぞ」ジェイクは指で顔についた泥《どろ》をこそげ落としながら答えた。「フィッシュアイは、おまえを取りもどす権利があるってな」

ジェイクは指一本ぼくにふれたわけじゃない。けれども、ジェイクのことばに打ちのめされて、ぼくは息もできなかった。

「あんたはぼくを見てないんだ、ジェイク」ぼくは叫《さけ》んだ。「きこえてる？　あんたはなんにも知らないんだ。あんたが知ってるのは、ぼくはテムズ川に流されてしまったってことだけなんだ」

ぼくはなんとか息を吸った。川のにおいで吐《は》きそうになった。「いいね？　ぼくは死んで、川の流れに乗って海まで運ばれた。死んでいなくなったんだ」

「おまえはいったいなにをやったんだ？　あいつをあれほど怒《おこ》らせるとは、よほどのことをやったんだろうな」ジェイクはようやくぼくが投げたコインを泥《どろ》のなかから拾い上げていった。

ぼくは歩きはじめた。ぼくの心は、冷たい風に吹《ふ》かれて枝からひきはがされそうな最後の木の葉のように震《ふる》えていた。どうしてあいつに気づかれてしまったんだろう？

フィッシュアイが、ぼくは死んだときかされているのは確かめた。死んで汚《きたな》い川の泥《どろ》にのみこまれて運び去られてしまったと。この六か月、ぼくは目立たないように身を伏《ふ》せて、やつをさけてきた。ぼくの秘密も隠《かく》しとおしてきたと思っていた。ついさっきまでは。

フィッシュアイはどこまで知っているんだろう？　それに、だれが告げ口したんだろう？　もしかしたら、ジェイク本人なのかもしれない。この川で信頼《しんらい》を見つけるなんて、金の指輪を見つけるのとおなじくらいむずかしい。だめだ、ジェイクを信頼《しんらい》しちゃ。

でも、ジェイクはひとつだけ本当のことをいった。フィッシュアイ・ビル・タイラーは、自分のものだと思うものは、すべて自分の思いどおりにしたがるんだ。スリもコソ泥《どろ》も強盗《ごうとう》も。

そして、このぼくも。

第2章　子ネコ

ぼくは猛然《もうぜん》と走った。汗《あせ》をかき、泥《どろ》に汚《よご》れ、ぬれたまま。不安な気持ちで頭がいっぱいだった。そのとき、ぼくの頭めがけてなにかが空から降ってきた。頭がたたき落とされそうな勢いだ。

「おーい、イール」だれかの声がする。「あぶないぞ！」

ぼくはあわててうしろにジャンプした。てっきり、わざわざこの日を選んで、橋のアーチの石がくずれ落ちてきたのかと思った。ブラックフライアーズ橋は、修繕《しゅうぜん》をしないといつくずれてもおかしくないといわれている。けれども、石がこんなふうに、あたり一面の空気を震《ふる》わせて鳴くはずがない。

ミーヤーオー！

バシャン！

「イール、おまえにやるよ！」

ぼくは上を見た。赤毛の泥《どろ》さらいはひとりしかいない。「また動物いじめか、ネッド？」

ぼくの目の前で、奇妙《きみょう》な動物がまた鳴き声をあげた。沈《しず》まないように、バシャバシャとあばれている。その動物がふっと姿を消した。いまは上げ潮の時間だ。ぼくは川の流れに足を踏《ふ》み入れた。

「ほっとけばいいだろ」赤毛のネッドは意地の悪い、それでいて愉快《ゆかい》げな声をあげた。「そいつが泳げるかどうか、見てみようぜ」

ぼくはその動物をすくい上げようとした。ところがそいつは、はげしく襲《おそ》いかかってきた。

「痛いじゃないか。ぼくの腕《うで》になにをするんだ！」

いっそ、ほったらかしにしておぼれさせようかと思った。ずたずたにひっかかれて、汚《よご》れた水のせいで傷口が赤くはれ上がるなんてまっぴらだ。去年の冬、まだたった八歳《さい》の泥《どろ》さらいが、ガラスを踏《ふ》んで、あやうく片方の足を失うところだった。

そのとき、古い木綿の袋《ふくろ》のことを思い出した。ロープや石炭を入れておく袋《ふくろ》だ。この袋《ふくろ》でこいつをつかまえればいい。

「さあ、こっちにおいで」袋《ふくろ》を肩《かた》からおろし、両手で広げて突《つ》きだした。

最初のうち、その動物は水をはね上げながらわめき声を立て、でたらめにあばれるばかりだ。近づくこともできない。ところが、また油の浮《う》いた川面《かわも》から姿を消した。ぼくはきわどいところで袋《ふくろ》をさし入れて、その動物をキャッチした。「つかまえたぞ！」

土手にむかって歩きながら、袋《ふくろ》をしっかり抱《だ》きかかえて、なかをのぞいてみた。びしょぬれの黒い毛のかたまりのなかから、明るい緑色の目がぼくを見つめかえした。女王が持ってるエメラルドのようなグリーンの目だ。

ぼくは思わずにこっと笑った。「がりがりのチビのくせに、ずいぶんあばれたもんだな。おとなしくしてれば、体をふいて乾《かわ》かしてやるよ。ぼくが通りかかったことを感謝するんだな、チビの女王様《クイニー》」

見上げると、ネッドはまだ橋の上からのぞいている。「ひどいやつだな。この子をどうするつもりだったんだ？」

「おいおい、そんなにカッカするなよ、イール。ほんのいたずらだよ」

ほんのいたずら。いったいネッドは、ふだんどんないたずらをしてるのやら。もしかしたら、フィッシュアイにぼくのことを告げ口したのは、こいつかもしれない。ほかほかのミートパイかリンゴ酒一杯《ぱい》で、平気で人を売るだろう。

ぼくの腕《うで》のなかで小さなネコは震《ふる》えている。ところが、とつぜん安全なことに気づいたのか、ひじに体をおしつけてきた。

「なあ、クィニー、よくきくんだぞ。人間を信頼《しんらい》しちゃだめだ。だれもだぞ」ぼくはそう話しかけると、もうすこし居心地《いごこち》がよくなるように袋《ふくろ》でくるみ、腕《うで》の下にかかえた。「でも、ぼくといれば安全だからな。おまえをライオン醸造所《じょうぞうしょ》につれていってやるよ。そこでネズミ捕《と》りとして生きていけばいい。昨日の夜もネズミがぼくの足をくすぐっていったからな」

返事をするかわりに、その子はのどを鳴らしはじめた。

ライオン醸造所《じょうぞうしょ》へは、コベント・ガーデンを通ってもどった。花売りたちがちょうど屋台の準備をはじめたところだ。女の子たちが笑ったり噂話《うわさばなし》に花を咲《さ》かせたりしながら、いそがしそうにスミレの花束を作っている。野菜やニワトリ、チーズや果物をうずたかく積んで、田舎《いなか》からやってきた荷車や手おし車が、たくさん通りをいきかっている。

魚やジャガイモ、タマネギのフライをあげるいい香《かお》りがただよってきて、おなかが鳴ってしまった。タマネギのフライのにおいをかいだだけで気を失いそうになるほど飢《う》えていた去年の冬を思い出してしまう。

でも、ふと肩《かた》の力を抜《ぬ》いて、すこしだけ微笑《ほほえ》んだ。もうあんな日々は終わった。いまは、ちゃんとした居場所がある。ブロード街に帰れば、パンとチーズ、冷たくひえたおいしい水が、ライオン醸造所《じょうぞうしょ》の地下室のぼくの部屋でまっている。

ぼくは帽子《ぼうし》を深くかぶって急ぎ足になった。道路に敷《し》きつめられた石が靴《くつ》の下で音を立てる。ライオン醸造所《じょうぞうしょ》にきてからのこの二、三か月、ぼくは警戒《けいかい》をゆるめていた。ジェイクのことばはいい警告になった。これからは、もっと注意深くならなくては。フィッシュアイのスパイはいたるところにいる。ほとんどがスリ連中で、フィッシュアイのために汚《きたな》い仕事をやるコソ泥《どろ》の一団もいる。

やつはブロード街でぼくをさがそうなんて考えないさ。ソーホー地区のゴールデン広場《スクエア》の近くにいるとは思っていない。そう自分にいいきかせて北にむかった。フィッシュアイがこのあたりに姿をあらわすことはめったにない。きっとやつは、ぼくが身をひそめているのは川の南側のサザークにある貧民街だと思っているはずだ。

それに、やつがぼくの秘密をかぎつけることもないはずだ。でも、その点に関しては念には念を入れておかなくては。なによりも大事な秘密なんだから。

小さなネコは、近くで馬がいないたり、犬が吠《ほ》えるたびに身をよじらせて爪《つめ》を立てた。小さな歯をぼくの腕《うで》に突《つ》き立てることもあった。

「やめろってば。そうじゃないと、今度馬車が通ったら、車輪の下に放りこむぞ」ぼくはそうおどかした。

　でも、もちろん、そんなことをするつもりはない。

　ブロード・ストリートをわたってライオン醸造所《じょうぞうしょ》のある向こう側にいこうとしたところで、地下室のあいた窓からぼくをじっと見上げているミセス・ルイスに気づいた。「おはようございます、ミセス・ルイス。朝から赤ちゃんに起こされちゃったの？」

「そうなの、暗いうちからさ。かわいそうに、ファニーったら下痢《げり》がひどいんだよ。口からはもどしちゃうし」ミセス・ルイスは手にぶらさげたバケツに目をやっていった。地下室の汚水《おすい》溜《だ》めで汚《よご》れを落としてきたところなんだろう。

　汚水《おすい》溜《だ》めというのは深く掘《ほ》られた穴で、部屋においてあるトイレがわりのおまるやしびんの中身をためておくところだ。窓越《まどご》しにいまにもあふれそうにたまっているのが見える。においもすごい。そろそろ汲《く》み取《と》り屋《や》がやってくるころだ。親指ジェイクはむかし、汲《く》み取《と》り屋《や》として働いていたことがあるといっていた。

「あれは、おれむきの仕事じゃなかったよ」ジェイクは首をふりふりそういった。「若いやつで汚《お》水《すい》溜《だ》めに落ちて死んだのもいるって話だ。なんともあわれな死にざまじゃないか。この川がバラのようにいい香《かお》りとはいわないが、すくなくとも広い空の下だからな。あんな穴ぐらとはわけがちがう」

ミセス・ルイスはバケツを下においてため息をついた。「この状態がつづくようなら、お医者さんを呼ばなくちゃね」

「スノウ博士？」ぼくはたずねた。

ミセス・ルイスは眉《まゆ》をひそめた。「きいたことのない名前だね。うちじゃ、困ったときにはウィリアム・ロジャーズ先生を呼ぶんだよ」

「スノウ博士はサックビル街に住んでるんだ。とてもりっぱなお医者さんだよ。ぼくは夏中、博士の動物のめんどうをみてるんだ」誇《ほこ》らしい気持ちをおさえられずにいった。「あの人こそ本当の科学者だね。いろいろ実験をやってるんだよ」

「実験って？」

「スノウ博士は特別なガスを使って、動物だけじゃなくて人間も、ちょっとのあいだねむらせておくことができるんだ。寝《ね》てるあいだは痛みを感じないからね。博士はクマをねむらせて歯を抜《ぬ》いたこともあるんだよ。それに、去年、女王様がレオポルド王子を産んだときにも、女王様の痛みをやわらげたんだ」

「でっかいクマやビクトリア女王を診《み》てるっていうんなら、よっぽどりっぱなお医者なんだろうねえ」ミセス・ルイスはエプロンの端《はし》で額《ひたい》をぬぐうと、バケツを持ち上げた。「さてと、ファニーが目を覚ます前に上の部屋にもどらないと」

「ルイス巡査《じゅんさ》によろしくね」ぼくはていねいにいった。「それから、アニー・リボンに病気がうつらないといいね」

「うちの娘《むすめ》のことかい？」ミセス・ルイスはにっこり笑った。「確かにあの子はリボンや糸を集めるのが好きだからね。いまじゃわたしよりもいいお針子《はりこ》だ。それにしても、あんたたち子どもときたら、おかしなあだ名をつけて！　ゴールデン広場《スクエア》の界隈《かいわい》で、本当の名前で呼ばれてる子なんていないいんじゃないのかい？」

ミセス・ルイスは腰《こし》が痛いのか、手を当てた。きっと上の階から地下室までバケツを運んだせいだろう。「わたしはいっつも気になってるんだけど、あんたの本当の名前はなんていうんだい、イール？」

ぼくはにやっと笑った。「それは教えられないんだ、ミセス・ルイス」

これからも決していうつもりはない。特に、フィッシュアイが近づいているかもしれないいまとなっては。これまで以上に、ぼくはウナギのように抜《ぬ》け目《め》なくやらないと。

ぼくはミセス・ルイスにさよならをいって、道をわたろうとくるりと体のむきを変えた。

「こらっ、イールったら、あぶないでしょ、気をつけなさいよ！」ぶつかりそうになったフローリー・ベイカーが、ぴょんと横にとびのいた。ぼくはバランスをくずしてしまい、石だたみの道路に倒《たお》れないように、ブロード街の井戸《いど》のポンプに手をかけた。クィニーを落とさないように、ぎゅっと抱《だ》きしめる。

「ごめん」ぼくは笑いながら、今朝見る二組目の緑の目をのぞきこんだ。もちろん、フローリー・ベイカーに、きみの目はおぼれ死にしかけた子ネコと似てるだなんていうつもりはないけど。そんなことをいったら、確実にひっぱたかれるだろう。「早起きだね。お母さんのために水を汲《く》みにきたの？」

「そうなの」フローリーが鼻にしわを寄せていった。「あんたは川にいってきたの？　テムズ川のにおいがぷんぷんしてるわよ。ねえ、その袋《ふくろ》のなかでもぞもぞしてるのは、いったいなんなの？」

ちょうどそのとき、フローリーのうしろからそばかす顔の男の子があらわれた。小さな荷車をひいたポニーをつれている。その男の子は立ち止まって咳払《せきばら》いをした。「なあフローリー、先にポンプを使っていいかい？　朝のうちにハムステッドまでいって、もどってこないといけないんだ」

「いいわよ、ガス。イールがその前に使うつもりじゃなければね」フローリーはバケツを拾い上げてわきにのいた。

「ぼくは使わないよ。ライオン醸造所《じょうぞうしょ》はニューリバー社から水を取り寄せてるし、専用の井《い》戸《ど》もあるから」クィニーがあばれないように、腕《うで》にさらに力をこめた。「それに、ぼくはウォリック街の井戸水《いどみず》のほうが好きなんだ。なんでだかは自分でもわからないけど」

ガスは水差しを満たすために前に進みでた。そのあいだ、ずっとフローリーを見つめたままだ。ぼくはフローリーのわき腹をこづいてささやいた。「ガスもきみにお熱なんじゃない？」

フローリーはケラケラと笑った。「ガスの悪口をいわないでよ。すごいしっかり者なんだから。この先にあるイリー兄弟社で使い走りとして働いてるし、やさしいんだよ。ときどき、わたしに花を持ってきてくれることもあるんだから」

花だって？　フローリーは花をもらってよろこぶような子だっけ？　ぼくがフローリーにあげたものといえば、せいぜい鉛筆《えんぴつ》一本ぐらいだ。

フローリーはぼくに体を寄せてきて、袋《ふくろ》のなかをのぞきこもうとした。「なにが入ってるのか見せてよ」

ぼくは袋《ふくろ》の口をあけて、子ネコのぬれた頭を見せた。フローリーは笑い声をあげた。「この子を助けてきたんだね。それとも、かの有名なスノウ博士のところに持っていくための動物？」

「スノウ博士が飼ってるのは、モルモット、ネズミ、カエルがほとんどだよ。最近はウサギも飼いはじめたけど。このチビのクィニーは、ライオン醸造所《じょうぞうしょ》でネズミ捕《と》りにしようと思ってるんだ」ぼくはそこでことばを一度切ってからつづけた。「もし、きみが気に入ったんなら、あげてもいいけど」

フローリーはにやっと笑った。「うちのジャスパーが、その子のかわいい顔に爪《つめ》を立ててめちゃくちゃにするわよ。それにネコの子一匹《ぴき》だって、これ以上食べさせる余裕《よゆう》はないわね。五人の家族に食べさせるだけで、母さんは精いっぱいなんだから。わたしも母さんを助けて働きにでることになったんだ」フローリーの表情がかたくなった。「もう決まったの。二週間したら働きはじめるの」

「え、そうなの？　ど、どこで？」

「わたしに会えなくなるのかどうか心配？」フローリーがからかう。「だいじょうぶよ。ロンドンの北にあるやさしい奥《おく》さんとそのお父さんのいる家で働くの。そんなに遠くないから。半日休みをもらえば、歩いて帰ってきて、みんなにも会えるから」

「そこでなにをするの？」

「最初からできることなんてあんまりないわね。最初は皿洗いの女中よ。だけど、覚えといて。あっというまになんでもこなす女中になってみせるから」フローリーは自信たっぷりだ。「今度の冬には十三歳《さい》になるんだから、しっかり稼《かせ》がなきゃ」

「でも、それって、貧民学校をやめちゃうってこと？」

「こんなに長く通わせてもらってラッキーだったわ。姉さんのナンシーは、十歳《さい》までしかいられなかったんだから」フローリーは、ポケットから使い古した小さなスケッチブックを取りだしてくすっと笑った。「お金持ちが食べてる豪華《ごうか》な食事を、全部絵に描《か》こうと思ってるんだ」

ぼくもにやりと笑ったけど、そんな時間があるんだろうか。皿洗いの女中なら見たことがあるけど、水仕事のせいで手は真っ赤にはれ上がっていた。「このクィニーの絵も描《か》いてよ。乾《かわ》いてきれいになったらね」

「いいわよ」スケッチブックをポケットにもどしながら、そう約束してくれた。

道をわたるとライオン醸造所《じょうぞうしょ》の玄関《げんかん》のドアがあいていた。いそがしい一日がはじまる。

「仕事がはじまるまえに、いそいでこの子になにか食べさせるものを見つけなきゃ。遅刻《ちこく》したらめんどうな目にあうからね」

「今日、あんたがスノウ博士の動物の世話をしにいくとき、わたしもついていっていい？」フローリーがたずねた。「まだ一度も見たことないんだもん。それに、もうすぐそんなチャンスはなくなっちゃうし」

「じゃあ、あとでまたここで会おう。ライオン醸造所《じょうぞうしょ》の仕事が全部終わって、グリッグスさんの家の掃除《そうじ》も終わってからだけど」

「あんたはソーホーでいちばんいそがしい男の子だね。そんなに稼《かせ》いで、いったいなんに使うつもりなの？　服を買うためじゃないことだけは確かだし」

フローリーはぼくのいちばんの親友だ。ほんというと、友だちといえるのはフローリーだけだ。それでも、どうしてお金が必要なのかはいえない。自分の服を買ったり、自分のためにお金を使わない理由も。

「ねえ、フローリー、ひとつだけいいお金の使い道を思いついたよ」ぼくはとつぜんそういった。「きみにイタリアン・アイスをおごってあげる」

フローリー・ベイカーの笑顔《えがお》を見られるんなら、ちっとも惜《お》しくない。

第3章　ライオン醸造所《じょうぞうしょ》

八月三十一日（木）

「まるで、スープみたいな空気だな」この一週間ほど、毎朝毎朝、エイベル・クーパーさんがおなじようにぼやく。「熱くてくさいスープだ」

「あとで、なにか使いの仕事はありますか？」ぼくは醸造所《じょうぞうしょ》の床《ゆか》にモップをかけながら、親方のクーパーさんにきいた。

「この暑いなかをか？　いいや、おまえを外にやったりはしないさ。外は悪い空気でいっぱいだ。毒の空気だ」クーパーさんは額《ひたい》をぬぐいながらいった。「悪い空気は厄介《やっかい》の元だ」

「厄介《やっかい》ってどんなことですか？」

「病気だよ。大むかしから、病気の元が悪い空気だってことはみんな知ってるさ。いわゆる『瘴気《しょうき》』ってやつさ。いまのこの空気がそうだ。体に悪さをする毒なんだよ。このにおいときたら。おまえにもわかるだろ？」

そのとおりだ。ぼくにもわかるし、だれにだってわかる。「クーパーさん、その瘴気《しょうき》ってやつは、どんな病気をひき起こすんですか?」

「教えてやろう。はしかに猩紅熱《しょうこうねつ》、天然痘《てんねんとう》がそうだ。なかでもいちばんたちの悪いのが『青い恐怖《きょうふ》』だな。『青い死』ともいわれるコレラだ。おまえにだってわかるだろ? 悪いにおいは悪いことの元なのさ」

ぼくはうなずいた。それでも、親指ジェイクや赤毛のネッド、それにぼくをふくめたほかの泥《どろ》さらいの連中が元気でいられるのが不思議だった。テムズ川から立ちのぼるあの不潔でくさい空気を吸っているんだから、本当ならいまごろはみんな倒《たお》れてるはずだ。ロンドン中のごみや動物や人間の糞尿《ふんにょう》がたくさん捨てられるようになったいまならなおさらだ。

暑さに関していえば、ぼくはそんなに気にならない。冷たい氷のような霧《きり》がまとわりつき、からみついてくる冬にいやな思い出が多すぎるからだ。それでも、暑いことはまちがいない。夜が明ける前から夕方暗くなるまでずっと暑い。それもオーブンのなかのような乾《かわ》いた暑さではなく、じっとりとしめった暑さだ。まるで、太陽が巨人《きょじん》に変身して、しめったくさい息をぼくらにむかって吐《は》きかけているようだ。

魚の生ぐさいにおいや腐《くさ》った果物のにおい、それに馬糞《ばふん》やもっとひどいもののにおいが街中に満ちている。汚《よご》れた空気は目にも痛い。毎朝、空はどんよりとした黄色になる。それが昼中つづく。そして、不気味な黄色がうすれて、泥《どろ》のような灰色に変わったら夜だ。

石造りの壁《かべ》のおかげでいくぶんは涼《すず》しいはずのライオン醸造所《じょうぞうしょ》の地下深くにいても、チビネコのクィニーが小さなピンクの舌を突《つ》きだしてあえいでいることがある。それでもクィニーはすっかり落ち着いた。チビのくせに、もう小さなネズミをつかまえてきて、自慢《じまん》げにのどを鳴らしながら、ぼくの足元においていったこともある。

「この次は、もっとでっかいドブネズミをたのむよ、クィニー」ぼくはそう命令した。「やつらは夜になるとぼくの体の上をはいまわるんだから。長いヘビみたいなしっぽで、ぼくの肌《はだ》をくすぐっていくんだぞ。おまえもりっぱなお姉さんになったんだから、やつらをつかまえておくれよ」


クーパーさんは本当にいい人だ。ぼくたちメッセンジャー・ボーイをおぞましいくさい空気のなか、あちこちへと使いにだすことは、なるべくさけてくれる。でも、だからあれが起こったのかもしれない。ぼくらがじっととじこもっていたことと関係があるのかもしれない。ぼくにはよくわからない。ぼくにわかっているのは、とんだ厄介《やっかい》ごとに巻きこまれたということだけだ。

　モップがけを終え、中庭にバケツの水を流しているとき、ハグジー・ハギンズがぼくの肩《かた》をたたいた。たたいたというより、強くおしたというほうが正しい。ぼくはバランスをくずして、バケツの水を自分の足にかけてしまった。

「よせよ！」ぶんなぐってやろうかと思った。

「おい、イール、呼ばれてるぞ」

　胃がぎゅっとちぢんだ気がする。ハーバート・ハグジー・ハギンズはライオン醸造所《じょうぞうしょ》のオーナー、ジョンとエドワードのハギンズ兄弟の甥《おい》っ子《こ》だ。ハグジーはかぼちゃ頭に汚《よご》れた黄色い髪《かみ》をのっけている。いつもタマネギくさくて、しょっちゅうげっぷをしている。ぼくはいつも、ハグジーというあだ名がどうしてついたのか不思議に思っていた。こいつほどハグなんてしたくないやつにお目にかかったことがない。

「だれが、呼んでるって？」

「おじさんだよ」

「エドワードさん？」ぼくは期待をこめてたずねた。エドワードさんはいい人だ。公平で労働者のことを気にかけてくれる。それに対して、お兄さんのほうは、できるだけさけたい人だ。

「ジョンおじさんがおまえに会いたいとさ」ハグジーはいった。にやけるのをおさえきれないでいる。「ジョン・ハギンズおじさんがおまえに用だといってるんだ」

「なんでだよ?」ぼくはあやしい気がして、すぐさまいいかえした。なにかいやな予感がする。

「ぼくはちゃんと仕事をしてたぞ。おまえなんかよりずっと一生懸命《けんめい》に」

ハグジーは肩《かた》をすくめた。ふっくらした唇《くちびる》が、笑いをこらえているようにひくひくしている。いったいなんの用なんだろう? ハグジーのあとについて事務所にむかいながら、必死で自分に落ち着けといっていた。なにをいわれても、きっとうまくやりすごせるさ。親指ジェイクとだってちゃんと対等でいられるんだから。

ジェイクからフィッシュアイのことをきいたせいで、必要以上に神経質になっているだけなのかもしれない。さもなければ、エイベル・クーパーさんから悪い空気が毒を運ぶときいたせいかも。けれども、自分がなにか暗くて得体の知れないものにむかって歩いているという気分を追い払《はら》うことはできなかった。満潮のときに、ランタンも持たずに川の深みに足を踏《ふ》み入れるような気分だ。

ジョン・ハギンズさんは仕事のことしか考えていない。大きなオーク材の机にむかって、書類の山に囲まれるように背筋をぴんとのばしてすわっていた。ぼくはジョンさんの机の真ん中にある古いブリキの缶《かん》をじっと見つめた。怒《いか》りで顔が赤くなるのが自分でもわかった。

「それはぼくんだ！　このコソ泥野郎《どろやろう》め。おまえ、盗《ぬす》んだんだな」ぼくはくるりとまわれ右して、ハグジーのシャツの胸《むな》ぐらをつかんだ。

ハグジーは子ブタのように悲鳴をあげた。「おじさん、助けて！」

「やめるんだ」ジョンさんが命じた。そのときには、もうぼくは手をひっこめていたけれど。かんしゃくを起こしちゃだめだ。ぼくは自分にいいきかせた。

母さんのことばがよみがえる。「おじいさんみたいになりなさい」。おじいさんはだれよりもおだやかな人だった。口げんかに勝つ秘訣《ひけつ》は、燃えているたき火に冷たい水をかけるつもりになることだって、いつもおっしゃってた」けれども、ぼくはおじいさんの性格は受けつがなかった。

ジョンさんはハグジーそっくりの小さくて冷たい目つきをしている。でも、真っ先に目がいくのはその眉毛《まゆげ》だ。おでこにむかって藪《やぶ》のようにぼうぼうに生えている。

「ハーバートに手をだすんじゃない」ジョンさんはのどを鳴らすようにいった。とはいっても、クィニーのかわいらしい満足げなのどの音とは似ても似つかない。どちらかといえば、ライオンが獲物《えもの》をおどすような音だ。ライオンがのどを鳴らすのはきいたことがないけれど。「ハーバートがこれをわたしのところに持ってきたのは当然のことだろう」

そういって、机の上のブリキ缶《かん》をあごで指ししめす。「さてと、このコインをいったいどこで手に入れたのか、説明してもらおうか」

「それは……ぼくのです」まるでバカみたいにそうつぶやいた。

「盗《ぬす》みが発覚したら、即刻《そっこく》クビだというのは知ってるだろうな」ジョンさんは冷たくいい放つ。それがハグジーのねらいなんだ。はじめからわかってた。こいつはぼくを追い払《はら》いたいんだ。

ぼくは落ちこんだ。こみ上げる熱い涙《なみだ》を必死でがまんする。五月からライオン醸造所《じょうぞうしょ》ではずっと安全だったのに、こんなことになるなんて。ここには食事も冷たい水もねむる場所もある。エイベル・クーパーさんは、ぼくたちメッセンジャー・ボーイをみんな公平にあつかってくれた。

また路上に放りだされるわけにはいかない。特に、フィッシュアイがぼくをさがしているいまは。また泥《どろ》さらいの生活にもどるのはいやだ。どんな天気の日にも毎日毎日汚《きたな》い川をはいずりまわる生活は。道路掃除《そうじ》ならすこしはましかといえば、そんなことはない。紳士淑女《しんししゅくじょ》の通り道にころがった犬や馬の糞《ふん》をかたづけて、わずかなお金を期待して突《つ》っ立つ生活だ。乞食《こじき》よりすこしましなだけだ。

ライオン醸造所《じょうぞうしょ》での数か月は、ぼくの考え方をすっかり変えた。いつか自分も、ひとかどの人間になれるかもしれないと、信じはじめていたんだ。エイベル・クーパーさんみたいな親方になれるかもしれないし、小さなお店を持つことだってできるかもしれない。商売を学ぶことも、事務員になることだってできるかもしれない。父さんがそうだったように。

それもすべて遠のいていく。いまいちばん大事なのは、ぼくの秘密を守りとおすことだ。その秘密を守るためにも、ぼくには週に四シリングのお金が必要なんだ。正確にいえば四シリングと一ペニーを毎週金曜日に届けにいかなくてはならない。そして、目の前のブリキ缶《かん》のなかにあるのは、明日の朝届けにいくちょうどその金額《きんがく》だ。そして、ポケットにあるコインの何枚かをのぞけば、それがぼくの全財産だ。

「このお金は、まっとうな仕事で稼《かせ》いだものです」ぼくはいった。「ここでの手があいているときや夜に、臨時の仕事をしてるんです」

「なんなんだ、臨時の仕事ってのは？」

「サックビル街のお医者さんのために、動物に餌《えさ》をやって、ケージを掃除《そうじ》してるんです。それに、ここでの仕事が終わった夜には、道をわたったところにある四十番地のグリッグスさんの仕立て屋でも働いています。次の日にお客さんを気持ちよく迎《むか》えられるように、糸くずや生地《きじ》の端切《はぎ》れを掃除《そうじ》してるんです。どうか、グリッグスさんにきいてみてください」

「そんなに興奮するんじゃない」ジョンさんはいつものように冷たく、なめらかにそういった。ジョンさんは象牙《ぞうげ》の柄《え》のついたペンナイフを手に取り、刃《は》で爪《つめ》のあかを落としはじめた。

この人は楽しんでる。ぼくはそう思った。ぼくを困らせておもしろがってるんだ。

「そんな話を真に受けろというのか？」ジョンさんは顔を上げもせず、爪《つめ》をいじりつづけながらゆっくりそういった。「ここで一日働いたあとに、ほかでも働くほどの時間と元気が残っているというのか？　それが本当なら、クーパーはおまえにもっと仕事を与《あた》えるべきだな」

ぼくはこぶしを握《にぎ》ったりとじたりした。「クーパーさんにはかならず確認《かくにん》を取ってからでかけてます。クーパーさんもぼくのことを働き者だといってくれるはずです」

もうすこしで、エドワードさんもぼくのことを信じてくれると思いますといいそうになった。でも、そんなことをいってもジョンさんには効き目はないだろう。そのときとつぜん、思い出したことがある。昨日のことだ。廊下《ろうか》の曲がり角のむこうからエドワードさんの声がした。

「こんなこと、二度とするんじゃないぞ、ハーバート」

そのときは、たいしたこととは思っていなかった。でもいまはちがう。エドワードさんは、ハグジーが店のお金を盗《ぬす》んだところを見つけたんじゃないだろうか？

ぼくとハグジーとで集金にまわったあと、ぼくたちは集めたお金をきちんとおさめることになっている。でも、ごまかすことはできる。

お客さんが、ビールをたくさん買ってるんだから一シリングまけろといったということもできるし、お客さんが支払《しはら》いをごまかして、それにぼくたちが気づかなかったということもできる。エドワードさんは、ハグジーがたびたびお金をごまかしていることに気づいたのかもしれない。

「ほかの質問をしよう」ジョンさんはペンナイフを右手から左手に持ちかえて、親指の爪《つめ》のあかを落としはじめた。キラキラ光る刃《は》から目をそらすことができずに、ぼくはそのようすを見つめつづけた。

ジョンさんにとって、ぼくはあれとおなじようなものなんだろう。ちっぽけで厄介《やっかい》な爪《つめ》のあかだ。

「おまえは、このお金を自分で稼《かせ》いだものだといっている。だが、どこにそんな必要があるというんだ？　ライオン醸造所《じょうぞうしょ》での仕事に不満でもあるというのか？　おまえには部屋も食事もきれいな水もある。この余分な金を、いったいなにに使うっていうんだ？」ジョンさんがいう。

もちろん、本当のことをいうわけにはいかない。ぼくはいそいで考えをめぐらした。「自分のためにです」ぼくはおとなしくそういって、目を落とした。自分の古い靴《くつ》が目に入った。左足の靴《くつ》の先は破れていて、つま先がとびだしている。自分の足の爪《つめ》をきれいにするには、ジョンさんのあのペンナイフで、何度もこそげ落とさないとだめだろう。「ぼく、あのう……ちゃんとした靴《くつ》を手に入れたいんです。メッセージを届けにいったときも見苦しくないように」

ジョンさんはぼくのことばを払《はら》い落とそうとでもするように手をふった。「おまえは気づいているのかな？　ここのところ、どうも集金の金額《きんがく》が合わないようなんだがな」

ぼくはくるりとふりむいた。ハグジーのふっくらした唇《くちびる》に、かすかな笑《え》みが浮《う》かんだのを見のがさなかった。思ったとおりだ。ハグジーはおじさんの仕事をしながら、すこしずつお金をくすねていたんだ。そして、ぼくのブリキ缶《かん》を見つけて、罪をおしつけようと思いついたんだろう。

わなにかかったような気分で、ぼくはもう一度うなだれた。エドワードさんがここにいてくれさえすれば。でも、エドワードさんは、今日から出張ででかけているはずだ。ハグジーはじっくりタイミングを選んだというわけだ。こいつは見かけほどバカじゃない。エドワードさんがぼくを気にかけてくれているのに気づいたんだろう。はじめっから、ぼくをきらっていたのかもしれない。エイベル・クーパーさんがぼくをライオン醸造所《じょうぞうしょ》で雇《やと》おうとしたとき、それに賛成してくれたのはエドワードさんだったからだ。

もちろん、親指ジェイクのおかげでもある。あれはジェイクがぼくにしてくれたいちばんすばらしいことだった。このままいつまでも冬がつづくんじゃないかと思える、底冷えのする春先のある夜のことだった。ジェイクはストランド街のパブで、マトンパイをぼくにおごってくれた。

「おまえ、ぬれネズミみたいに見えるな」ぼくたちはふたりとも雨でずぶぬれだった。

ぼくたちは火の前にすわって湯気を立てていた。ほかのお客さんたちは、ぼくたちを遠巻きにしている。それもそうだ、ぼくたちはひどいにおいを立てていたんだから。そのとき、エイベル・クーパーさんが店に入ってきて、親指ジェイクに気づいた。

「おいおい、ジェイクじゃないか！」クーパーさんは明るい声でそういって近づいて、ジェイクの手を握《にぎ》った。「おれのことを覚えてるかい？　ライオン醸造所《じょうぞうしょ》で会ってるだろ。あんたはうちの荷馬車の馬たちの蹄鉄《ていてつ》を全部世話してくれてた。ビールを一杯《ぱい》おごらせてくれよ。あんたが仕事をやめたってきいて、残念に思ってたんだ。なにしろ、ロンドン中さがしたって、あんたほど腕《うで》のいい鍛冶屋《かじや》はいないからな。この子はあんたの子かい？」

「ジンにしてもらおうかな、エイベル。どっちでもかまわんだろ？」ジェイクはそうつぶやいて、視線を落とした。肌《はだ》をおおう汚《よご》れを通しても、ジェイクの首が恥《は》ずかしさで赤く染まるのがわかった。

かわいそうなジェイク。そのときのことを思い出してぼくは思った。あんなに落ちぶれた姿をむかしの知り合いに見られるのはつらかっただろう。

もしかしたら、ジェイクはなんでもいいから、なにかの役に立ちたい思いでぼくのことを推《お》してくれたのかもしれない。

「この子はイールだ」ジェイクはクーパーさんにいった。「おれの子どもじゃないよ。だがな、こいつはいい子だぞ。字も読めるんだ。この子が川でくすぶってるのを見るのはつらいよ。ライオン醸造所《じょうぞうしょ》で雇《やと》ってやれないか？」

クーパーさんはぼくを上から下までじろじろ見た。「なかなか賢《かしこ》そうな子じゃないか。一生懸命《けんめい》働く気があるかい？」

「はい、もちろんです」

「よし、それならまずは身ぎれいにすることだな。テムズ川のにおいが取れたなら、エドワード・ハギンズさんに会わせてやろう」クーパーさんはいった。「この春からいそがしくなるんだ。新しいメッセンジャー・ボーイが必要だし、床《ゆか》にモップがけをしてきれいにしてもらいたいんだ」

「ありがとうございます」

「もちろん、エドワードさんの面接に合格したらだぞ。でも、お兄さんとはちがって、エドワードさんはやさしくて親切な人だからだいじょうぶだろう。二週間以内にブロード街にきてくれ。きれいにしてくるんだぞ」

こうしてぼくはライオン醸造所《じょうぞうしょ》の仕事を手に入れた。だからこのことでジェイクには借りがある。

ライオン醸造所《じょうぞうしょ》ではうまくやっていた。一生懸命《けんめい》働いて役に立っていたと思う。お偉方《えらがた》のために通りの屋台でミートパイを買いに使い走りもした。ロンドンの通りのことなら自分の手のひらのように知っているから、メッセージを届けるのも速いと頼《たよ》りにされていた。ふだんはボーイズ・ボックスと呼ばれるカウンターと書類棚《しょるいだな》、そしてベルのある小さな部屋にすわっている。ベルが鳴ると、ぼくはすぐさま腰《こし》を上げる。メッセージはできる限り速く届けて、次の使いに備えて走ってもどってくる。

エイベル・クーパーさんは、ぼくのスピードにすぐに気づいた。

「どうしてこんなに早くもどってこられたんだ？」ダウティ街までいったのに、あっというまにもどってきたとき、クーパーさんはたずねた。「ほかのメッセンジャー・ボーイは、しょっちゅう道に迷ってるのに。おまえさんの頭のなかには、ロンドンの地図がおさまってるみたいだな」

しばらく考えてぼくは答えた。「えーと、確かにそうかもしれません。ぼくは街中あちこち歩きまわってるし、ロンドンの通りのことはよくわかってます。それで、出発する前に頭のなかで道順を考えるんです。そのおかげでまちがわずにたどりつけるし、すぐに帰ってこられるんです」

小さいころからそうだった。ものごとに筋道を立てて考えるのは癖《くせ》のようになっている。

「あなたは父さん似ね」母さんがそういったことがある。うっすらと夢のようにだけれど父さんと長い散歩にいった思い出があったし、テーブルをおおいつくすように広げた大きなロンドンの地図を、父さんのひざの上で見つめている思い出もある。

クーパーさんはぼくの返事に満足げだった。「いいぞ、イール。エドワードさんにもお伝えしておくよ」

いま、ハグジーがこれらすべてをぼくから取り上げようとしている。なんとかして、ジョンさんの気持ちを変えないと。

「缶《かん》のなかのコインの出所を知りたかったら、仕立て屋のグリッグスさんをつれてきます」ぼくはいった。「グリッグスさんが証言してくれます」

ジョンさんはためらっている。でも、答えはノーだろう。ところが、ジョンさんはしぶしぶながらこういった。

「いいだろう。そのグリッグスさんとやらの手があいているようなら、ここまできてもらいなさい。おまえが本当のことをいっているかどうか、その人にきいてみよう」

「だけど……だけどおじさん、こいつはやってるよ！」ハグジーが抗議《こうぎ》した。

ぼくはもうハグジーをおしのけていた。これで首がつながった。


石だたみの通りを走ってわたり、仕立て屋の店の前に立った。ブロード街ではだれもが借家住まいだ。グリッグスさん一家は、店の上にあるふた部屋に住んでいる。おなじフロアのもうひと部屋には巡査《じゅんさ》のルイスさんとその奥《おく》さん、それに子どもたちが暮らしている。

近くの貧しい地域では、もっと悲惨《ひさん》な状況《じょうきょう》だ。ぼくは裸足《はだし》の子どもたちや泣きわめく赤《あか》ん坊《ぼう》たちといっしょに、こみあった小さな中庭の戸口で体を丸めてねむったことがある。そこは、とても人が住むような場所じゃなかった。すくなくともこのブロード街には店がたくさんあるし、緑のあるゴールデン広場《スクエア》にも近い。

ぼくはグリッグスさんにどういおうか、いろいろ考えていた。ところが、ドアをあけたとたん、なにかがおかしいことに気づいた。

第4章　仕立て屋のグリッグスさん

仕立て屋の店のなかはいつもとちがっていた。まず、とても静かだ。そして、だれもいない。気味が悪くて、腕《うで》の毛がいっせいに逆立った。

グリッグスさんの姿はない。めったにないことだ。仕立て屋は繁盛《はんじょう》していて、グリッグスさんは食べる暇《ひま》も惜《お》しんで、一日中働いている。「ジャケットに油をつけたりしようものなら、お代はいただけないからな」笑いながらそういっていたことがある。「食べるのはお客さんたちにまかせて働くさ」

グリッグスさんはとても熱心に仕事に打ちこんでいる。お客さんを迎《むか》えるのも大好きで、おなじ日に二度やってきたお客さんも、まるではじめてのようにあたたかく迎《むか》える。グリッグスさんはぼくにもおなじように接してくれる。

「やあ、イール、会えてうれしいよ」毎夕そういって迎《むか》えてくれた。「今日もたっぷりちらかしたから、しっかりたのむよ」

ようやく目が暗がりに慣れてきて、店にはだれもいないわけではないのがわかった。五歳《さい》の男の子バーニーと二歳《さい》年上の姉ベッツィがいた。いつものバーニーとベッツィは、子ネコみたいに騒々《そうぞう》しい。それなのに、今日のふたりはお客さん用の椅子《いす》に、小さな紳士《しんし》と淑女《しゅくじょ》みたいにおとなしくじっとすわっている。

そんなふたりを見て、とつぜんあることを思い出していやな気分になった。ぼくもむかし、筋肉ひとつ動かさなければ、起こってほしくないことがさけられるかもしれないと思って、ものすごくいい子にしていたことがあった。

バーニーの汚《よご》れた顔には涙《なみだ》の筋がついていた。ベッツィは両手をおしりの下に敷《し》いている。ベッツィが飼っている白黒ぶちの犬、デリーはベッツィの足元で丸くなっている。デリーはぼくに気づいて、ゆっくりしっぽをふった。いつもならぴょんぴょんとびはねて、コマのようにくるくるまわるのに、今日はデリーまでもがすごくおりこうさんだ。

グリッグスさんはデリーのことをときどきおバカさんと呼んでいた。「かわいいデリーはどこかな?」グリッグスさんはよくそういっていた。デリーはある日、ピカデリー広場《サーカス》からグリッグスさんのあとをついてやってきた。どうやら、お百姓《ひゃくしょう》さんの荷車に乗って田舎《いなか》からやってきて、馬や荷車、人でいっぱいのにぎやかな広場で飼い主とはぐれてしまったらしい。

「かわいそうにな。おいてけぼりになんかしておけなくて、ベッツィのためにつれてきたのさ」グリッグスさんはそういった。いまでは、グリッグスさんもデリーがロンドンでいちばん賢《かしこ》い犬だと思っている。「もし、わたしが拾ってこなかったら、きっと自分で生まれた農家をさがしあてただろうな。でも、いまではうちの家族が大好きになったから、どこにもいかないのさ。な、そうだろ、ミス・ピカデリー？」

もしデリーにそんな方向感覚がそなわっているのなら、そもそも道に迷ったりしないはずですよ、というのはやめておいた。

ロンドンではだれもが犬をペットに飼いたがっているというわけじゃない。でも、デリーはまるで王女様のようにあつかってもらっている。デリーがいちばん好きなのはソーセージ・ロールパンだ。ぼくもときどき、わけてやる。すこしずつちぎってやるものだから、デリーはじれてしまって、ぼくの足元におすわりをして、鼻を高く空に向けて吠《ほ》えはじめる。

ぼくはデリーに近づいて、やわらかい耳のうしろをかいてやった。それから、静かな声でベッツィにたずねた。「お父さんはどこなの？」

「父ちゃんはぐあいが悪いの」ベッツィはささやいた。「お客さんがきたら、また別の日にきてくださいっていうように、母ちゃんからたのまれてるんだ」

そんなバカな！　ぼくはいますぐグリッグスさんと話をしなくちゃいけない。すぐにでも、ぼくのために証言してくれないと、今晩は、テムズ川の川岸にあるひっくりかえしたボートの下で寝《ね》ることになる。

ぼくはバーニーとベッツィをじっと見つめたまま、どうしたらいいのか迷った。バーニーの目に涙《なみだ》があふれて、頬《ほお》を伝う。あふれでるのを止めようとするように、手の甲《こう》でその涙《なみだ》をぬぐっている。

ぼくはベッツィに目をやった。「なにか食べたもののせいなの？」

ベッツィは大きくしゃくり上げながらうなずく。「父ちゃんはすごくおなかが痛くって、のどもからからなの」

ぼくは顔をしかめた。たいしたことなさそうだ。夏のあいだには、おなかをこわすことはよくある。二階に上がって、ちょっと声をかけてみてもいいかもしれない。グリッグスさんはぼくのために、ジョンさんあての短い手紙ぐらいなら書いてくれるかもしれない。

「ちょっと二階に上がって、顔をだしてくるよ。お母さんは、なにか買ってきてほしいものがあるかもしれないし」ぼくはポケットに手を突《つ》っこんで、半ペニー硬貨《こうか》をふたつ取りだした。これで、手持ちのお金はほとんどなくなった。「ベリック・ストリートの角に、イタリアン・

アイス売りがいたよ。これでレモン・アイスを買ってくるといい」

ベッツィとバーニーはぴょんと立ち上がると、コインをつかんで走りだした。裸足《はだし》の足が木の床《ゆか》にパタパタと音を立てる。ぼくはせまい階段をのぼった。どんよりとこもった熱い空気に、息もできないほどだ。それなのに、なぜだか背筋に寒気が走る。

ライオン醸造所《じょうぞうしょ》でのことで、神経質になってるだけだ。ぼくは自分にそういいきかせた。おじけづくんじゃない。

こんなふうにとつぜんおじゃまするのは失礼なことかもしれない。でも、いまの立場を失えば、また路上に放りだされて、フィッシュアイの目をのがれるのもむずかしくなってしまう。そうなれば、ぼくを必要とする人の役にも立てなくなってしまう。完全に。

そして、ぼくのことをどうしても必要とする人が、すくなくともひとりはいるんだ。

目の前のドアはすこしだけあいていた。足でドアをそっとおした。ドアはキーッと音を立ててあいた。顔つきのやさしい、いつもこぎれいなグリッグスの奥《おく》さんが、その音におどろいてびくんとした。

「ごめんなさい、グリッグスの奥《おく》さん……」ぼくは話しはじめた。

でも、すぐにやめた。

ぼくは目の前の光景に息もできず、なにも考えられず、なにが起こっているのか理解もできないまま、すごく長く感じる一分ほどを、凍《こお》りついたように突《つ》っ立っていた。ぼくが目にしたものは、小さな部屋のすみで山のように積まれたシーツの上に休んでいるグリッグスさんの姿だった。いや、とても休んでいるなどというものじゃない。それどころか、グリッグスさんはもがき苦しんでいた。

ぼくの口は、ショックであんぐりあいていた。その口をとじた瞬間《しゅんかん》、グリッグスさんが自分のおなかをつかみ、恐《おそ》ろしいほどの勢いで体を何度も「く」の字に折って苦しみはじめた。金色の髪《かみ》は汗《あせ》にまみれて黒ずんで見える。

そして、のどの奥深《おくふか》くから、小さな恐《おそ》ろしい苦しみの音をだした。近くにはおまるがおいてあった。バケツもいくつかある。けれども、それを使う力も残っていないようだ。

グリッグスさんの体の下のシーツは水のようなものにおおわれている。最初は、奥《おく》さんが熱を下げるために水をかけたのかと思った。でもそれは水なんかじゃなかった。米粒《こめつぶ》のような奇《き》妙《みょう》な小さな白い粒々《つぶつぶ》だ。頭のなかになにかがひっかかる。白い粒々《つぶつぶ》、白い粒々《つぶつぶ》……。

どこかできいたことがあるはずだ。でも、いったいなんだったろう？

「あら、イールだったのね。ここにきちゃだめよ。ベッツィはそういわなかった？」奥《おく》さんは真剣《しんけん》にきびしくささやいた。「この人は、爆発《ばくはつ》するみたいなの、痛みで。子どもたちは下にいかせたのよ、あなたもそうして。さあ、すぐに」

「グリッグスの奥《おく》さん、あの……なにかお手伝いできることはありませんか？」

奥《おく》さんはぼんやりとぼくを見つめた。まるでぼくが外国語で話しかけたとでもいうように。

「わからないの？」静かに声を荒《あら》らげる。「ここにはあなたにできることなんてなにも……」

グリッグスさんが大きな声をあげたので、奥《おく》さんはあわててかけ寄った。そのあとは、ぼくがそこにいることも忘れてしまったようだ。

ぼくは大きく息をのんだ。吐《は》き気《け》がこみ上げてくる。このままそこにいたら、本当に吐《は》いてしまっただろう。ぼくは立ち去った。いそいで。部屋をでると、息を止めたまま階段をかけおりた。あっというまに、ぼくは表にでていた。

ぼくは震《ふる》えながら突《つ》っ立っていた。大きく息を吸ったけれど、ねばつくようで、とても空気を吸っているとは思えない。石だたみの道のむかいにはライオン醸造所《じょうぞうしょ》が建っている。

もうだめだ。仕事を失ってしまう。それどころか、もう一度あそこに入ることもできない。もしもどったら、ジョンさんにでていけといわれる。そして、泥棒《どろぼう》として警察に突《つ》きだされるかもしれない。

グリッグスさんがあんなに苦しんでいるのに、真っ先に自分のことを考えるなんてよくないのはわかっている。そのときとつぜん、あの白い粒々《つぶつぶ》のことを思い出した。あれは、コレラにかかった人からでてくるものだ。

グリッグスさんは「青い恐怖《きょうふ》」に取りつかれてしまったんだ。

第5章　女王様の医者

ぼくは恐怖《きょうふ》で金縛《かなしば》りにあったようになり、その場に突《つ》っ立ったままだった。十分ほどもそうしていただろうか。どうしたらいいんだ？　ぼくのうしろの二階のあの部屋にはグリッグスさんがいる。目の前にはライオン醸造所《じょうぞうしょ》がある。そして、あちらの角、こちらの角にもフィッシュアイ・ビル・タイラーの影《かげ》が。

「悪い空気は厄介《やっかい》ごとの元だ」エイベル・クーパーさんはそういっていた。確かにそのとおりだ。それにしても、たった二、三日のうちに、どうしてこんな厄介《やっかい》ごとが次々と起こるんだろう？

グリッグスさんにはなにもしてあげられない。それに、ロンドンの下水溝《げすいこう》にでも隠《かく》れて、二度とでてこない限り、フィッシュアイにはいつか見つかってしまう。ぼくはどうしてもライオン醸造所《じょうぞうしょ》での立場を取りもどさなくてはいけない。それにぼくの四シリングも！　ぼくを救ってくれるかもしれない人は、いまとなってはひとりだけ。スノウ博士だ。

でも、本当に？　グリッグスさんの店の床《ゆか》をはき終えると、毎晩スノウ博士の動物たちの世話をしにいっているけれど、スノウ博士その人を見かけることはめったにない。往診《おうしん》ででかけていたり、大事な会合や食事会に出席するためにでかけていることが多い。スノウ博士の家の住みこみの家政婦、ウェザーバーンさんは、とてもきびしい人なので、お金を支払《しはら》ってもらうとき以外はなるべくさけてきた。それでも、やってみる価値はある。

ぼくに残されたたったひとつのチャンスなんだから。

動きだそうとしたちょうどそのとき、フローリー・ベイカーがものすごい勢いで、ぼくにむかってやってきて、怒《おこ》ったハエのように怒鳴《どな》りはじめた。「ねえイール、あんたがやったの？」

「いったいなんのこと？」

そのとき、フローリーのうしろで泣いている、汚《よご》れた三人の子どもに気づいた。まずはベッツィとバーニーだ。ふたりとも鼻をすすり、しゃくり上げている。バーニーはひざこぞうをすりむいたようだ。足に血がたれている。ふたりのうしろからやってくるのは、手首にひもやリボンを巻いたルイス巡査《じゅんさ》の娘《むすめ》のアニーだ。

ワン！　ワン！

そこにデリーも加わる。デリーは泣いている三人のまわりをぐるぐるかけまわっている。ときどき、自分のしっぽに目がいって、しっぽを追ってその場でくるくるまわりだす。しっぽをつかまえられないと知ると、ますますうるさく吠《ほ》えたてた。

「おだまり、デリー！」フローリーがしかりつける。それから、腰《こし》に手を当ててぼくのほうをむいた。「ふたりが人でごったがえしたゴールデン広場《スクエア》で泣いてるのを、わたしとアニーとで見つけたんだよ。バーニーは倒《たお》れてて、あやうく馬や荷馬車にひかれるところだった」

「でっかい馬だった」ベッツィがいう。「バーニーはぺしゃんこにつぶされるかと思った」

「あんたがふたりをあそこにやったっていうじゃないの」フローリーがつづける。「ねえ、イール、この子たちは、まだほんの赤《あか》ん坊《ぼう》なのよ！　この子らのお父さんは、ふたりを遠くにいかせたがらないのは知ってるでしょ」

「すんごくでっかい馬だった！　真っ黒な怪物《かいぶつ》みたいだった」バーニーはそういってから大きなしゃっくりをした。汚《よご》れた顔には涙《なみだ》のあとがついたままだ。それから、いちばん大事なことを思い出した。「アイス売りはめっかんなかった。アイスが食べたいよ。約束したのに」

「あたしも」ベッツィはぼくのシャツのひじをひっぱりながらいう。「それに、博士様の動物も見たいよ。イールが世話してるって、フローリーがいってたもん」

ぼくはフローリーをにらみつけた。フローリーはとぼけて肩《かた》をすくめている。「この子たちみんなをつれていけば、お母さんをすこし休ませてあげられるでしょ」

「まってよ、フローリー、ちょっと考えてもみてよ。これは、なんていうか、遊びじゃないんだよ」ぼくは文句をいった。「それに、スノウ博士にお願いしたいこともあるし」

「なによえらそうに。ごりっぱな博士様の動物を世話してるからって、すっかりいばっちゃって」フローリーがフンと鼻を鳴らした。「まるで自分が女王様のために働いてるみたいじゃないの。この子たちは、なにも迷惑《めいわく》なんかかけないよ」

ぼくは首をふりふりぼやいた。「いっしょについてくるだけで迷惑《めいわく》なんだよ！」

フローリーは腰《こし》に手を当てたまま、ぼくがあきらめるのをまっている。フローリーはがんこだ。そして、ぼくにとってはいちばんの親友だ。でも、だからといって、「青い恐怖《きょうふ》」のことを話すわけにはいかないし、ハギンズさんに泥棒《どろぼう》の疑いをかけられていることも話せない。

みんながぼくを見つめている。デリーまでもが、期待をこめてでもいるようにぼくを見上げている。とうとうぼくは降参した。「わかったよ、わかったから。だけど、みんな離《はな》ればなれにならないでついてくるんだよ」

「わたしはひとっ走りして、グリッグスの奥《おく》さんに伝えてくるね」フローリーはそういって店のほうにふりむいた。

「だめだよ、ぼくがいく」ぼくはあわててフローリーの手をつかんで止めた。「こんな道の真ん中でこの子たちといっしょに突《つ》っ立ってるところを見られたら、変な噂《うわさ》が立つから」

ぼくは店に入って階段をすこしだけのぼった。それから、ルイスの奥《おく》さんとグリッグスの奥《おく》さんにむかって大きな声で叫《さけ》んだ。子どもたちはぼくとフローリーとで見てるから心配ないですよ、と。ぼくは返事をまたなかった。あの部屋にもどるのはいやだ。よほどの理由でもない限りは。

「ねえ、バーニー、あんたはなに味のアイスが好きなの？」フローリーが歩きながらたずねた。

「わたしはラズベリー味」

「レモン」バーニーが答えた。「父ちゃんはストロベリーが好きなんだ」

「ベッツィはどうなんだい？」今度はぼくがたずねた。

ベッツィは返事をしない。ベッツィの顔はゆがんで、真っ青だ。ぐあいが悪いように見える。ベッツィがつまずいてころびそうになったので、ぼくは手を握《にぎ》った。

リージェント街はずいぶんにぎやかだ。辻馬車《つじばしゃ》がゆききし、行商人たちは売り声をあげ、人もたくさん歩いている。ぼくはうしろをふりむいた。「ちゃんとついてきて、アニー・リボン！」

「ついてきてるよ。ちょっとウィンドーのすてきな帽子《ぼうし》を見てただけだよ」アニーがキーキー声で答えた。もうすぐ九歳《さい》になるのに、やせこけていて六歳《さい》ぐらいにしか見えない。このあたりではだれもがそんな状態だ。ルイスさんは巡査《じゅんさ》だけれど、だからといって、楽々と家族を養えるわけじゃない。

ルイス巡査《じゅんさ》か。あの人はジョン・ハギンズさんに対して、ぼくをかばってくれないだろうか。いや、それは危険すぎる。ルイス巡査《じゅんさ》がなにもかもを知ってしまったら、ぼくはセント・ジェイムズ救貧院に入れられてしまうかもしれない。親指ジェイクとおなじように、ぼくも広い空の下で自由でいるほうがいい。

「あぶない！」ぼくはベッツィの手をひいた。すぐ近くを荷馬車が通った。馬は警告するように頭を上げている。

「速すぎるんだよ、イール！」フローリーが息をはずませながらいった。ぼくに追いつこうとひきずるようにバーニーの手をひいている。「なにをそんなにイライラしてるのさ。わたしたちは楽しいことをしにいくんじゃないの？」

ぼくは顔をしかめて、路地に足を踏《ふ》み入れた。ここならすこしは静かだ。大きく息をつくと、緊張《きんちょう》がすこしほどけた気がした。フィッシュアイはどこであれ、にぎやかな人ごみのなかでスリにはげんでいるはずだ。だから、ここなら安全だ。

フローリーはチビさんたちを先にいかせてぼくにきいてきた。「いったい、どうしたっていうの？　ライオン醸造所《じょうぞうしょ》でなにかあったの？」

「なんで、そんなことをきくのさ？」

「そうね、ひとつはまだ昼のさなかなのに、あんたは働いてない。もうひとつは、今日のあんたは、アニーの針刺《はりさ》しみたいにとげとげしてる」

「ジョン・ハギンズさんに泥棒《どろぼう》の疑いをかけられてるんだ」

「ハグジーがあんたをはめたんじゃない？」

ぼくはうなずいた。「あいつはぼくの持ち物をくすねたんだ。ぼくのお金だよ。そして、おじさんにぼくがそれを盗《ぬす》んだんだと信じさせようとしてる。このままじゃ、あそこにはいられなくなる」

ぼくはそこで口をとじた。それ以上、秘密まで明かすつもりはない。「どうして、ハグジーがぼくをはめたと思ったの？」

フローリーはフンと鼻を鳴らす。「あんたはいつだって、あいつの目の前でおまえより賢《かしこ》いんだぞって態度を取ってる。なんといっても、あいつは社長の甥《おい》っ子《こ》なんだよ」

「フローリーはぼくの味方だと思ってたのに」

「もちろん、そうよ。ただ、わたしたちみたいに底辺にいる人間は、じゅうぶんに気をつけなくちゃいけないっていってるだけ」フローリーはやさしくぼくの肩《かた》にふれた。「グリッグスさんにはたのんでみた？　あの人ならハギンズさんとも顔見知りのはずよ」

ぼくはためらった。「グリッグスさんは……ぐあいが悪くて、ぼくに会うのはむずかしいんだ」いっそ、なにもかも話したいと思った。グリッグスさんはどうやら「青い恐怖《きょうふ》」にやられてしまったようだと。でも、いまはいえない。ベッツィとバーニーがこんなに近くにいるんだから。それに、いったとして、ひょっとしたらそうではないのかもしれないし。

フローリーは一瞬《いっしゅん》口をつぐんだ。それから、とつぜんなにか思いついたようにきいてきた。

「ねえ、イール、ハグジーがあんたのお金を取ったっていったわね？　いったい、なんのお金なのよ？　どうして、お金なんかためてるの？」

ぼくは肩《かた》をすくめた。「別にたいしたことじゃないよ」

「わたしがなにかをたずねても、ときどきそうやってはぐらかすのよね」フローリーは真剣《しんけん》な目つきでぼくを見つめていった。「そんなときのあんたは、まるで、腐《くさ》った魚を売りつけておいて、わたしがにおいに気づかないとでも思ってるみたい」

それから、またころびそうになったバーニーをささえようと、フローリーは前にとびだした。ぼくはひとり取り残されて、フローリーのことばをかみしめていた。

石造りのきれいなお屋敷《やしき》が整然とならんだサックビル街にたどりつくと、アーニー、バーニー、それにベッツィは目を大きく見ひらいた。

「すごく静かだね。まるでセント・ルークス教会のなかにいるみたい」ベッツィがつぶやいた。

「すてきでしょ。お金持ちはこんなところに住んでるんだよ」フローリーが説明する。それからぼくにむかっていった。「わたしも、いまにこんなりっぱなお屋敷《やしき》で働くんだ」

「スノウ博士の家は十八番地だ」ぼくは四階建ての、大きなドアとどの階にも窓が四つある家を指さした。スノウ博士みたいにりっぱな人がぼくを信頼《しんらい》してくれているなんて、いまでも信じられない。ぼくみたいな泥《どろ》さらいに動物の世話をまかせるなんて。

「このおうちは、博士ひとりのものなの？」ベッツィが屋敷《やしき》の上まで見ようとのけぞりながらいった。

ぼくは誇《ほこ》らしい気持ちでうなずいた。「もちろんだよ。ジョン・スノウ博士はとてもりっぱな人だからね。だから、お屋敷《やしき》の中庭に入ったら、いい子にするんだよ。そうじゃないと、帰りにアイスを買ってあげないぞ。さあ、ついておいで。路地を通って裏にまわるんだ。家政婦のジェーン・ウェザーバーンさんがそこに新聞紙や動物の餌《えさ》にする残飯をおいてくれてる」

「スノウ博士とはどこで知りあったの？」フローリーがたずねた。

「コベント・ガーデンだよ。博士は市場にモルモットを買いにきてたんだ。コベント・ガーデンの市場がどんなに混雑してて騒《さわ》がしいかは知ってるよね。スノウ博士がモルモットを小さな箱に入れようとしたちょうどそのとき、博士のうしろにいた馬がなにかにおどろいて、野菜売りの荷車をひっくりかえしてしまったんだ。そのせいで大騒《おおさわ》ぎになって、モルモットは博士の手からにげてしまったのさ。ぼくはたまたますぐそばに立ってて、すぐにモルモットをつかまえたんだよ」

みんながぼくを見つめている。目に見えないモルモットをさしだすように手を前にのばして、ぼくは話をつづけた。「はい、どうぞ。なにかぼくにお手伝いできることはありませんか？動物のあつかいならうまいですよ。ぼくはイールといいます。ぼくには動物たちがいつにげだそうとするのかわかります」

「モルモットは返しちゃったの？」ベッツィが残念そうにいう。

ぼくはうなずいた。「ぼくはすばやく小さな箱に入れてさし上げたんだ」

「それで、その人はお仕事をくれたの？」ベッツィがいう。

「そんなにかんたんな話じゃなかったけどね。ぼくがちゃんとやれることを見てもらうための『おためし期間』があったんだ。スノウ博士だけじゃなくて、ウェザーバーンさんにもわかってもらわなくちゃだめだった。ウェザーバーンさんはまるで将軍みたいだったよ。納得《なっとく》するまで三週間もずっとぼくの仕事ぶりを観察してた」

それにぼくに警告もした。「よくききなさい。もしあなたがスノウ博士のご親切につけ入るような悪さをしたら、すぐに警察に突《つ》きだしますからね。これはただのおどしじゃありませんから」

そこでぼくはおそるおそるあたりを見まわした。フローリーやおチビさんたちをつれてきたのはまちがいだったんじゃないだろうか？　ウェザーバーンさんには、ぼくたちがコソ泥《どろ》のギャング団みたいに思われたくない。

ウェザーバーンさんが裏口からとびだしてきて、ほうきをふりまわしながら「とっとと失《う》せなさい！」といっている姿を思わず想像してしまった。

第6章　動物小屋

ぼくは黒い鉄の門を通ってスノウ博士の屋敷《やしき》の中庭に入った。それから、ぼくのうしろについてくるごちゃまぜの一団に目をやった。

「大きな声はだしちゃだめだぞ。それに走りまわるのもだめ」ぼくはきびしい声でいった。デリーを見ると、しゅっとしっぽをふって、のどの奥《おく》で低くうなり声をあげた。「おまえもだぞ」

小さな中庭のほとんどは、木でできたこぎれいな小屋で占《し》められている。小屋のなかにはケージがならんでいる。キッチンのドアにつづくレンガ敷《じ》きの小道の両側には、料理に使うハーブ類が植えられている。ウェザーバーンさんは一度、スノウ博士は野菜しか食べないベジタリアンだと教えてくれた。それをきいて、ぼくはいっそう、スノウ博士を特別な人だと思うようになった。それまで、ベジタリアンになんか会ったことがなかったからだ。

「動物たちはでてこないよね？」アニーが、三つ編みの髪《かみ》の先をかみながら不安げにいう。

「心配ないよ、アニー。スノウ博士は小屋もケージも、全部自分で作ったんだから。博士は夏でもきれいな空気が入るように小屋を設計したんだよ。よく見てごらん、いまは壁《かべ》の一部があけてあるだろ？　冬になるとちゃんとふさいで、動物たちを寒さから守るんだ」

バーニーとベッツィはひとつのケージをのぞきこんで、目を真ん丸にしている。「見て見て。本物のウサちゃんだよ」ベッツィがささやいた。「ウサギはかむ？」

ぼくは首を横にふった。「いいや、その子は子ネコみたいにおとなしいよ」

ベッツィはケージの金網《かなあみ》に指を入れて、小さな茶色のウサギをなでた。ベッツィはくすくす笑った。「この子、あたしの指をしゃぶってる。ねえ、バーニーもなでてみなよ」

「フローリー、きみのいうとおりだったよ。この子たちをつれてきてよかった。ぼくたち、まだ友だちかな？」ぼくはいった。

フローリーはうなずいた。「それに、友だちは信用していいわよ。たとえ、秘密を持っててもね」

バーニーはケージからケージへとはねるように動きはじめた。「ここの動物は、全部博士のペットなの？　このネズミもモルモットも？」

「ペットっていうわけじゃないんだ」ぼくはハツカネズミのケージに新しい新聞紙を敷《し》きながら答えた。「スノウ博士は実験に使うんだよ」

「どんな実験？」フローリーがきいた。まさか解剖《かいぼう》して血みどろにするわけじゃないでしょうね？　だったら話すのはやめてよね、というような口ぶりだ。

「スノウ博士は、この子たちをねむらせるんだ。それだけだよ。それも、ちょっとのあいだだけ」

ベッツィは顔をしかめている。「でも、なんのために？」

「スノウ博士はクロロホルムっていうガスの実験をしてるんだ。そのガスを吸ったら、ぐっすりねむって、痛みを感じなくなるんだよ。そうすれば、歯医者さんが虫歯を抜《ぬ》いても、お医者さんが手術で体を切っても、なんにも感じなくてすむのさ」

「体を切られるのはいやだよ」バーニーが大きな声をだした。

「スノウ博士はロンドン中の歯医者さんやお医者さんを助けてるんだ」ぼくは自慢《じまん》げにいった。

「スノウ博士は女王様にもクロロホルムを使ったんだよ」

「女王様は歯が痛かったの？」アニー・リボンがびっくりしたようにきいた。王様や女王様は歯痛で苦しんだりしないと思っていたみたいに。

「そうじゃないんだ。去年、レオポルド王子が生まれたとき、女王様が痛みであまり苦しまなくてすむように手伝ったんだよ」

「それって、つまりこういうこと？」フローリーがゆっくり話しはじめた。「スノウ博士はそのクロロホルムっていうガスを、まず動物でためしてみて、人間にどれぐらい使えばいいかをさぐってるのね。だって、女王様に吸わせすぎてなにかあったら、スノウ博士の首がとぶもの！」

ぼくはうなずいた。「そういうことだよ。でも、スノウ博士はいつだって、動物たちのことをとてもていねいにあつかってるよ」

ぼくはスノウ博士が姿をあらわしたときのことを思い出した。博士はきれいなケージを見て、ぼくに満足げにうなずきかけてこういった。「どの動物たちにもやさしく接しなくちゃいけないよ。人間のための実験に使うんだから、思いやりを忘れちゃいけないんだ、イール」

「わたしたち、女王様と会った人の庭に立ってるんだね」とうとうフローリーも感心したようにいった。

「スノウ博士は科学の発展のために身をささげてるんだ。ウェザーバーンさんからきいたんだけど、博士は動物たちだけじゃなくて、自分でもためしてみるんだって。博士は時計を見ながらガスを吸って、ねむりに落ちるんだ。ストンってね」

ぼくは目をつぶって首をがくんとたれてみせた。「それから、五分後に目を覚まして、使ったクロロホルムの量と、ねむっていた時間をノートに書きとめるんだ。どれもこれも、すばらしい科学者になるためには必要なことなのさ」

アニー・リボンもバーニーもベッツィも、動物たちの皿に水を満たしたり、餌《えさ》を与《あた》えたりしたがった。そのせいで、いつもよりずいぶん時間がかかってしまった。それでも、ようやくやり終えた。そのあいだフローリーは、すこし離《はな》れたところで、熱心に絵を描《か》いていた。

「ひとりに一枚ずつだよ」フローリーはおチビさんたちにそういって、スケッチブックのページを破り取った。「アニーとベッツィにはウサギの絵だよ。バーニーはモルモットね」

「ねえ見てよ、イール」バーニーがぼくに見せてくれた。「この子のこと、将軍って呼ぶことにした。モルモットの将軍だよ。今日から、その名前で呼んでくれる?」

「うん、そうするよ」ぼくは請《う》け合った。「さあ、みんな、そろそろ帰る時間だよ。ねえ、フローリー、この子たちをつれて帰ってくれる?」

「わたしひとりで? だけど、アイスも買ってあげるんでしょ? あんたはどうするのよ?」

「ぼくはスノウ博士に話があるんだ。そういっただろ? お願いだからたのむよ、フローリー」

フローリーはため息をついた。「わかったわ。でも、スノウ博士がいなかったらどうするの？　今夜はライオン醸造所《じょうぞうしょ》にもどれるの？」

　ぼくは首を横にふった。「スノウ博士に助けてもらえないんなら、それは無理だよ。盗《ぬす》みは重大な犯罪だからね」

「じゃあどうするの？　ここで寝《ね》るつもり？」

　ぼくは自分の顔が赤くなるのを感じた。フローリーには、いつだって先を読まれている。フローリーにいわれてはじめて、ここで寝《ね》ようかと思いついた。ぼくは、フローリーの視線をさけながら、いねむりしているデリーに近寄ると、かがんで耳のうしろをかいてやった。

「ねえ、イール、あんたがスノウ博士の住む世界にあこがれる気持ちはわかるわ。でもね、スノウ博士みたいなごりっぱな人は、庭にいる泥《どろ》さらいのことなんか気にもかけないわよ。半ペニー賭《か》けたっていいわ。もしあんたがこの小屋で寝《ね》てるところを、スノウ博士にでも家政婦にでも見つかったら、あんたは蹴《け》りだされて、二度と姿をあらわすなっていわれるわよ」

　もし、フローリーのいうことが正しければ、ほとんど稼《かせ》ぎにはならない泥《どろ》さらい以外のたったひとつの仕事まで失うことになる。

「だいじょうぶだよ。いくところならあるから」ぼくは答えた。

「安全な場所なの？」

ぼくはうなずいた。以前使っていたテムズ川のほとりのねぐらは、じゅうぶん安全だった。でも、いまでもそうだろうか？　フィッシュアイにつかまる危険がありはしないだろうか？

ぼくはポケットに手を突《つ》っこんで、フローリーに六ペンス硬貨《こうか》をわたした。最後のお金だ。

「これできみの分のアイスも買って」

フローリーはため息をついた。「あんたはいちばんのお楽しみをのがしちゃうんだね。だって、おチビさんたちのアイスでベタベタの手と手をつなげないんだから」

ぼくはにやりと笑って、去っていくみんなに手をふった。デリーは庭にある全部の草むらのにおいをかいでいる。またいつかくる日のために備えているみたいに。

フローリーは門のところで立ち止まってふりかえった。「うまくいくといいね、イール」


本当にうまくいってほしいと思った。ぼくは裏口のドアをじっと見つめたまま、なんとか勇気を奮い起こそうとした。そしてようやくドアをノックした。ずいぶん時間がたったと思いはじめたころ、ドアがあいた。

「こんにちは、ウェザーバーンさん」ぼくはかぶっていた帽子《ぼうし》をもぎとるようにぬいでいった。

ウェザーバーンさんはスノウ博士とおなじくらいの年に見える。四十歳《さい》ぐらいだろうか。ブルドッグを思わせるようなきびしい顔つきで、目も笑っていない。デリーがグリッグスさんに忠実なように、ウェザーバーンさんはスノウ博士に忠実なんだ。

話しぶりからして、ウェザーバーンさんはレオポルド王子に仕えているような気持ちでいるのかもしれない。毎週賃金をもらいにいくたびに、ウェザーバーンさんは「スノウ博士は天才なんですよ」という。「スノウ博士のために働けるなんて、本当に光栄なことなのです」

「はい、ウェザーバーンさん。ぼくもそう思います」ぼくはいつもそう答える。

ぼくがもじもじして立っていると、スノウ博士がいかにいそがしくて、博士自身の健康に気をつけるのがどれほど大変か、スノウ博士が歴史に名前を残すのがどれほど当然のことなのかを、ウェザーバーンさんは延々と話しつづける。しばらくするとようやく口をとざし、自分がどこにいるのかとつぜん思い出したかのようにぶるっと身震《みぶる》いして、最後にようやくぼくに二シリング手わたしてくれる。

いま、ウェザーバーンさんはぼくを見おろしている。「なにか問題でも?」

ウェザーバーンさんは決してぼくのことをイールとは呼ばない。「男の子を魚の名前で呼ぶなんていやです」はじめて会ったとき、ウェザーバーンさんはフンと鼻を鳴らしながらいった。

「いいえ、問題はありません、ウェザーバーンさん。すべてちゃんと終わりました」ぼくは自分の足元を見つめた。早くいわなくちゃ。「あの、ただ、スノウ博士がいらっしゃるかどうかって思って」

ウェザーバーンさんは礼儀《れいぎ》正しい人なので、うめき声をあげたりはしない。そのかわりに、きつい口調でいった。「夕食の前に？　あなたはいま時分に博士にお目にかかれるとでも思ったんですか？」

ウェザーバーンさんはぼくの返事をまたずにつづけた。「あなたも知っているとおり、博士は偉大《いだい》なお方です。とてもいそがしいんです。ものすごくね。たいがいは夜遅《おそ》くまでお帰りになりません」

「はい、わかってます。ただ、ぼくは……」

「今日は確か、抜歯《ばっし》のためにクロロホルムを処方されてるはずです」ぼくのことばを無視して、ウェザーバーンさんはつづける。「みなさんがスノウ博士を頼《たよ》りにされてますから。ロンドン中の有名な歯科医や外科医がね。博士の名声は高まるばかりなんです。本当の天才ですから」

ぼくはとつぜん気づいた。ウェザーバーンさんのいうとおりだ。スノウ博士はとてもいそがしい重要人物なんだ。それなのに、ぼくはなにを考えてたんだ。博士に時間をさいてもらって、助けてもらおうだなんて。ビクトリア女王だって博士の患者《かんじゃ》なんだぞ。ぼくみたいな泥《どろ》さらいのことを気にかけてくれるはずがないじゃないか。

「えっと、あの、ぼくはただ、ケージの掃除《そうじ》は全部終わったって、伝えたかっただけです」ぼくは口ごもった。「あのう、それから、今日は木曜日です」ウェザーバーンさんはふだん木曜の夜か金曜の朝に賃金を払《はら》ってくれる。

「ああ、そうでしたね。賃金の支払《しはら》いね」ウェザーバーンさんはポケットから二シリング取りだして、ぼくのほうにさしだした。「いいですか、スノウ博士はとても寛大《かんだい》な方でもあります。ケージの掃除《そうじ》に週二シリングも払《はら》ってくださるんですから。あの日、市場で目をかけてもらったのは、とても幸運なことなんですよ」

「はい、そうですね」ぼくはお金を受け取りながらいった。コインの手ざわりは冷たくてかたかった。

二シリング。すくなくはないお金だけれど、じゅうぶんじゃない。ぼくの秘密を守るためには。

第7章　夜の川辺

「気をつけろ！」馬車の御者《ぎょしゃ》に怒鳴《どな》られた。

ぼくは馬糞《ばふん》の山をとび越《こ》えてよけた。ポケットの奥深《おくふか》くに二シリングがあるのを確認《かくにん》する。馬車をひく馬は大きな頭をぼくにむかってふりたてながらいななき、石だたみを蹴《け》っていった。

「将軍様のじゃまをしないほうが身のためだぞ」御者《ぎょしゃ》がいう。ぼくは頭をたれて返事をしなかった。バーニーが小さなモルモットにおなじ名前をつけたのを思い出した。

ブロード街は、もうはるか遠いところになってしまった気がする。ぼくは川にむかって歩いた。むかしなじみの泥《どろ》さらいにもどるために。へりが眉毛《まゆげ》にあたるくらい帽子《ぼうし》をぐいっとひき下げた。うすっぺらい靴底《くつぞこ》に敷石《しきいし》のごつごつを感じながら早足で歩く。あの橋までは三キロほどあるだろう。路地裏を通っていけば遠まわりになる。でもそのほうが安全だ。スリたちは、まちがいなくピカデリー広場《サーカス》やコベント・ガーデンのようなにぎやかな場所をうろついているはずだから。

ぼくが心配しているのはお金のことじゃない。ロンドンのほとんどのスリはフィッシュアイを知っている。それにフィッシュアイの手下たちは、ぼくの顔もよくわかっているはずだ。それ以外の連中はぼくの特徴《とくちょう》をきいてさがしているだろう。やつらは、わずかなお金のために、よろこんでぼくをフィッシュアイに売るだろう。

心配なのはスリだけじゃない。フィッシュアイが犯罪に手を染める前にやっていた魚の行商仲間たちもいる。あの人たちは仕事のあと、パブにたむろしてビールを飲みながら、あけっぱなしの窓から外のようすに目を光らせている。

そのうちのひとりが、やつにこういっているのが、目に浮《う》かぶようだ。「おい、ビル。今日、おめえさんところのガキを見かけたぞ。ずうずうしくも市場のど真ん中を歩いてやがった。やつはにげだしたんだろ？　まったくひでえ話だぜ。おめえがあんなにめんどうみてやってたのにな。イールって名前だったよな？　ウナギみてえにぬらぬらとおめえさんからにげちまったってわけだ」

そんな話がフィッシュアイの耳に入ったら、かんかんに怒《おこ》るだろう。ぼくが頭を使ってフィッシュアイをだまして、まんまとにげたことを決して許さないだろう。ぼくは二度とフィッシュアイに近づきたくない。なにがあってもだ。

パブからただよってくるタマネギとフライド・ポテトのにおいでおなかが鳴った。ライオン醸《じょう》造所《ぞうしょ》で朝ごはんを食べてから、なにひとつ口に入れていないせいで、腹ぺこだ。ライオン醸造所《じょうぞうしょ》。クィニーはどうしてるだろう。クィニーに餌《えさ》をやることはもうできない。あの子はうまくやっていけるだろうか？　だれかが餌《えさ》をやったり、ブリキの皿に水を注ぎ入れたりしてくれるだろうか？

ぼくはエイベル・クーパーさんのことを思った。月曜に出勤してきたクーパーさんは、自分の椅子《いす》の真ん中に、まだすこしぬれた黒い子ネコが我《わ》が物《もの》顔でいるのを見てこういった。

「いったい、こいつはなにものなんだい？」

「この子はクィニーっていいます。どこかの男の子が、テムズ川に放り投げたんだ。ちょうどぼくが通りかかって、この子、命拾いしたんです」ぼくはそう説明した。

「それはごりっぱなこった」クーパーさんは皮肉たっぷりにいった。「だが、なんだっておれの椅子《いす》の上にいるんだ？」

「ごめんなさい、親方。かんべんしてやってください。それに、ライオン醸造所《じょうぞうしょ》にはネズミ捕《と》りが必要だと思うんです」

クーパーさんはうめき声をあげた。でも、そのあとでクーパーさんにメッセージを届けにいくと、クィニーはまだクーパーさんの椅子《いす》の上にいた。ただし、このときは椅子《いす》にすわったクーパーさんのひざの上に。

クィニーはきっとだいじょうぶだろう。


テムズ川に近づくにつれて、どんどんくさくなる。ぼくは今日がどんなふうにはじまったのかを思い出していた。エイベル・クーパーさんは、瘴気《しょうき》、つまり悪い空気が厄介《やっかい》ごとを運んでくるといっていた。ぼくにも厄介《やっかい》ごとが起こったけれど、グリッグスさんに起こったことは、もっとはるかにひどい。いまごろグリッグスさんはどうしてるだろう？　あれが「青い恐怖《きょうふ》」だというのは、ぼくの思いちがいかもしれない。明日もどって確かめてみよう。

でも、明日はその前に朝いちばんでやらなくてはいけないことがある。四シリング持たずにぼくがあらわれたらどうなるのかを考えて、ゴクリとつばを飲みこんだ。昨日にはちゃんとお金はあったのに。あのブリキ缶《かん》のなかに。でも、それは昨日のことだ。

もうあのお金のことを考えるのはやめよう。ウェザーバーンさんがくれたお金に、あともうちょっとでも足すのはむずかしいかもしれない。でもやるだけはやってみないと。どんなにいやでも、ぼくはまた泥《どろ》さらいにもどるしかない。

川が見えてくると、すっぱくて腐《くさ》ったような、いかにも不潔なにおいがぼくの顔に襲《おそ》いかかってきた。胃がぎゅっとちぢこまる。たぶんおなかがすいているせいもあるんだろう。何日かはこんな状態でがまんしなければいけなくなりそうだ。それでも、運はあった。ちょうど引き潮の時間だったからだ。

父さんとぼくは、よくいっしょにテムズ川のほとりを散歩した。忘れられない思い出だ。そのころは、こんなにはくさくなかったような気がする。そのころの思い出でいちばんはっきりしているのは、ぼくの肩《かた》を抱《だ》いた父さんの手が大きくて力強かったことだ。

父さんはいつまでも飽《あ》きずに川を見ていた。

「ほら、見てごらん。はしけや漁船が物を積んでいったりきたりしてるだろ」父さんはそういって両腕《りょううで》を大きく広げた。「テムズ川は、ロンドンのすみずみにまで命を与《あた》える、力強く脈打つ太い血管みたいなものなんだ」

父さんは子どもの泥《どろ》さらいたちのことをとても気にしていて、ときどき、幼い子たちを呼び寄せてはペニー硬貨《こうか》をあげていた。父さんはまさか息子《むすこ》であるぼくが、テムズ川に命をすくってもらう日がくるなんて想像もしなかっただろう。ぼくはライオン醸造所《じょうぞうしょ》に拾われるまでの長いあいだ、川で命をつないでいた。そして、いままた、その生活がはじまる。

拾った石炭や木切れ、船のコックが投げてくれる肉の脂肪《しぼう》のかたまりを売っても、たいした稼《かせ》ぎにはならない。それでも、なんとか生きていけるだろう。スノウ博士の家で働いて得るお金も加えれば、すくなくとも冬がやってくるまではなんとかなるだろう。

とつぜん、猛烈《もうれつ》に父さんのことが恋《こい》しくなった。父さんが死んで三年になる。ロンドンがテムズ川で分けられているように、ぼくの人生もまっぷたつに分かれている。父さんが死ぬ前の人生と、そのあとに起こったなにもかもに。以前の生活はどんどん薄《うす》れていくような気がする。朝の光に目を覚ましたとたん、それまでに見ていた夢がふわふわとただよって、どこかへ消えてしまうように。

ぼくはギラギラと輝《かがや》く水面をじっと見ていた。次の瞬間《しゅんかん》、うしろから強くたたかれた。ぼくは宙に浮《う》いて、泥《どろ》のなかに倒《たお》れこんだ。なんとかよつんばいになると、ぴょんと立ち上がって戦おうと身がまえた。

「やめとけ、チビすけ」そこに立っていたのは赤毛のネッドだった。ぼくより頭ひとつ背が高い。まわりに気を配っていなかったことをくやんだ。ネッドだってじゅうぶん迷惑《めいわく》だけど、うしろからそっと近づいていたのがフィッシュアイだったとしたら、どうなっていただろう。

ぼくはネッドのにおいに顔をしかめて、一歩あとずさりした。ネッドは汚物溜《おぶつだ》めにつかってきたようにくさかった。ネッドはめったに川から離《はな》れることはないので、当然なのかもしれない。ネッドは目を細めていった。「なあ、イール、おれにはわからないことがあるんだ」

ぼくはズボンの泥《どろ》をぬぐいながら顔をしかめていった。「あんたみたいに脳みそがちっぽけなら、わからないことはたくさんあるんだろうな」

「おまえはいったいここでなにをやってるんだ？」ネッドはぼくの侮辱《ぶじょく》を無視してつづけた。「今週に入って二度目だぞ。おれたちは古い仲間なんだから、たまにくるぶんには気にしないさ。だが、またきやがった」ネッドはぼくをにらみつけ、川で拾った棒をぼくのあごの下に突《つ》きつけた。

ぼくは棒をおしのけた。「あんたの川ってわけじゃないだろ」

「そうなのか？　そうかもしれないぞ」

ネッドは、川べりをあさっている幼い男の子たちのほうへあごをしゃくった。「あのチビどもを見ろよ。やつらはおれのために働いてるんだ。おれがめんどうみてやってるといってもいいな。一日あさりまわったあとに、手ぶらで帰ってきやがったら、おれは許さない。ほかのやつにじゃまされるのはごめんだ」

「かんべんしてよ、ネッド」ぼくは軽い調子でいった。「ぼくはあの子たちよりずっと優秀《ゆうしゅう》な泥《どろ》さらいだってことはわかってるだろ？　ぼくと手を組まない？　どうせ、すぐに、あんたがぼくのために働くようになるんだから。賭《か》けてもいいよ」

ネッドは恐《おそ》ろしいうなり声をあげて、棒をふりまわした。今度はぼくの腹をねらっている。ぼくはぎりぎりでとびのいた。あやうくおなかに一発くらうところだった。ぼくは走ってにげた。

ぼくはブラックフライアーズ橋を目ざした。赤毛のネッドはぼくを仲間にしたくはないだろう。でも親指ジェイクならちがうかもしれない。それにジェイクなら、いくら腹を立てても、ネッドみたいにすばやく追いかけてくることはできない。

夜中になるころには、一ペニー分ぐらいの石炭が集まった。エビを少々か、バター付きパンを手に入れるにはじゅうぶんだ。でも、それはやめにして、腹ぺこのままがまんしよう。お金の使い道は別にある。ぼくは橋の下に場所を見つけて丸くなった。でも、ポケットにコインが入っていることを考えると、ぐっすりとはねむれない。万が一、盗《ぬす》まれたりしたら大変だ。

どっちみち、ねむりたくてもねむれなかった。ぼくの心は強風にあおられる川面《かわも》のように波立っていた。ハグジーのにやついた顔が頭から離《はな》れない。ベッツィとバーニーがおびえてじっとおとなしくすわっているようすも。そして、もだえ苦しんでいるグリッグスさんの姿も。

ぼくはごつごつとした石の上で何度も寝返《ねがえ》りを打った。これには慣れなくてはいけない。むかしは泥《どろ》さらいだったのだし、また泥《どろ》さらいにもどるのだから。ぼくは優秀《ゆうしゅう》な泥《どろ》さらいだった。

そのおかげで親指ジェイクの目にもとまったんだ。

「おい、そこのぼうず、ちょっとこっちにこい」ある夜、ジェイクはぼくに声をかけてきた。濃《こ》い霧《きり》がでて、なにもかもが奇妙《きみょう》な影《かげ》におおわれている夜だった。そんな日は危険だ。ぬかるんだ泥《どろ》のなかを歩いているときに、とつぜんはしけや船が目の前にあらわれ、よける暇《ひま》もないようなことがあるからだ。

「しばらくおまえを見てたんだ」ジェイクはいった。「なかなかいい腕《うで》じゃないか。ことによると、おまえは暗闇《くらやみ》でも目が見えるんだと思うところだ。泥《どろ》さらいは長いのか？」

ぼくは肩《かた》をすくめた。「いいや、そんなには」

「ほほう。なんでそんなにうまくやれるのかはわからんが、あんまりおれには近づくな」ジェイクは指のない親指の根元をぼくの顔に突《つ》きつけるようにしていった。「親指は失《な》くしたが、その気になりゃ、ガキの首なんぞかんたんにひねる手は持ってるんだ」

第8章　守りたいもの

九月一日（金）

　翌朝、目が覚めると真っ先にポケットのなかを調べた。お金は無事だった。なんとかロープと銅釘《どうくぎ》を何本か見つけ、くず屋に売って一ペニー手に入れた。それから、ぼくは歩きはじめた。まわりは人でいっぱいだ。ぼくたちの足音が、はじまったばかりの一日にリズムを与《あた》える。裸足《はだし》の足が石だたみをたたくペタペタという音、革《かわ》のブーツの重い音、女の人のヒールのかたい音。踏《ふ》まれた石だたみがたいらにすりへらないのが不思議なぐらいだ。

　フィールド・レーンに近い細い路地についたのは、ちょうど七時ごろだった。路地にはもう、暑さでかげろうが立っていた。ぼくは一軒《けん》の小さな家の裏にまわって、キッチンのドアをそっとノックした。

「ああ、あんたかい」細くあいたドアのすきまから、赤ら顔の大柄《おおがら》の女の人がのぞいていった。

「持ってきたのかい？」

「はい、ミッグルさん」ぼくは、ふりむきながらささやいた。ぼくは足をそわそわと動かしながらポケットに手を突《つ》っこんだ。いまは、家のなかに入れてほしいと思った。あたたかい焼きたてのビスケットとコーヒーの香《かお》りがぼくを包みこむ。胃がきりきりと痛んだ。それほどおなかがすいていた。

ミッグルさんがドアをあけてくれたので、ぼくはなかにすべりこんだ。いよいよいわなくてはいけない。

「半分だけなんです」ぼくはそういってお金をさしだした。

ミッグルさんは、カエルが虫をつかまえるようにすばやく手をのばした。二シリングのコインはあっというまにミッグルさんの大きなスカートのどこかにおさまって見えなくなった。ぼくは反対のポケットにも手を入れ、今朝稼《かせ》いだばかりの一ペニーをひっぱりだした。「こっちは貧民学校の分です」

ミッグルさんはそのお金もつかんだ。それから、大きな体の前で腕《うで》を組み、ぼくをにらむように見下ろした。「それで、残りは？　あとの二シリングはどこにあるんだい？」

この人は笑顔《えがお》になることなんかあるんだろうか、と思った。たぶんまだ三十歳《さい》そこそこだと思うけれど、何年も前に、やさしい部分を全部そぎ落として、きびしくてこわい人になってしまったようだ。

「あんたには親切にしてきてやっただろ。この大きな心でね。それでも限界ってものがあるんだよ」ミッグルさんがぐっと前かがみになって顔を近づけてきたので、上唇《うわくちびる》のそばのうぶ毛まで見えた。「限界がね」

「はい、それはわかってます。ミッグルさんの数多くのご親切には、心から感謝しています」ぼくは早口でいった。「だけど、今回だけ、来週の金曜までまっていただけませんか？　かならず四シリングと今回の分の残りの二シリングをお支払《しはら》いします。それに、フィールド・レーン貧民学校の授業料の一ペニーも」

ぼくは頭をたれて、なんとか片目から涙《なみだ》を一滴《てき》しぼりだした。精いっぱいあわれに見えるようがんばった。ミッグルさんのように手ごわい人にも、ときには効果がある。

「わかったから、そのみじめったらしい芝居《しばい》はやめるんだね」ミッグルさんはかんたんにはだまされない。くるりとふりむいてコンロのやかんをおろしにいった。

「あの子は元気なんでしょうか？」

「ああ、元気だよ」短く答えて、お茶を注いでいる。「毎日貧民学校に通ってる。わたしたちで決めたとおりにね。だけど、どんどん大きくなるんだよ。男の子ってのは、望まなくたってどんどん大きくなるんだからね」ミッグルさんはぼやきつづける。ミッグルさんの声は、音程のくるったバイオリンのように高い。

「あんたからもらってるお金だけじゃ、とてもじゃないけど新しい靴《くつ》や服は与《あた》えられないよ。わたしには、本物のちゃんとした下宿人もいるんだしね」

「わかってます、ミッグルさん。冬になる前に、もっと払《はら》えるようがんばってます。稼《かせ》いだお金で新しい靴《くつ》や、コートもぼくが買ってやります。でも、いまはまだ無理なんです」

ぼくはそこでいったんことばを切って、これから話すことをどんなふうに切りだしたらいいか考えた。

「あのう、ミッグルさん」ぼくは話しはじめた。「最近、なにか変わったことはありませんか？」

ミッグルさんは、不審《ふしん》げに目を細くした。「変わったことって、たとえば？」

ぼくは唇《くちびる》をなめてから、なるべくなんでもなくきこえるようにいった。「えっと、このあたりでだれかがこそこそなにかをかぎまわってるとか。ぼくのむかしの泥《どろ》さらいの仲間かだれかが」

「あんた、まさか、泥棒《どろぼう》でもしでかしたんじゃないだろうね？」

「いえいえ、決してそんなことは」ぼくはあわてていった。「なんでもないんです。あの、ぼく、あの子と話せますか？」

ミッグルさんはキッチンの奥《おく》の戸棚《とだな》と変わらないぐらい小さな部屋に入っていった。ぼくもあとにつづく。ミッグルさんのむこうに小さな男の子がねむっているのが見えた。

「ほら、ヘンリー」ミッグルさんが声をかける。「兄ちゃんが会いにきたよ」

「ヘンリー」ぼくはそっといった。「さあ、起きて、ぼくだよ」

ぼくは幅《はば》のせまい藁《わら》のマットレスに腰《こし》かけた。ヘンリーはぴょんと体を起こした。そこにいるのがぼくだと気づくまで、顔から恐怖《きょうふ》は消えなかった。

「イール! ぼくをつれだしにきてくれたの?」ヘンリーはささやいた。黒い瞳《ひとみ》でキッチンのほうを見る。「ミッグルさんは、意地悪なんだもん」

ぼくは顔をしかめた。「意地悪って、あいつよりもかい?」

「そんなんじゃないよ」ヘンリーは目を覚まそうと目をこすっている。「ちょっとだけ乱暴なんだ」

「ミッグルさんは正直ないい人だよ」

そういいながらも、自分でも本当だろうかと思っていた。いまはぼくが支払《しはら》う週四シリングに満足して、ヘンリーをあずかってくれている。けれども、もし、フィッシュアイがヘンリーの居所を見つけて、まとまったお金を払《はら》うといったら、よろこんでさしだすんじゃないだろうか?

ヘンリーのように小さな子は、フィッシュアイにはとても役に立つ。単純なひったくりにも仕立て上げられるし、かわいい顔と高い声は物乞《ものご》いをするのに重宝だ。特に、嘘泣《うそな》きを覚えたら強力だ。どんなことがあっても、フィッシュアイには弟を見つけさせるわけにはいかない。

ヘンリーは着替《きが》えるとキッチンの低い椅子《いす》にすわった。テーブルにはベーコンの油にひたしたパンと、ミルクがでている。ミッグルさんは、そんなそぶりは見せないけれど、ぼくにも親切にしてくれた。パンを分けてくれたんだ。

「ほんのパンくずだよ」心の奥《おく》のやわらかい部分を隠《かく》そうとでもするように、ミッグルさんはそういいわけをした。

ヘンリーはぼくと離《はな》れたがらなかった。「ねえ、イール、学校までいっしょにいこうよ」

「今日はだめだ」ミッグルさんがくれた水の入ったコップを受け取りながら答えた。ミッグルさんの親切も、ミルクを分けてくれるところまではいかない。ぼくは、万が一にも、ふたりがいっしょにいるところをだれかに見られたくなかった。

「もう時間がないんだ。ぼくは先にいくからね」ぼくは冷たい水を飲み干すと、ヘンリーの頭をポンポンとたたいた。

「ちょっとまって！」ヘンリーはぴょんと立ち上がると、戸棚《とだな》のような小さな部屋にかけこんで、半分に折られたくしゃくしゃの紙を一枚持ってもどってきた。

ヘンリーはにっこり笑った。黒い瞳《ひとみ》にキラリと光がさした。「ほら、イール、あけてみて」

くすくす笑ってとなりにすわっている弟の前で、ぼくは大きく声にだして読んだ。

一八五四年九月一日
お兄ちゃんのイールへ。
おたんじょう日おめでとう！
お兄ちゃんが大好きな弟、ヘンリーより

ぼくはヘンリーをぎゅっと抱《だ》きしめた。去年の冬のように、骨がごつごつ当たらないのがうれしかった。ミッグルさんは乱暴に見えるけれど、ヘンリーを飢《う》えさせるようなことは決してしない。「上手に書けるようになったね。母さんもきっと誇《ほこ》りに思うよ」

ぼくはその紙を大事にポケットにしまい、上からポンポンたたきながら、ミッグルさんの家をでた。その紙は、この先、ぼくの心をなぐさめてくれるのを約束しているように思えた。長い一日の終わりに食べる小さなミートパイを、紙に包んでポケットに入れて持ち歩いているように。

今日が自分の誕生日だということをすっかり忘れていた。そして、その日は、だれにも想像できないほど、ひどい一日になった。

第2部

青い恐怖《きょうふ》

イギリス史上、コレラのもっとも恐《おそ》ろしい発生は、おそらく、ゴールデン広場《スクエア》地区のブロード街で起こったものだろう。

ジョン・スノウ博士『コレラの感染様式について』（一八五五年）

人々は、この困難に満ちた危機に対して、ひるむことなく賞賛すべき勇気をもって立ちはだかった。

ヘンリー・ホワイトヘッド牧師『ベリック街のコレラ』（一八五四年）

第9章　最初の棺《ひつぎ》

その日の昼近く、ぼくはブロード街にもどってグリッグスさんの家の窓を見上げていた。すでにずいぶん歩いている。ぼくは首のうしろをさすった。外でひと晩過ごしたせいで、首が痛い。文句なんかいってもなんの役にも立たないぞ。自分にそういいきかせる。

誕生日なんだからと、ミッグルさんがポケットに入れてくれたビスケットを食べたあとでも、まだすこしおなかがすいている。ぼくはウォリック街の井戸《いど》で立ち止まって、足についた泥《どろ》を洗い落としていた。頭にもたっぷり水をかけ、水をがぶがぶ飲んだ。

グリッグスさんのようすを見に、階段をのぼろうとしたちょうどそのとき、角を曲がってきたデリーが、まっすぐぼく目がけてかけ寄り、ぼくの胸に前足をかけてクィーンと小さく鳴いた。

「おまえ、どこからきたんだ？」ぼくは絹のような耳のうしろのやわらかいところをかいてやりながらたずねた。

デリーのあとにつづいて、グリッグスさん本人がブロード街を歩いてくるんじゃないかと期待して顔を上げた。お得意さんに洋服を届けるとき、よくデリーもいっしょにつれていっていたからだ。

でも、グリッグスさんはこない。もし、グリッグスさんが治らないとしたら、デリーは、そして、ほかの家族みんなはどうなってしまうんだろう？　グリッグスの奥《おく》さんがひとりで店をやっていくのは無理だ。それはぼくにもわかる。きっと大変なことになるだろう。父さんが死んだあと、母さんがぼくとヘンリーにいったことばを思い出した。「父親を失うってことは、とても大きなことなのよ。父親のいない子どもには、世間はとても冷たいの」

でも、そのときの母さんは、世間が本当にどれほど冷たいのかまではわかっていなかった。ぼくは作家のディケンズさんのいちばん新しい小説を思い出した。『ハード・タイムズ』、困難な時期という意味だ。目の前にある仕立て屋の店はとざされていて暗い。二階の部屋からは物音ひとつきこえてこない。ぼくはいってみなくちゃいけない。それはわかっている。なのに、そこに突っ《つ》立ったまま犬にむかって意味もなく話しかけている。

「ぼくがまだライオン醸造所《じょうぞうしょ》で働いてるんなら、こんな天気のいい日には、おまえもいっしょに仕事につれて歩けるんだけどな。でも、今日のぼくの目的地はここなんだ。おまえのご主人様のグリッグスさんのようすを見てくるよ」

それでもまだ、ぼくは動かなかった。まとわりつくようにねっとりした日差しに目を細めて立っている。額《ひたい》の汗《あせ》をぬぐった。ぼくはあの部屋にはいきたくない。とつぜんそう思った。とてもじゃないけど、いけないよ。

「イール！」そう呼んだのはフローリーだった。フローリーとベッツィが、ぼくにむかって走ってくる。うしろからはヘンリー・ホワイトヘッド牧師がついてくる。ゴールデン広場《スクエア》の近所に住んでいる人ならだれでも、このセント・ルークス教会の若い副牧師さんのことを知っている。背の高い人で、まるでコマドリみたいに陽気で好奇心《こうきしん》いっぱいだ。

はじめて会ったとき、ホワイトヘッド牧師は、ぼくに読み書きができるかどうかたずねた。

「学校に通うのは大事なことだよ。その点、ぼくは幸運だった。ぼくはね、ラムズゲートっていう海辺の町で育ったんだ。父親はチャタム・ハウスという学校の校長で、息子《むすこ》のぼくもその学校に通うことができた。とてもいい学校で、うちの家計じゃとても通えるような学校じゃなかったんだけどね。おかげで、オックスフォード大学へもいくことができたってわけさ」

そんなに学のある人が、どうしてぼくなんかにわざわざ話しかけるんだろうと不思議に思った。でも、それがホワイトヘッド牧師という人なんだ。ホワイトヘッド牧師は近所の人全部のことを覚えていて、子どもにでもお年寄りにでも、わけへだてなくあたたかい笑顔《えがお》であいさつしてくれる。日曜にセント・ルークス教会にやってくる人かどうかなんか関係なしに。もちろん、ぼくもほとんどいったことはないけれど。

ホワイトヘッド牧師のきびしい顔つきを見て、ぼくの心は沈《しず》んだ。グリッグスの奥《おく》さんに呼ばれたことはまちがいないだろう。牧師さんはやさしい声でいった。「ベッツィの家に、悲しい用事があってね」

「ぼくは昨日の午後、グリッグスさんの家を訪ねたんです。容体が変わったんですか？」

「きみもついてくるかい、イール？」ぼくの質問には答えずにそうかえした。「ぼくが奥《おく》さんと話をするあいだ、きみとフローリーは、グリッグスさんの子どもたちと下の店にいてくれてもいい」

それから、前かがみになってぼくの肩《かた》に手をかけ、低く落ち着いた声でいった。「最悪のことが起こってしまったのかもしれないんだ」

こんなに暑い日なのに、体中に震《ふる》えが走った。

「あたし、父ちゃんに会いたい」ベッツィが口をはさんだ。「あたしは店になんかいないからね。父ちゃんがいないのに、店になんかいたくない」

フローリーとぼくは、ホワイトヘッド牧師に目をむけた。ホワイトヘッド牧師はうんうんとうなずいている。

「グリッグスさんのなぐさめになるかもしれない」

階段を上がると、牧師さんはドアをノックしておしあけた。最初は昨日とそれほど変わったようすには見えなかった。でも、よく見て思わず息をのんだ。大声で叫《さけ》びそうになるのを必死でこらえた。それに、ミッグルさんがくれた朝ごはんをもどしてしまうのも。

グリッグスさんが生きているのかどうかもよくわからない。顔はまるでおじいさんのようにかさかさになってちぢんでしまっているし、目は落ちくぼんでいる。グリッグスさんの体は、日にさらして乾《かわ》ききった灰色のぼろきれのようにしか見えなかった。そうでなければ、日に焼かれて、紙のように軽くなってしまった鳥の死体みたいだ。

いちばんひどいのは唇《くちびる》で、真っ青になっていた。とつぜん、わかった。コレラが「青い恐《きょう》怖《ふ》」と呼ばれる理由が。体中の水分が奪《うば》われて、肌《はだ》も唇《くちびる》も健康的なピンクじゃなくなって、ひからびた青色になってしまうんだ。

グリッグスの奥《おく》さんは、ふりむいてホワイトヘッド牧師に軽く頭を下げた。それから、夫の手首をそっとなでた。牧師さんは前に進みでてグリッグスさんの横にひざまずいた。バーニーは部屋のすみに丸くなって、目を大きく見ひらいたまま自分の親指を吸っている。あまりにも恐《おそ》ろしすぎて、泣くこともできないようだ。

「さあ、こっちにきて、さよならをいうんだよ、ベッツィ」奥《おく》さんが静かにいった。

ベッツィはしりごみしている。薄《うす》い洋服の下で、やせた肩《かた》が小刻みに震《ふる》えている。ぼくのとなりでは、フローリーも震《ふる》えはじめた。この部屋はむせかえるほど暑いっていうのに。

「ぼくと手をつなごう、ベッツィ」ぼくはささやきかけた。ぼくもむかし、まったくおなじ経験をしたことを思い出していた。

「さあ、おいで、いい子だから」ホワイトヘッド牧師がベッツィをはげます。「お父さんのおでこにキスして、耳にささやきかけるんだ。お父さんにはまだきみの声がきこえるから」

ベッツィは小さな手をお父さんの肩《かた》にそっとのせた。まるで、これ以上痛みを与《あた》えるのを心配しているように。ベッツィはとても勇敢《ゆうかん》だ。ベッツィの手は震《ふる》えていなかった。

でも、もしグリッグスさんがベッツィのささやき声をきいたとしたら、それはグリッグスさんがきく最後の音だった。


ぼくたちは長い時間、なにもいわずにじっと立っていた。ちゃんと説明することはできないけれど、父さんが死んだときにもおなじような気持ちになったことを思い出していた。ぼくたちはその瞬間《しゅんかん》におしつぶされそうだった。死神が忍《しの》び足《あし》でぼくたちのなかにまぎれこんできて、自分の仕事をやり終えるまで、その場所にいるぼくたちみんなを凍《こお》りつかせていたみたいだ。そしてその死神がおこなったことは、厳粛《げんしゅく》で恐《おそ》ろしいものだ。

母さんがぼくとヘンリーに話したことが忘れられない。「父さんにさわってもいいのよ、もう、痛みは感じないんだから」

それからしばらくして、無表情な顔つきの男の人がふたり、ぼくの家のドアをノックした。ふたりはドタドタと階段をのぼりながら、死体を落としちまうかもしれないな、と冗談《じょうだん》をいっていた。ふたりは階段をのぼりきるとしゃべるのをやめた。ぼくがひらいたドアのそばに立って、すべてを見ていたからだ。

「悪かったなぼうず」男の人たちを通そうとわきによけたぼくに、ひとりがそうささやいた。

バーニーが泣きはじめた。疲《つか》れ果てたようなしわがれ声でしゃくり上げるグリッグスの奥《おく》さんに、とびつくようにかけ寄った。ホワイトヘッド牧師が上がけをひっぱり上げてグリッグスさんの顔にかけた。牧師さんはぼくとフローリーに目配せをしていった。「奥《おく》さんと話すあいだ、子どもたちを外につれだしてやってくれないかな」

フローリーはひざまずいているバーニーを立たせた。ぼくはもう一度ベッツィと手をつないだ。「デリーが下にいるよ。デリーがなにかめんどうを起こさないように、ちょっとようすを見にいこうよ」

外にでると、ぼくはロープの切《き》れ端《はし》を見つけてそれをデリーに投げてやった。デリーは夢中で追いかける。そのようすをじっと見ているベッツィとバーニーは呆然《ぼうぜん》としている。

アニー・ルイスが、ブロード街のポンプの水を汲《く》みに、バケツを持っておりてきた。アニーはベッツィとバーニーをしばらく見つめたあと、ぼくにかけ寄り、ぼくのシャツをひいてたずねた。「グリッグスさんは死んじゃったの？　ひどい病気にかかってるって母さんはいってたけど」

「そうなんだ、アニー・リボン。とても残念だけどね。あとでもどってきて、ベッツィといっしょにいてあげてくれる？　きみがそばにいると心強いと思うんだ」

アニーは唇《くちびる》をかんで首を横にふった。「母さんの手伝いをしないといけないの」それだけいうと、アニーは家のなかにもどってしまった。

しばらくしてホワイトヘッド牧師がきれいな真っ白なハンカチで額《ひたい》をぬぐいながらでてきた。

「さあ、ベッツィ、バーニーをお母さんのところにつれていってあげておくれ。お母さんもきみたちがいると安心だろうから」ホワイトヘッド牧師はやさしくいった。

ホワイトヘッド牧師は、右、左とブロード街を見て、深いため息をついた。ぼくたちが立っているところからは、あちこちの店をでたり入ったりする人たちや、バケツに水を汲《く》みにポンプにむかって歩く人たちが見える。男の人がひとり陽気な声でいった。「こんにちは、ホワイトヘッド牧師。この暑さを忘れるようなものを、なにか見やしませんでしたか？」

ホワイトヘッド牧師も明るい声で返事をしている。でも、男の人が立ち去ると、ぼくたちのほうにふりむいていった。「にぎやかな通りのようすを見ていると、胸が張りさけそうだよ。いまにこの通りには、棺桶《かんおけ》をひく荷車しか見当たらなくなるだろうからね」

「本当に青い恐怖《きょうふ》だったんですか？」その答えはもうはっきりとわかっていたけれど、ぼくはたずねた。

「ああ、そうだね。症状《しょうじょう》から見ると、疑いようがないよ」

「もしかしたら、グリッグスさんだけですむかもしれないわ」フローリーが祈《いの》るようにいった。

「残念だけど、そうはいかないだろうね」ホワイトヘッド牧師は首を横にふった。「昨日の夜から、ぐあいが悪くなったっていう人の話をたくさんきいてるんだ」

「広がらないようにする方法は、なにかないの？」フローリーがおさげ髪《がみ》をいじりながらいった。不安を感じているときのフローリーの癖《くせ》だ。

「病気の元を消すために、石灰《せっかい》をまきにくるかもしれないね。でも、コレラの原因は悪い空気だから、この場所から逃《に》げる以外に、できることなんてほとんどないんだよ。さて、ぼくはほかの家族のところにいかなくちゃいけない。きみたちも気をつけるんだよ」

ホワイトヘッド牧師は背筋をのばすと、大股《おおまた》で歩き去った。まるで兵隊さんが戦場にむかうみたいに。


「これからなにが起こると思う?」フローリーがたずねた。

「ぼくにはわからないよ」

でも、ぼくたちの目の前で通りのようすは変わりはじめた。女の人がひとりかけ抜《ぬ》けていった。身のまわりの物をつめこんだ大きな布袋《ぬのぶくろ》が肩《かた》ではねている。男の子がべそをかきながら、必死でそのうしろについていく。すぐ近くの家から、泣き叫《さけ》ぶ小さな子をかかえた男の人がとびだしてきて、あやうくぼくたちとぶつかりそうになった。ぼくとフローリーはあわててぴょんとうしろにとびのいた。

「ホワイトヘッド牧師のいったとおりだね」ぼくはいった。「みんな、大急ぎで逃《に》げだしはじめたみたいだ」

「あんたはどうするの、イール？」

「ぼく？」ぼくはなにも考えていなかった。「ぼくはもう、ブロード街に住んでるわけじゃないし。だけど、知り合いはみんなここにいる。友だちだって。すくなくともきみがね。ぼくもここに残るよ。なにか手伝えるかもしれないし。どっちみち、ほかにいくところなんかないんだ」

男の人がやってきて、ベリック街の街灯に黄色い旗をかかげていった。

あれは、「危険。この地域には近寄るな」という合図だ。大きな厄介《やっかい》ごとがぼくたちに襲《おそ》いかかってきたことへの警告だ。

第10章　棺桶《かんおけ》運搬人《うんぱんにん》

それからしばらくして、棺桶《かんおけ》をのせた最初の荷馬車がぼくたちのほうにむかってやってきた。グリッグスさんのところにきた棺桶《かんおけ》だ。

ベッツィとバーニーはお母さんといっしょにいる。デリーは店のすみに丸くなって寝《ね》そべっている。グリッグスさんがもう一度姿をあらわして、ハサミや針《はり》を手に取るのをまっているみたいだ。荷馬車の音をききつけたデリーは、ドアにかけ寄って、男の人たちにむかって吠《ほ》えた。

「静かにするんだ、いい子だから」ぼくはデリーに命じた。

「馬の頭をおさえてくれないか、ぼうず」ネッドそっくりの赤毛の男の人がいった。ネッドの親戚《しんせき》じゃないかと思うほど似ている。その人は、棺桶《かんおけ》を運ぶ人とは思えないほど陽気だ。

男の人たちは木でできた棺桶《かんおけ》を荷馬車のうしろからおろした。ぼくたちの前を通り過ぎて、棺桶《かんおけ》をかついで苦労しながら階段をのぼっていく。数分後には、また棺桶《かんおけ》をかついでよたよたとおりてきた。荷馬車に棺桶《かんおけ》をのせるのを見ていて、ぼくはがたがたと震《ふる》えた。棺桶《かんおけ》が重くなっているのはよくわかった。

「かわいそうなグリッグスさん」フローリーがつぶやいた。目から涙《なみだ》があふれている。「グリッグスさんが最初のひとりなのね」

赤毛の男の人がそのことばをききつけた。

「確かに、この人が最初かもしれないが、じきに何十人と運ぶ羽目になりそうだ。このあとはピーター街にむかうんだがね」男の人は荷馬車に乗りこみ手綱《たづな》を握《にぎ》った。「昨日の夜、一家族全員が病気にかかっちまったらしいんだ」

「終わりになるまでには、何百人とやられるかもしれないな」別の人が御者台《ぎょしゃだい》に乗りこんでいった。「やりきれない商売だよ。とりわけこの暑さのなかじゃな。おれたちは汗《あせ》びっしょりで、まるで……」

そこにひとりの女の子がかけ寄ってきて、手をふった。「ちょっとまって!」

「どうしたんだい、お嬢《じょう》ちゃん」最初の親切そうな赤毛の男の人がきいた。

「うちによって、運んでいただけませんか?」はげしく息をつきながら、そうたのんだ。「母さんが死んでしまったの。姉さんも。お願いです。お願いですから、きてください」

どれぐらいの人たちが窓から棺桶《かんおけ》を見送っていたんだろう。荷馬車が角を曲がるより早く、何軒《なんげん》もの家から人々が逃《に》げだしていった。石だたみの道には目を大きく見ひらいた母親や父親の足音がひびきわたった。泣き叫《さけ》ぶ幼い子たちの手をひき、背中には荷物でふくらんだ大きな袋《ふくろ》をかついでいる。

「だけど、あの人たち、どこに逃《に》げるっていうの？」フローリーは、バスケットをかかえた女の人にはねとばされないよう、グリッグスさんの店の戸口に一歩下がっていった。

「ここじゃなきゃ、どこでもいいんじゃないかな」ぼくは肩《かた》をすくめた。「ロンドンのどこかに親戚《しんせき》や友だちがいるのかもしれないし、田舎《いなか》に知り合いがいる人もいるかもしれない」

「わたしはこわくない」フローリーが力強くいった。「ねえ、イール、あんたは？」

「ぼくもだよ。ぼくは強いからね」ぼくは強がってそういった。

けれども、フローリーの顔は真っ青で、落ち着かないようすで足をもじもじさせている。

「そろそろ家に帰らなくちゃ。母さんが心配するから」

ぼくはフローリーが走っていくのを見送った。おさげ髪《がみ》が薄《うす》い生地《きじ》の洋服の上ではねている。

「ねえ、フローリー！」

フローリーは立ち止まってふりむいた。

「きみも気をつけるんだよ、フローリー・ベイカー」ぼくは大きな声でいった。ぼくの気持ちをどうことばにあらわしたらいいのかよくわからない。「気をつけてね、だってぼくたち……」

ぼくの顔が赤くなった。フローリーはにやっと笑った。「友だちだからでしょ、わかってるわよ、おバカさん」

走っていくフローリーを見ながら、ぼくはひとりごとをいった。「気をつけてね、フローリー・ベイカー。きみは本当にすてきな女の子なんだから」いままで会った人のなかでいちばんすてきな女の子だよ。

ひとりになったぼくは、おなかに小さな石ころでも飲みこんだような気持ちになった。コレラから無事でいられる人なんていない。フローリーもグリッグスさんの家族も、ルイスさんの家族も。ホワイトヘッド牧師だってそうだし、もちろんぼくもだ。

ぼく自身はそんなにこわいとは思わない。だけど、もしぼくになにかあったらヘンリーはどうなる？

でも、コレラにかかるのを防ぐ方法なんてない。みんながいうように悪い空気のせいだとしたら、ぼくたちにはなにもできない。だれだって息はするんだから。それにぼくは、グリッグスさんの部屋でおなじ空気を吸った。

あとは運次第《うんしだい》だ。それとも、ほかになにかあるんだろうか？　ぼくにはさっぱりわからない。大あわてでぼくの前を走り去る人たちを見ていて、ほかの人もみんなおなじで、なにもわからないんだろうと思った。


しばらくたってから、通りのむこうでぼくにむかって手をふっている人がいるのに気づいた。

「おーい、ぼうず、一ペニーやるから手伝ってくれないか？　家族をここからつれだすために荷車を借りてきたんだが、荷物を積むのを手伝ってほしいんだ」

ぼくはかけていった。お金をもらえるのはありがたい。次の金曜日はあっというまにやってくるだろう。ミッグルさんにはいつもの四シリングと、借りている二シリングを払《はら》わないといけない。

その人からもらった一ペニーをきっかけに、次々にたのまれごとがつづいて、小銭《こぜに》を稼《かせ》ぐことができた。その金曜日にブロード街を襲《おそ》ったパニックのせいだ。人の不幸でお金儲《かねもう》けをするのはいやだったけれど、ポケットでコインがジャラジャラ鳴るのをきくのはうれしかった。

その日の午後いっぱい、ブロード街とそのまわりのドゥフォース・プレースやケンブリッジ街、ホプキンス街といったもっとせまい通りのあたりを走りまわった。ぼくはポーランド、ベリック、マーシャルそれにクロス街のあたりへもいった。そのどこもかしこもがおなじようなようすだった。青い恐怖《きょうふ》におびえて、あわてて逃《に》げだそうとする家族でいっぱいだった。

あるときは、荷車に荷物を積む手伝いで小銭《こぜに》をもらい、あるときは、あせっているお母さんから、急な階段でバスケットをおろすのを手伝うようにたのまれた。どの通りもあちらへこちらへといきまどう人であふれていた。そして、棺桶《かんおけ》をのせた荷馬車もたくさん走っていた。

スノウ博士の家にむかってリージェント街を歩きはじめたときには、あたりはもう暗くなりはじめていた。サックビル街は別世界みたいだった。静かで平和で、何人かの紳士淑女《しんししゅくじょ》が夕方の散歩を楽しんでいる。ほんの目と鼻の先でなにが起こっているのかを、この人たちは知りもしないんだ。

動物たちの世話を終えたころにはへとへとに疲《つか》れていて、小屋のすみで丸くなってねむってしまいそうだった。でも、そんな姿をウェザーバーンさんに見られるわけにはいかない。川までもどらないと。それに、ねむる前に石炭をさがせるかもしれない。引き潮の時間で泥《どろ》さらいにはもってこいだ。もうじき半月がのぼってくるだろう。月は日に日に丸みを帯びてきている。

ぼくはブラックフライアーズ橋にむかった。とちゅう、一度だけパンをひと切れとチーズの切《き》れ端《はし》を買うために立ち止まった。そのとき、遠くに親指ジェイクを見つけた。不気味な黄色い光のなかで、背の高いジェイクの姿はにじんだようになっていた。ぼくは近寄らないようにした。ジェイクに、ぼくをフィッシュアイにひきわたそうという気を起こさせないほうがいい。

川では安心して仕事ができそうな場所を見つけた。いつもの連中のほとんどは、仕事を終えて、その日の稼《かせ》ぎでパンと一パイントのビールを手に入れているころなんだろう。そうでなければ、においがあまりに強すぎて、泥《どろ》さらいをやめてしまったかだ。

分厚い泥《どろ》のなかを歩きまわっていると、月が水面にギラギラと光を投げかけていた。浅瀬《あさせ》や川岸に目をこらした。こんなに暑い日でも、料理には石炭が必要だ。もちろん、鉄や銅、木材の切《き》れ端《はし》だって見のがさないけれど、いちばんほしいのは石炭だ。はしけで働く人たちが、荷物を陸揚《りくあ》げするときに落とした石炭のかたまりをさがした。

しばらくして、無人のはしけを見つけた。川岸に建つ、いまにも倒《たお》れそうな木造の廃工場《はいこうじょう》の近くに停留《ていりゅう》している。ロープをたどって甲板《かんぱん》に上がり、二列にならんだ樽《たる》のあいだに体をおしこんだ。ちょうどいいぐあいだ。

前の晩よりいくらか楽に寝《ね》られそうだし、疲《つか》れ切っている。でも、なかなかねむれなかった。次々と起こった厄介《やっかい》ごとが頭のなかをかけめぐる。青い恐怖《きょうふ》と、それがブロード街の人たちにもたらすこと。グリッグスさんのようす。全身青くて、乾《かわ》ききっていた。フィッシュアイ・ビル。そして、ぼくとヘンリーをまち受ける未来。

ライオン醸造所《じょうぞうしょ》にいるときには、希望を抱《いだ》きはじめていた。仕事に誇《ほこ》りを持っていたし、たくさんのことを学べた。勇気を奮い立たせて、エイベル・クーパーさんに、仕事をする上での、ぼくなりの提案を申しでてみたときもあった。会社が受けた注文を二重にチェックする方法を提案したあと、クーパーさんはぼくの肩《かた》をポンポンとたたいていってくれた。「ジェイクじいさんのいうとおりだったな。おまえのその真っ黒な瞳《ひとみ》のせいで、少々気性《きしょう》がはげしく見えるが、細かいところによく気がつくもんだ。よくやったぞ」

よくやったぞ。ハグジーのやつさえいなければ、ぼくはまだあそこにいて、ちゃんとした仕事を持って、ヘンリーを守るといういちばん重要なこともやりとおせたのに。たくさんのことを考えすぎて、胸が苦しくなってきた。それに、食べものが足りないせいで胃も痛む。そして、ようやくうとうとしてきたとき、また思い出した。そうだ、今日はぼくの誕生日だったんだ。

第11章　バーニー

九月二日（土）

「やつはどこにいるんだ？」

　ぼくは一瞬《いっしゅん》で目を覚ました。はしけの甲板《かんぱん》の樽《たる》のあいだのせまい場所に寝《ね》ていて、体はかたくつっぱっている。でも、そんなことはなんでもない。問題なのはその声だ。ぼくはその声をよく知っている。

「ごまかそうったってむだだぞ、ジェイク。あのこずるいガキは、死んでないんだろ？」まぎれもなく、フィッシュアイ・ビル・タイラーの声だ。「やつはこのあたりで泥《どろ》さらいをやってるんじゃないのか？　ということはつまり、おまえはやつを見てるってことだ」

「なあ、ビル。おれはイエスともノーともいえねえよ」ジェイクが答える。「おれにとっちゃあ、ガキどもはみんなおなじに見えるんだ」

「ふざけるんじゃない。おまえはイールを知ってるはずだ。ロンドン塔《とう》のオオガラスみたいな真っ黒な目をした、やせこけたガキだ」フィッシュアイがかみつくようにいう。「おれはまじめにいってるんだ。あのガキはおれのものを盗《ぬす》んでいきやがった。おれに権利のあるものをな。おれのものといえば、あいつ自身もそうなんだがな」

「おれはなにも知らないよ」ジェイクの苦しげな声がする。恐《おそ》ろしくて顔を上げることはできないけれど、フィッシュアイがジェイクの腕《うで》を締《し》め上げるようすが目に浮《う》かぶ。

「おれが信じるとでも思うのか？」フィッシュアイが怒《ど》鳴《な》る。フィッシュアイの冷たい目つきまで想像できる。フィッシュアイはつづけた。ジェイクのような人は、フィッシュアイのあの目でにらまれたら、ひとたまりもないだろう。「なあ、ダチだろ。あいつの居所を教えろよ。それとも、もう一本の親指もへし折られたいか？」

「本当だよ、ビル。おれはもう何か月もイールを見ちゃいないんだ」ジェイクがうめくようにいう。「やつは死んだんだとばかり思ってたよ」

ということは、ぼくのことを密告したのはジェイクじゃなかったということだ。すくなくとも、いまのところは。

「どっちにしろ、いまごろはイールもでかくなってんだろ？　おまえさんの仕事には年を取りすぎなんじゃないのか？」ジェイクがつづける。「おまえさんがおし入る家に、ヘビみたいに窓をすり抜《ぬ》けて入るには、でかくなりすぎただろ」

「やかましいぞ」フィッシュアイ・ビルが答える。「おまえには関係ないことだ」

「なあ、ビルよ。おれにも仕事があるんだ。そろそろいかせてもらうぞ。おれのことをクズあつかいしたけりゃすればいいさ。だがな、泥《どろ》さらいはすくなくとも堅気《かたぎ》の商売だからな」

ぼくは思わずにやりとした。ジェイクも負けていない。ジェイクの声がしなくなったので、タワー・ブリッジにむかってどろどろの水をかきわけていったんだろうと思った。ぼくは隠《かく》れている場所でじっと頭を低くしていたけれど、これが悪夢じゃないことを確かめるために、頭を上げてフィッシュアイ・ビル・タイラーの姿を見届けようという気持ちと必死に闘《たたか》った。

「なあ、ジェイク、ひとまず、このくさい場所を離《はな》れて、パブでひと休みといかないか？」フィッシュアイがいう。「おまえも足を休めるといい。朝飯とビールぐらいならおごるぞ」

しばらく間があいて、つづいた。「それとも、ジンのほうがいいか？」

ぼくは凍《こお》りついた。ここまでジェイクは、ぼくのことをひとこともいっていない。でも、フィッシュアイのジンにつられたら、どうなってしまうんだろう。ジェイクはぼくにライオン醸造所《じょうぞうしょ》でのいい待遇《たいぐう》を与《あた》えたことまで話してしまうかもしれない。

ぼくはジェイクの返事をききのがすまいと、耳を澄《す》ませた。ぼくはもうライオン醸造所《じょうぞうしょ》にいないけれど、フィッシュアイにブロード街のあたりをかぎまわられたくはない。もし、ジェイクが話してしまったら、フィッシュアイをブロード街から遠ざけるのは、あのコレラを警告する黄色い旗だけになってしまう。

「またいつかな、ビル。またいつか」ようやくジェイクの返事がきこえた。ぼくはそっと息を吐《は》いた。ぼくはまだ安全だ。

その朝、ブロード街にもどって最初に会ったのはホワイトヘッド牧師だった。どうやら一睡《いっすい》もしていないみたいだ。

「悪くなってるんですか？」ぼくはたずねた。

「残念ながらね」そういってハンカチで額《ひたい》をぬぐう。「ひと晩中、あちこちの家族を訪ね歩いてたんだ。できることはほとんどないんだけどね」

牧師さんは手の甲《こう》で目をこすった。目の下には黒々と隈《くま》ができていた。「とてもむごたらしくて、すばやいんだ。グリッグスの奥《おく》さんまで、ほとんど死にかかっていて……」

そのことばにぼくはショックを受けた。「そんなバカな！　昨日は元気だったのに」

ホワイトヘッド牧師は、ぼくの肩《かた》に手をおいていった。「悪かったよ。きみが知らないってことを忘れてたんだ。奥《おく》さんは昨日の夜、ぐあいが悪くなってね。それにバーニーもなんだ」

「バーニーが？　だけど……」自分の耳が信じられなかった。「だけど、グリッグスの奥《おく》さんが病気になってしまったら、だれが子どもたちのめんどうをみるの？　ベッツィは小さすぎるよ。ベッツィにはとても……」

「まあ、落ち着いて。フローリー・ベイカーが看病してくれてるから。あんなに献身的《けんしんてき》な看護師さんは見たことないよ」

「フローリーが！　だけど、病人のそばにいたら、フローリーにもうつっちゃうんじゃないんですか？」

「汚《よご》れた空気が原因なんだとしたら、だれにだってその恐《おそ》れはあるし、このあたりの家は換気《かんき》がよくないからなおさらだね。人でごったがえした通りの空気は、本当にひどいからねえ。この病気の原因は瘴気《しょうき》なんだよ」

かわいそうなグリッグスの奥《おく》さん。ちょっと前にだんなさんを看取《みと》ったばかりなんだから、きっと、自分になにが起こるのかも予想してたにちがいない。グリッグスの奥《おく》さんは、子どもたちのことをとても大事にしていた。バーニーの世話もできないぐらいぐあいが悪いなんて、ものすごく悲しんでいるだろう。

ちょうどそのとき、ポーランド街のほうへ曲がろうとしているお医者さんのロジャーズ先生が目に入った。ロジャーズ先生はにこりともせずに、ホワイトヘッド牧師にむかって手をふり、首を横にふった。アニーのお母さんのルイスさんは、家族のかかりつけのお医者さんはロジャーズ先生だといっていた。たぶん、たくさんの家族がそうなんだろう。先生の顔をひと目見て、この恐《おそ》ろしい病気には、先生にも手の付けようがないことがわかった。

そうなんだ。ロジャーズ先生には無理だ。でも、スノウ博士ならどうだろう？

バカげた考えかもしれない。なにしろ、スノウ博士は女王様を診《み》ているんだから。そんな人がリージェント街の反対側にいる貧乏な人たちのことを気にかけたりなんかするだろうか？

でも、やってみる価値はある。ぼくはもう、ライオン醸造所《じょうぞうしょ》でのぼくの立場を元にもどすのを手伝ってもらうことはあきらめた。そんなのはどうでもいいことだ。ひとりの泥《どろ》さらいの仕事を守ることなんかは。

だけど、これは、苦しんでいるこのあたりの人たちみんなにかかわることだ。

それに、バーニーにも。

十五分後、ぼくはリージェント街の人ごみをぬうようにして、スノウ博士の家にたどりつき、裏口のドアをノックした。ドアをあけたのはウェザーバーンさんだった。頭巾《ずきん》を直しながら、鋭《するど》いきびしい顔つきでぼくを見た。「またあなたなのね。今度はなんの用なんですか？　賃金ならおとといの夜払《はら》いましたよ」

「はい、ありがとうございました。ぼくはただ、スノウ博士にお目にかかりたくて。どうかお取りつぎください。緊急《きんきゅう》の用なんです」

ウェザーバーンさんはおどろいたように眉《まゆ》をつり上げた。「なるほど。でも残念ながら、スノウ博士は早くにおでかけです。ケンジントンで手術があるので」

ぼくはどうしていいのかわからなくなった。「だけど……どうしてもスノウ博士の助けが必要なんです。ブロード街の人たちがまってるんです」

ウェザーバーンさんは顔をしかめる。「いったい、なんの用で？」

「スノウ博士の耳にはまだ届いていないんでしょうか？　コレラが発生したんです。ブロード街とベリック街、それにポーランド街とリトルウィンドミル街でも。ゴールデン広場《スクエア》のあたりは全部です」

ウェザーバーンさんは一歩あとずさりした。ぼくのそばにいたら、自分にまでうつると恐《おそ》れているみたいに。スノウ博士も、恐《おそ》ろしくてブロード街にはきてくれないんだろう。お医者さんだってひどい病気にかかることはある。スノウ博士はあのあたりの空気は危険すぎると考えるかもしれない。

「その病気のことは、スノウ博士のお耳には、まだ届いていないと思いますよ。とてもおいそがしくて、わたしもめったにお見かけしないぐらいなんです」

「スノウ博士にお伝えだけでもしたいんです。すぐおもどりですか？」

「暗くなるまでは、おもどりになりません」

しばらくウェザーバーンさんの顔を見つめてから、ぼくはあきらめて歩きだした。道の石ころを蹴《け》とばし、大きく息を吸いこんだ。涙《なみだ》がこぼれそうだ。グリッグスさんは一日ももたなかった。バーニーはどのくらいのあいだ、青い恐怖《きょうふ》に負けずにいられるんだろう？

「このところ、ケージはちゃんと掃除《そうじ》してますか？」背中からウェザーバーンさんの声が追いかけてきた。「この一日、二日、ひどいにおいがしてたわよ。餌《えさ》をやるだけじゃだめなのはわかってますね。寝藁《ねわら》を全部入れかえるころなんじゃないかしら？」

「はい、わかりました」ウェザーバーンさんにはなにをいってもむだだ。

ケージの掃除《そうじ》をしながら考えていたのは、ベッツィとバーニーがどれほどウサギのことを気に入っていたかということだった。できることなら、なにもかもを二日前にもどしたい。

「こんなのおかしいよ」ぼくはいった。「こんなの不公平だ」

スノウ博士が何時間ももどらないとわかったので、ぼくはブロード街にひきかえすことにした。ほとんどの家族が逃《に》げてしまったとしても、まだいくらか稼《かせ》ぐチャンスはあるかもしれない。そして、本当にそのチャンスは訪れた。期待していたような形ではなかったけれど。

ブロード街にひきかえして最初に顔を合わせたのは、鮮《あざ》やかな赤毛の陽気なあの棺桶《かんおけ》の運搬《うんぱん》人《にん》だった。「おーい、昨日会った子だよな？」大きな声で呼ばれた。「今日は相棒が休みなんだ。腹をこわしてな。すこし稼《かせ》ぐ気はないかい？」

「はい、お願いします」ぼくはヘンリーのことを忘れたわけじゃない。「あのう……なにをすればいいんですか？」

「決まりきってるだろ。死体を棺桶《かんおけ》におさめるのを手伝うんだ。そのあとは棺桶《かんおけ》を荷馬車に積む」その人は額《ひたい》の汗《あせ》をしわくちゃのハンカチでふきながら答えた。それから、ちらっとぼくを見る。「心配するなって。まずおれが、死体をきれいな布で包むから」

ぼくはゴクンとつばを飲んだ。棺桶《かんおけ》をかつぐ？　布を通してとはいえ、死体にさわる？

男の人はぐいっと前のめりになって、大きなごつごつした手をぼくの肩《かた》にのせた。ぼくの心を見透《みす》かしているようだ。「だいじょうぶだ、やれるよ。あの人たちは、おまえさんのご近所さんなんだろ？」

ぼくはまだためらっていた。

「日が沈《しず》むまで働いてくれたら二シリングやろう」

「うん、わかりました。だけど……ぼくもおなかが痛くなるかも」

「気を失って、ぶっ倒《たお》れたりしないでくれよ」これまでにまして陽気にいう。


最初のうちは胸がむかむかした。でも、じきにそれもなくなった。慣れたというわけじゃない。ぜんぜんちがう。最初の一時間ほどのうちに、死がまちかまえている暑くて暗い部屋に足を踏《ふ》み入れるとき、気持ちを切りかえることができるようになっていたんだ。

ぼくは目で見るのではなく、心で見ようと決めた。死体もぼくたちとおなじ人間だ。グリッグスさんや、通りで会えばあいさつを交わすようなご近所さんだ。

自分自身の不安な気持ちに注意をむけるんじゃなく、死んだ人たちのことを考えるようにした。そのうち、ぼくたちがしていることには、なにか重要で気高い意味があるんだと信じるようになった。そう思うことで、ぼくの父さんを運んでいった人たちとはちがうんだと思いたかったのかもしれない。ぼくを雇《やと》ったこの人の名前はチャーリーといったけれど、チャーリーもぼくとおなじように考えているようだった。

「おれは、亡《な》くなった人をジョークのネタにしたり、残された人たちに敬意を払《はら》わなかったりするのは、がまんならないんだ」はじめのころ、質素な木の棺《ひつぎ》をある家に運びながらチャーリーがそういった。「おれたちはだれだっていつの日か、地面の下にいくことになるんだ。そして、それは思っているよりうんと早いかもしれない」

その棺《ひつぎ》は小さなものだった。ぼくはゴクンとつばを飲んだ。離《はな》れがたくて小さな息子《むすこ》の手を握《にぎ》ったままのお母さんとは、目を合わすことができなかった。

「おまえさんは、だれか大事な人を亡《な》くしたことがあるのかい？」その小さくて質素な棺《ひつぎ》を荷馬車に積みながら、チャーリーが静かにたずねた。

「父さんと母さんを。父さんが先で、ぼくが九歳《さい》のときだった」どうして、会ったばかりの人に話したのか、自分でもよくわからなかった。「最初は父さんが病気だってことも知らなかったんだ。だけど、咳《せき》が止まらなくなって、どんどん弱っていって……」

「体力を消耗《しょうもう》しちまったんだな」チャーリーがよくわかっているというふうにうなずいた。「おれのいとこにもひとりいたよ。それで、おまえの母さんは？　母さんも死んでしまったのかい？」

「父さんが死んで三年もたたないうちに。去年の九月だよ。ちょうど一年たったところなんだ」

「つらかったろうな」

ぼくは答えなかった。チャーリーのいったことがはずれていたからじゃない。はずれどころか、大当たりだった。


その日、チャーリーとぼくは、暑いなかを一日中荷馬車に棺桶《かんおけ》をのせつづけた。荷台が棺桶《かんおけ》でいっぱいになると、葬儀屋《そうぎや》へ運んでおろし、新たに棺桶《かんおけ》を運びにいく。チャーリーは棺桶《かんおけ》のひとつひとつに、ていねいに亡《な》くなった人の名前をメモしていった。

「ごちゃまぜにしたくないからな。どうでもいいって人もいるが、おれはいやなんだ。墓参りにいって、赤の他人に話しかけるのはいやだろ？」

汗《あせ》が顔を伝っていく。何度も汗《あせ》と涙《なみだ》がごちゃまぜになってしまったけれど、ぼくは恥《は》ずかしいとは思わない。コレラの被害《ひがい》は、ブロード街がいちばんひどかった。けれどもぼくたちは、ポーランド街、ホプキンス街、ピーター街、さらにはフローリーたちの家族が住んでいるベリック街の家にもいった。

仕事が終わったころには、もう暗くなりはじめていた。疲《つか》れ切っていたし、心も痛んだ。もう一歩も動けないくらいだった。チャーリーは駄賃《だちん》として二シリング払《はら》ってくれた。そして、明日になれば、手伝ってくれそうないとこがいるといった。

ぼくはもらった二シリングをじっと見つめた。昨日稼《かせ》いだお金は、パンとわずかなチーズを買ってなくなってしまった。今日は一日中、ほとんど食欲がなかったのに、いまとつぜん、猛《もう》烈《れつ》におなかがすいてきた。ほかほかのミートパイか、たっぷりバターを塗《ぬ》ったパンにかぶりつく自分の姿を思い浮《う》かべた。

だめだ。ぼくは自分にいいきかせた。このお金はミッグルさんにわたすんだ。

「よくがんばってくれたよ」チャーリーがいった。「おまえさんはこんなにやせてて陰気《いんき》に見えるから、親を亡《な》くしたみなしごたちをこわがらせるんじゃないかと、心配してたんだ。だが、にっこり笑うと、月がでたみたいにまわりが明るくなったよ。それに、チビさんたちもおまえさんのことを気に入ってたみたいだな」

チャーリーは御者台《ぎょしゃだい》の足元においてあった小さなバスケットをひっぱりだした。ふたをあけて、ジンジャーエールの瓶《びん》と大きなミートパイを取りだす。

「この商売をやってると、一日が終わるまで飯は食えないんだ。だが、仕事が終われば、あんまり腹ぺこで、家までもたんのさ」チャーリーはそういってにやりと笑った。「かみさんはたっぷりつめてくれてる。ほら、これはおまえの分だ」

そのときのぼくの目は、皿のように真ん丸に見ひらかれていただろう。パリパリのパイにがぶりとかぶりついたとき、こんなにおいしいものは、いままで一度も食べたことがないと思った。

チャーリーがいなくなると、ぼくはブロード街四十番地の階段を忍《しの》び足《あし》でのぼった。ドアをノックしかけたところで、グリッグスさんの部屋とおなじ階のアニー・リボンが両親と赤《あか》ん坊《ぼう》の妹ファニーとで暮らしている部屋のドアを見つめた。昨日からアニーを見かけていない。こんなにたくさんの家族が逃《に》げだしていったのだから、ルイスさんたちももういないかもしれない。すくなくとも、ぼくとチャーリーはこの部屋にはこなかった。

グリッグスさんの部屋のドアをあけたのはフローリーだった。フローリーは小さなスケッチブックをポケットに突《つ》っこんだ。そして、鉛筆《えんぴつ》を三つ編みの髪《かみ》の根元にさす。「いったいどこにいってたの？　もっと早くきてくれてもよかったんじゃない？」

「棺桶《かんおけ》を運ぶ手伝いをしてたんだ」ぼくはそれだけいって、口をつぐんだ。それ以上なにもいうことはない。フローリーやヘンリー、それにほかのだれにも、今日見たことや、ぼくがしたことを話すことはできない。

デリーがフローリーをおしのけて、ぼくの足にとびついてきた。犬がするごきげんなときのあいさつだ。デリーがはげしくしっぽをふるので、すり切れた床板《ゆかいた》の上で、シュッシュッと音を立てる。「いい子だから、静かにするんだ」ぼくはデリーの耳をかいてやった。

「それで……どんなようすなの？」ぼくはささやいた。

「わたしにもわからないの。すごくこわいわ、イール。いまはみんなねむってる。ベッツィもよ。わたし、これまでコレラにかかった人を見たことないから」

「きみの家族は？」

「いまのところ、みんな元気よ。ナンシーはわたしとおなじで、ご近所さんの世話をしにいってる。父さんは仕事よ。ダニー兄さんは母さんが作ったミートパイを持ってきてくれた」フローリーはそこで、水差しからひと口水をすすった。「母さんはあんまりぐあいがよくないの。すぐに気を失うから、だれかのお手伝いもできないの」

そのとき、グリッグスの奥《おく》さんが、身震《みぶる》いして、うめき声をあげた。

「ぼく、やっぱりいってくるよ。スノウ博士にバーニーとグリッグスの奥《おく》さんを診《み》てほしいってたのみにいってくる。博士は一日中お医者さんの仕事ででかけてるんだけど、夜になったらいってみる」ぼくはそう約束した。「もし、スノウ博士が帰ってなかったら、小屋で寝《ね》る。また明日の朝、博士がでかける前に、なんとしてもお願いしたいから。スノウ博士は助けてくれるよ。きっと、助けてくれる」

「ハギンズさんに疑われてることも、博士に助けてもらうつもり？」

「それはもう手遅《ておく》れだよ」ぼくは頭を横にふりながら答えた。「ハギンズさんは、もう、ぼくがなにをいっても信じてくれないさ。あそこにはもどれない。だけど、こっちはもっとずっと大事なことだから」

「なにもかもが変わっちゃったのね」フローリーが静かにいう。「世界中がひっくりかえったみたいに」

フローリーはベッツィに目をやった。ベッツィはお母さんとバーニーからはすこし離《はな》れたところで丸くなって寝《ね》ている。ベッツィの頬《ほお》は暑さで赤くなっている。いまのところは、ピンク色で元気そうだ。青ざめてはいない。ベッツィにはうつらずにすむかもしれない。

フローリーがポケットの上からスケッチブックをたたいた。「こんなことしていいのかどうかわかんなかったけど、今日、バーニーとグリッグスの奥《おく》さんの絵を描《か》いたんだ。もし、ふたりとも死んでしまうようなことがあったら、ベッツィにはふたりのことを思い出せるなにかがあったほうがいいと思ったから」

「ふたりとも死んだりしないよ」ぼくは強い口調でいった。「死なせるもんか」

静けさが、とつぜん、おかしな音で破られた。その音をだしているのは、ぼくのおなかだった。あのミートパイはとてもおいしかったけれど、食べたせいでもっとおなかがすいてしまったようだ。

「おなかが鳴ってるわよ」フローリーが、笑いをかみ殺しながらいった。

フローリーは壁際《かべぎわ》においてあるバスケットのところにいって、バターをたっぷり塗《ぬ》ったパンをひと切れ持ってきた。「これもダニーが持ってきてくれたんだ。わたしは食べられないから、あんたが食べて」

「ありがとう」

デリーが期待のこもった目でぼくを見上げている。すこしちぎってやると、とび上がって食いついた。フローリーはにっこり笑った。「あんたがイールって呼ばれるのももっともだね。本当に、ウナギみたいにやせっぽちだもん」

フローリーは部屋のすみにあるバケツのほうをさしていった。「水も飲む？」

「いや、だいじょうぶ。棺桶《かんおけ》を運ぶ仕事を手伝って、ジンジャーエールをもらったばかりだから」

「いいなあ。わたしもジンジャーエールは大好きなんだ。わたしにも取っておいてくれたらよかったのに」

「うん、次のときにはね」

ぼくはフローリーとしばらくいっしょにすわっていた。それからおやすみをいってその場をあとにした。外はもう暗くなっている。とりわけリージェント街では、スリたちにはじゅうぶん気をつけた。サックビル街につくと、スノウ博士の動物たちにもう一度水を与《あた》えた。ウサギたちの目が、月の銀色の光に照らされて光っていた。

スノウ博士の家の明かりは消えていた。ドアをノックするには遅《おそ》すぎる。明日の朝にしよう。本当は川にもどって寝《ね》なくちゃいけないんだけど、もう一歩も動けなかった。体の芯《しん》まで疲《つか》れ切っている。ぼくは帽子《ぼうし》を枕《まくら》にして、小屋のすみに丸くなった。

動物たちは落ち着きなくガサガサ動いている。餌《えさ》をやるとき以外にぼくがいることに慣れていないんだ。ぼくも何度も寝返《ねがえ》りを打った。頭に浮《う》かぶさまざまな画像をかき消そうと、ぎゅっと目をとじる。でも、なんの役にも立たなかった。最後には、泣きながらねむりについた。そのことを恥《は》ずかしいとは思わない。

第12章　スノウ博士

九月三日（日）

「おや、きみかい。どうかしたのかな？」鋭《するど》い茶色の瞳《ひとみ》がおもしろそうにぼくを見つめている。

スノウ博士その人だ！

「あの……えっと……」あわてて帽子《ぼうし》を取ったせいで、髪《かみ》が勢いよく目に入った。髪《かみ》を払《はら》いのけようとしたら、今度は帽子《ぼうし》を落としてしまった。

スノウ博士本人がドアをあけるなんて、考えもしなかった。甲高《かんだか》くてしわがれた博士の声を、ぼくはほとんど忘れかけていた。こんなこと、するべきじゃなかったのかもしれない。ぼくは帽子《ぼうし》を拾い上げながら思った。スノウ博士はぼくの名前すら覚えていないかもしれない。ぼくがお願いしたらバーニーたちを助けてくれるかもしれないなんて、どうしてそんなことを考えたんだろう。

ぼくは両手で帽子《ぼうし》を持って、博士の前にしっかりと立った。相手に敬意を示すにはそうやるんだよ、と母さんが教えてくれたんだ。「あの、どうか、助けてほしいんです……」

そこでことばにつまってしまった。ぼくは自分のつま先に目を落とした。顔が真っ赤になったのがわかる。ぼくはきっと、テムズ川みたいにひどいにおいがしてるだろう。

「さあ、つづけて」博士がせかす。「動物たちになにかあったのかい？」

「いいえ、そうじゃないんです。ブロード街のことで」

「ブロード街？」博士の手にはナプキンが握《にぎ》られていた。ぼくは心のなかでうめき声をあげた。どうやら、朝ごはんをじゃましてしまったみたいだ。でも、バーニーを思った。バーニーはなにも食べられないぐらい弱っている。

ぼくは勇気を奮い起こした。「博士、青い恐怖《きょうふ》なんです。ブロード街にコレラが発生したんです」

博士はナプキンを放り投げて、ぼくの肩《かた》をつかんだ。いままで以上にかすれた声でいう。

「それは確かなのか？」

「は、はい。まちがいありません」舌がもつれてしまった。博士はぼくを軽くゆさぶる。

「きみはイールだったね。さあ、イール、どうしてそう思うのか話しておくれ。きみはコレラの症状《しょうじょう》をすこしでも知っているのかい？」

「はい、はっきりわかってます。男の人がひとり、コレラで死ぬのを目の前で見ました。その人の奥《おく》さんと子どももコレラにやられています。ほかにもたくさんの人が」

「さあ、なかに入って」ぼくの肩《かた》から手をのけてそう命じた。

ぼくの口はぽかんとあいてしまった。でも、博士はすでにぼくをなかへとうながしている。

「いいから、早く入りなさい。でかける準備をしながら、ききたいことがあるから」

ぼくは立ち止まって博士が落としたナプキンを拾い、おそるおそるつま先立ちであとにつづいた。ウェザーバーンさんはどこにいるんだろう？　とつぜん姿をあらわして、ぴくぴくと鼻を動かし、「泥《どろ》さらいがいます！」と宣言するところを想像してしまった。

ぼくたちは小さなダイニング・ルームに入った。博士があごでテーブルのほうを指し示した。

「朝ごはんは食べたのかい？　よければ、トーストをどうぞ。話しながらでも食べられるならね」

ぼくはナプキンをそっとテーブルの上においた。それを盗《ぬす》もうとしたなどと思われたくない。テーブルには五、六人で食べても余りそうなほどたくさんの食べ物がのっていた。卵やトマト、時季はずれのイチゴまである。トーストからはほかほかと湯気が立っていて、バターがたっぷり塗《ぬ》られている。ぼくは二枚つかんで半分に折り、ポケットに突《つ》っこんだ。

ついつい、目がラズベリージャムの瓶《びん》にいってしまう。でも、スノウ博士の高価そうな緑のカーペットにべったり落としてしまうのが恐《おそ》ろしくて手がでない。もし、そんなことをしたら、ウェザーバーンさんはぼくをロンドン塔《とう》の牢獄《ろうごく》に入れてしまうだろう。

スノウ博士はとなりの部屋へ入っていった。通りに面した小さな書斎《しょさい》だ。ぼくはドア口に立った。大きな分厚い本がずらりとならんだ本棚《ほんだな》が見える。机がひとつと、書類が山のように積まれた大きなテーブルがふたつならんでいた。テーブルのひとつには、顕微鏡《けんびきょう》らしき器具がのっている。

「それで、どこでコレラが発生したのか、もう一度教えておくれ」スノウ博士はガラス瓶《びん》をいくつか布で包み、大きな黒い鞄《かばん》につめながらいった。

「ブロード街あたりです。ここから北へすこしいったところです。リージェント街をわたって、ゴールデン広場《スクエア》を横切ったすぐのところです」

「ああ、そこなら知ってるよ。さあ、つづけて。はじまったのはいつなんだい？」

「たぶん木曜日です。すくなくともグリッグスさんが急に体調をくずしたのはその日です」

「その、グリッグスさんというのは？」スノウ博士はぼくをじっと見ている。「もっと、近くに。そんな遠くにいてぶつぶつつぶやかれても、よくきこえないんだ」

「でも、博士、それは無理です。ぼくの靴《くつ》が……」ぼくは足を見おろした「ウェザーバーンさんが……」

「ああ、なるほど、そういうことか。あの人にはわたしもお手上げだ」博士はそういって微笑《ほほえ》んだ。「それなら、そこでいいから、もっと大きい声でたのむ。それで、グリッグスさんというのは？」

「ブロード街四十番地にある仕立て屋のご主人です。店の二階に家族と暮らしています」大きな声で話すのはむずかしかった。大声で怒鳴《どな》るには似つかわしくない部屋だからだ。

「えっと、正確にいえば暮らしていました。金曜日の正午すぎに亡《な》くなってしまったんです」

「どうして、わかったんだい？」スノウ博士の視線がぼくに突《つ》き刺《さ》さる。

「木曜にその部屋を訪ねたんですが、そのときグリッグスさんのぐあいが悪かったんです。そして、次の日にもう一度訪ねたとき、ちょうど……」ぼくはそこでゴクリとつばを飲んだ。「ホワイトヘッド牧師にきいてみてください。牧師もそこにいて、コレラだっておっしゃいました」

スノウ博士が信じてくれたのかどうか、ぼくにはよくわからなかった。それで、さらにつづけた。「それだけじゃありません。そのあと、近づかないように警告する黄色い旗がかかげられました。石灰《せっかい》もばらまかれました。ひどいにおいですけど、コレラが広がるのを防いで、空気をきれいにするっていってました。つまりその、瘴気《しょうき》ってやつを」

「ハハン！　瘴気《しょうき》だと。空気をきれいにする?!」おどろいたことに、スノウ博士はけがらわしいことをきいたとでもいうように、首をふりふりそういった。そしてつづける。もはやひとりごとのようだ。「コレラが数ブロック先で発生したのか。それなのに、いまのいままで知らなかった。まあ、しょうがないか。この二日ほどはあちこちに往診《おうしん》していて、ほとんど家にいなかったからな。さあ、つづけてくれたまえ」

博士はいそがしく鞄《かばん》にものをつめながら、ふりむいていった。「いまのところ、死者はグリッグスさんだけなのかな？」

「いいえ、ちがいます」ぼくは棺桶運搬人《かんおけうんぱんにん》のチャーリーを手伝っているときに見た人たち全部を思い出していた。「火花が散って、あちこちでごうごうと燃え盛《さか》っているような状態です」

ぼくはそこでためらった。「ぼくは思うんです……」

「つづけて。なにを思ったんだい？」

「いまでは何十人も倒《たお》れています。百人を超《こ》えているかもしれません。ブロード街を中心に病気は広がっています」ぼくは早口でいった。「すくなくとも、昨日ぼくと棺桶《かんおけ》の運搬人《うんぱんにん》とが見ただけでも」

スノウ博士は背筋をのばしてぼくを見た。革製《かわせい》の鞄《かばん》からは注意がそれてしまった。スノウ博士は、ものすごく鋭《するど》い目つきでぼくを見つめている。ぼくは目をそらすことができなかった。でも、でてきた声はとてもおだやかだった。まるで、ぼくが犬で、こわがらせないように気をつけているみたいに。「どうして、棺桶《かんおけ》の運搬人《うんぱんにん》と話すことになったのかな？」

「その人を手伝ったんです。それで、いくらかもらいました」

「どんな仕事だったんだい？」

「その人の相棒のぐあいが悪くなったんで、棺桶《かんおけ》を荷馬車に積むのを手伝いました」

「きみは死体にふれたかい？」スノウ博士は甲高《かんだか》い声でそういいながら近づいてきた。

「いいえ、正確にいえばさわっていません」

「正確にいえば、とはどういう意味なんだい？」博士はすぐ目の前にいる。両手をのばしてぼくの肩《かた》をつかんだ。

「ぼくたちはまず木でできた棺桶《かんおけ》を使っていました。でも、あっというまに足りなくなって、運搬人《うんぱんにん》のチャーリーは麻布《あさぬの》を使わなくちゃいけなくなりました。だけど、チャーリーはぼくには死体をさわらせなかったんです。十三歳《さい》のぼくにそんなことをやらせるのは不公平だっていって、チャーリーが自分でやりました。だいたいは家族が手伝いましたけど」

「わたしと約束してほしいんだ」スノウ博士は肩《かた》の手に力をこめていった。「もう二度とその仕事はしないと約束しておくれ。それと、もしまた病人の家に入ることがあっても、どんなものにも絶対にさわらないでおくれ。なかでもいちばん大事なのは、絶対に水を飲まないってことだ」

どうしてそんなことをいうんだろう？　コレラは空気で広がるんじゃないんだろうか？

「博士、病気の人たちのことなんですけど」ぼくはいそいでいった。水のことはあとできこう。「ぼくがここにきたのはそのためなんです。グリッグスさんには奥《おく》さんと子どもがふたりいます。そして、奥《おく》さんと小さなバーニーがふたりとも病気にかかってしまったんです。バーニーは苦しんでもう一日以上たちます。それはいいことですよね？　つまり、コレラにかかったら、全員が死ぬわけじゃないんですよね？」

「ほとんどの人が死ぬ」博士はぼくから手を放して、机のほうにもどりながらいった。「でも、全員というわけじゃない」

ということは、バーニーに生き残るチャンスがあるということだ。「スノウ博士、お願いですから、ぼくといっしょにきてください」

スノウ博士はもうぼくのことばをきいていないようだった。鞄《かばん》に荷物をつめ終えると、ついてくるようにうながした。今度は玄関《げんかん》にむかっている。「さあ、ついておいで」

「そっちへですか？　表玄関《おもてげんかん》を通って？　それはだめです。ウェザーバーンさんが……」

「さあ、早く！」

ぼくはあわててつま先立ちであとにつづいた。うしろをちらっとふりかえると、お屋敷《やしき》は静まりかえっていた。今日は日曜日だ。きっとウェザーバーンさんは教会にいっているんだろう。ぼくはそうであってほしいと祈《いの》った。いまサックビル・ストリートをこちらにむかって歩いていて、ちょうど表玄関《おもてげんかん》から泥《どろ》さらいがでてくるのを目にしたりしませんように。

第13章　毒

スノウ博士はリージェント街の人ごみをぬうようにきびきびと歩いた。博士に追いつくのに、ぼくも早足になった。ぼくの頭は、足とおなじぐらい速く回転していた。

ついにやったぞ！　偉大《いだい》なお医者さんがブロード街にむかっているんだ。これで、バーニーとグリッグスの奥《おく》さんもきっと助かる。もしかしたら、スノウ博士はほかの人たちもみんな助けてくれるかもしれない。

ぼくたちはリージェント街をそれてゴールデン広場《スクエア》に足を踏《ふ》み入れた。この小さな公園は、いつもなら仲のよさそうなカップルや、タバコを吸いにきた人たちでにぎわっている。なのにいまは、だれもいない。彫像《ちょうぞう》の頭に鳩《はと》が一羽とまっているだけだ。

その彫像《ちょうぞう》は、強そうで自信たっぷりに見える美男子像だ。一度、フローリーといっしょに、ホワイトヘッド牧師がこの公園にいるのを見かけたことがある。牧師さんはベンチにすわって本を読んでいた。でも、ぼくたちに気づくと本をとじ、親しげに微笑《ほほえ》みかけてくれた。

すぐれた詩人の名詩を味わい、理解を深めるシリーズ

「日本語を味わう名詩入門」

萩原昌好 編

- 各1,500円
- 平均100ページ
- 小学校中学年～中学・高校生向き

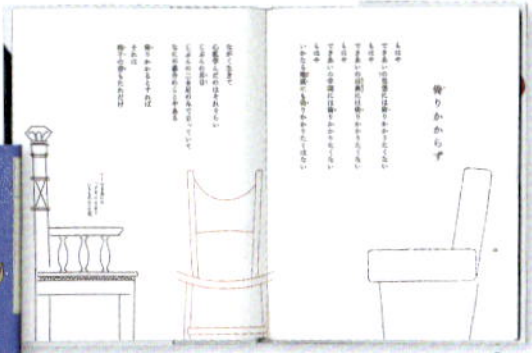

⑯「茨木のり子」（藤本 将 絵）より

① 宮沢賢治　唐仁原教久 絵
② 金子みすゞ　高橋和枝 絵
③ 八木重吉　植田 真 絵
④ 山村暮鳥　谷山彩子 絵
⑤ 立原道造　堀川理万子 絵
⑥ 中原中也　出久根 育 絵
⑦ 北原白秋　メグホソキ 絵
⑧ 高村光太郎　田中清代 絵
⑨ 萩原朔太郎 室生犀星　長崎訓子 絵
⑩ 丸山薫 三好達治　水上多摩江 絵

⑪ サトウハチロー　つちだのぶこ 絵
⑫ 草野心平　秦 好史郎 絵
⑬ 高田敏子　中島梨絵 絵
⑭ 山之口貘　ささめやゆき 絵
⑮ 石垣りん　福田利之 絵
⑯ 茨木のり子　藤本 将 絵
⑰ 新川和江　網中いづる 絵
⑱ 工藤直子　おーなり由子 絵
⑲ 谷川俊太郎　渡邊良重 絵
⑳ まど・みちお　三浦太郎 絵

⑳「まど・みちお」（三浦太郎 絵）より

あすなろ書房
〒162-0041
東京都新宿区早稲田鶴巻町551-4
Tel:03-3203-3350
Fax:03-3202-3952

●小社の図書は最寄りの書店にてお求め下さい。お近くに書店がない場合は、代金引換の宅配便でお届けします（その際、送料が加算されます）。お電話かFAXでお申し込み下さい。表示価格は2020年4月1日現在の税別価格です。

http://www.asunaroshobo.co.jp

ノンフィクション

映画監督オリバー・ストーンが
告発する知られざるアメリカ史

語られなかった アメリカ史

★全3巻完結★

オリバー・ストーン＆
ピーター・カズニック 著

●A5判 **1** 228ページ
2 216ページ 各1,500円
3 360ページ／2,200円

1 世界の武器商人 アメリカ誕生
〔1898～1939年〕

南北戦争から第2次世界大戦へと向かうアメリカの歩み。

2 なぜ原爆は 投下されたのか?
〔1939～1945年〕

第2次大戦勃発から原爆投下までのアメリカの思惑とその経緯をていねいに検証。

3 人類史上もっとも危険な瞬間
〔1945～1962年〕

第2次世界大戦終結からキューバ危機まで！ スリルとサスペンスに満ちた水面下の攻防を検証。学校では教えてくれない真実に迫る驚愕のドキュメンタリー。

怪物はささやく

パトリック・ネス 著　シヴォーン・ダウド 原案
池田真紀子 訳　ジム・ケイ イラスト

「告白すると、僕もあの怪物に会ったことがある。その記憶が今の自分に小説を書かせる時もある」(道尾秀介氏)。NHK「週刊ブックレビュー」でも作家・桜庭一樹氏が「おすすめの一冊」として紹介！　共感の声、続々！

●1,600円（A5変型判／224ページ）

ホイッパーウィル川の伝説

キャシー・アッペルト＆アリスン・マギー 著
吉井知代子 訳

特別な絆で結ばれた二人の姉妹と、不思議な子ギツネの魂が響きあう！　ヴァーモントの神秘の森でくりひろげられるスピリチュアル・ファンタジー。

●1,400円（四六判／240ページ）

種をまく人

ポール・フライシュマン 著　片岡しのぶ 訳

はじまりは小さな種だった。貧民街のゴミ溜めが生まれ変わる！　人種、年齢の異なる13人のモノローグで綴る「天の楽園」創造の記。「天声人語」で紹介！

●1,200円（四六判／96ページ）

34丁目の奇跡

ヴァレンタイン・デイヴィス 著　片岡しのぶ 訳

こんなにも心のあたたまる物語があっただろうか！　アメリカで半世紀もの間、読みつがれてきたクリスマス物語の定番。

●1,200円（四六判／164ページ）

アニー

トーマス・ミーハン 著　三辺律子

ブロードウェイミュージカル、古典的名作の小説版。生後2か月で、孤児院の玄関先に置き去りにされた少女アニー。いつか両親が迎えにくることを信じ、厳しい仕打ちに耐えながら暮らしていたが……。みんなをハッピーにしてくれる物語！

●1,400円（四六判／296ページ）

名作短編がぎっしりつまったシリーズ！

中学生までに読んでおきたい
日本文学

松田哲夫 編

全10巻

❶悪人の物語

山村暮鳥……囈語
森 銑三……昼日中／老賊譚
芥川龍之介……鼠小僧次郎吉
宮沢賢治……毒もみのすきな署長さん
中野好夫……悪人礼賛
野口冨士男……少女
色川武大……善人ハム
菊池 寛……ある抗議書
小泉八雲……停車場で
吉村 昭……見えない橋
柳田国男……山に埋もれたる人生ある事

❹お金物語

山之口貘……告別式
山本周五郎……経済原理
獅子文六……塩百姓
谷崎潤一郎……小さな王国
星 新一……マネー・エイジ
太宰 治……貧の意地
中戸川吉二……寝押
林芙美子……清貧の書
室生犀星……陶古の女人
内田百閒……無恒債者無恒心
森 鷗外……高瀬舟

❺家族の物語

シリーズ累計
20万部突破！

子どものころ、
読んでおけば
よかった……

❼こころの話

茨木のり子……自分の感受性くらい

❾食べる話

石垣りん……くらし
志賀直哉……小僧の神様

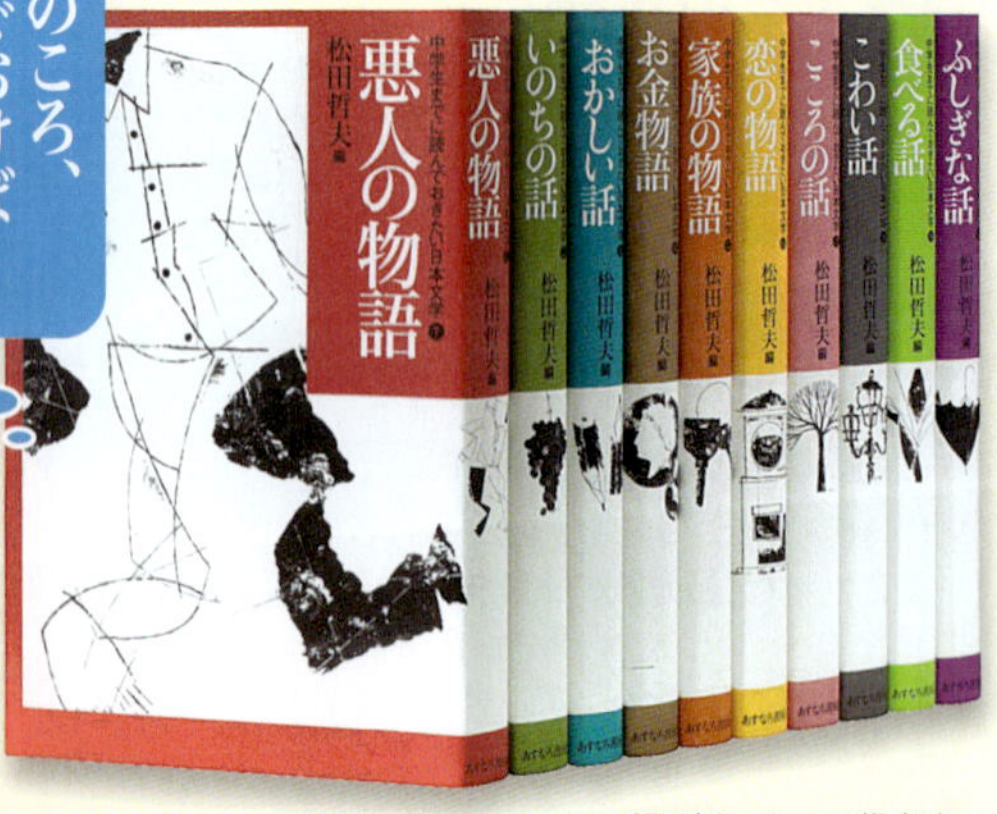

イラストレーション：柳 智之

10刷出来!

いい人ランキング

吉野万理子 著

人の悪口を言わないし、掃除はサボらないし、「宿題を見せて」と頼まれたら、気前よく見せる人。「いい人」と呼ばれるのは、いいことだと思っていたけれど、実は……？ いじめ問題について、いじめられる側だけでなく、いじめる側の心理もリアルに描いた作品。――人間関係に悩む中学生の実用書たりうる一冊！ ●1,400円

古典

古典に親しむきっかけに！ 小学校高学年から楽しく学べる古典入門

はじめての万葉集

萩原昌好 編　中島梨絵 絵 （上・下巻）

● 各1,600円（A5変型判／2色刷／各128ページ）

「万葉集」全20巻、4500首の中から代表的な作品135首をセレクト。年代別に4期にわけて、わかりやすく紹介します。

上巻 ① 初期万葉時代：
大化改新 ～ 壬申の乱
（645 ～ 672 年ごろ）
② 白鳳万葉時代：
壬申の乱 ～ 藤原京への遷都
（672 ～ 694 年ごろ）

下巻 ③ 平城万葉時代：
藤原京への遷都 ～ 平城京への遷都
（694 ～ 733 年ごろ）
④ 天平万葉時代：
平城京の時代
（733 ～ 759 年ごろ）

石垣りん……表札
有島武郎……碁石を呑だ八っちゃん
吉野せい……梨花
森鷗外……山椒大夫
島尾敏雄……島の果て
長谷川四郎……鶴
原民喜……夏の花
太宰治……魚服記
海音寺潮五郎……極楽急行
梅崎春生……チョウチンアンコウについて

③おかしい話

室生犀星……夜までは
佐藤春夫……蝗の大旅行
尾崎一雄……虫いろいろ
小沼丹……カンチク先生
内田百閒……泥坊三昧
夏目漱石……自転車日記
山本周五郎……対話（砂について）
坂口安吾……村のひと騒ぎ
林家正蔵（演）……あたま山
桂文楽（演）……酢豆腐
桂三木助（演）……芝浜
森鷗外……大発見
小泉八雲……日本人の微笑
星新一……来訪者

●各1800円
●判型／A5変型判／略フランス装
●平均288ページ

吉野せい
有島武郎……小さき者へ
幸田文……終焉
海音寺潮五郎……唐薯武士
谷崎潤一郎……母を恋うる記
林芙美子……風琴と魚の町
吉村昭……同居
向田邦子……かわうそ
遠藤周作……夫婦の一日
川端康成……葬式の名人
井伏鱒二……へんろう宿
太宰治……黄金風景

⑥恋の物語

阪田寛夫……練習問題
木山捷平……うけとり
尾崎翠……初恋
堀辰雄……燃ゆる頬
江戸川乱歩……人間椅子
太宰治……カチカチ山
三島由紀夫……三原色
芥川龍之介……好色
菊池寛……藤十郎の恋
宮本常一……土佐源氏

なんと容赦のない、なんと爽快なラインナップだろう。
上橋菜穂子さん

井上ひさし……あくる朝の蝉
志賀直哉……清兵衛と瓢箪
色川武大……ひとり博打
中島敦……山月記
菊池寛……入れ札
三島由紀夫……志賀寺上人の恋
谷崎潤一郎……刺青
幸田文……髪
深沢七郎……おくま嘘歌
太宰治……雀
石原吉郎……ある〈共生〉の経験から

⑧こわい話

萩原朔太郎……蛙の死
夏目漱石……夢十夜　第三夜
内田百閒……豹／鯉
江戸川乱歩……白昼夢
半村良……箪笥
岡本綺堂……利根の渡
中島敦……牛人
菊池寛……三浦右衛門の最後
坂口安吾……桜の森の満開の下
夢野久作……瓶詰地獄
星新一……鏡
山川方夫……お守り
志賀直哉……剃刀
島尾敏雄……鉄路に近く
太宰治……トカトントン

子母沢寛
幸田露伴……野道
森茉莉……ビスケット
深沢七郎……いのちのともしび
種村季弘……幻の料理
色川武大……大食いでなければ
古川緑波……富士屋ホテル
向田邦子……ごはん
武田百合子……枇杷／夏の終わり
宮沢賢治……注文の多い料理店

⑩ふしぎな話

萩原朔太郎……死なない蛸
寺山修司……全骨類の少女たち
川端康成……化粧
梶井基次郎……愛撫
谷崎潤一郎……秘密
夏目漱石……心
内田百閒……尽頭子
三島由紀夫……美神
夢野久作……怪夢（抄）
星新一……おーい　でてこーい
梅崎春生……侵入者
宮沢賢治……どんぐりと山猫
芥川龍之介……魔術
豊島与志雄……立札
中島敦……名人伝
稲垣足穂……黄漠奇聞

村上春樹の翻訳えほん

★C.V.オールズバーグ 作　村上春樹 訳★

急行「北極号」 ★コルデコット賞

幻想的な汽車の旅へ……。少年の日に体験したクリスマス前夜のミステリー。映画「ポーラー・エクスプレス」原作本。

●1,500円（24×30cm／32ページ）

ジュマンジ

ジュマンジ……それは、退屈してじっとしていられない子どもたちのための世にも奇妙なボードゲーム。映画「ジュマンジ」原作絵本！

●1,500円（26×28cm／32ページ）

魔術師アブドゥル・ガサツィの庭園

★コルデコット賞銀賞

「絶対に何があっても犬を庭園に入れてはいけません──引退した魔術師ガサツィ」ふしぎな庭で、少年が体験した奇妙なできごと。

●1,500円（25×31cm／32ページ）

★シェル・シルヴァスタイン　村上春樹 訳★

おおきな木

おおきな木の無償の愛が、心にしみる絵本。絵本作品の「読み方」がわかる村上春樹の訳者あとがきは必読。

●1,200円（23×19cm／57ページ）

はぐれくん、おおきなマルにであう

名作絵本『ぼくを探しに』（講談社）の続編が村上春樹・訳で新登場！ 本当の自分を見つけるための、もうひとつの物語。

●1,500円（A5変型判／104ページ）

あすなろ書房の本

［10代からのベストセレクション］

『ねえさんといもうと』より ©2019 by Komako Sakai

表示価格は、税別です　2020.4.1

「ぼくはね、ここにすわって、鳩《はと》がジョージ二世の頭の上から景色をながめているようすを見るのが好きなんだ」ホワイトヘッド牧師はそういって彫像《ちょうぞう》を指さした。「きみたちは、ジョージ二世のことは知ってるかい？」

「大むかしのとってもりっぱな王様よね」フローリーがいった。

「そうなんだ。でも残念ながら、かなり意地悪だったっていう噂《うわさ》も伝えられてるんだけどね」

「とてもりっぱに見えるわ。もし、意地悪な顔の彫像《ちょうぞう》が作られて、何百年もあとまで残るとしたら、ぞっとするわね」フローリーは笑いながらそういって、ポケットのスケッチブックに手をのばした。「鳩《はと》さん、動かないで！　あんたを描《か》いてあげるから」

ぼくはフローリーが絵を描《か》くようすを見ていた。集中するとしかめっ面《つら》になって、おさげ髪《がみ》が肩《かた》の前にきてじゃまになると、勢いよくうしろに払《はら》いのける。

「きみのそばにいるときは、にこにこしてるように気をつけなくちゃ」ぼくはいった。「そうじゃないと、しかめっ面《つら》を描《か》かれちゃうからね」

「うまいねえ、フローリー」ホワイトヘッド牧師がほめた。

「ありがとうございます。ただ好きで描《か》いてるだけなんです。だけど、本当は大理石みたいなものを使って、ずっとあとまで残るものを作れたらいいんだけど」フローリーはジョージ二世の彫像《ちょうぞう》をしげしげ見ながらいった。「死ぬまでに、たったひとつだけでいいから、ずっとあとの時代にまで残るものを作ってみたいな」

ホワイトヘッド牧師は微笑《ほほえ》んだ。「だれもが彫像《ちょうぞう》を作れるわけじゃないよね。でも、よい行いとやさしい心持ちは、死んだあとも人の心に残ると思うよ」

スノウ博士があの大きな鞄《かばん》に薬を入れるところは見なかった。それに、あの空のガラス瓶《びん》をなにに使うのかも不思議だ。もしかしたら、バーニーの血を入れるか、つばを集めるのかもしれない。でも、ブロード街が近づいても、スノウ博士がバーニーに関心を持っているようには見えなかった。そのかわりに、病気が広がったようすをもっとこまかにききたがった。

「もっと、くわしく話しておくれ」

ぼくはこの数日に起こったことをなにもかも、順序だてて思いかえした。スノウ博士からは、ぼくがすこしばかり混乱しているように見えたようだ。

「いちばん最初からはじめてほしいんだ」スノウ博士がいう。「最初に亡《な》くなったのはたぶんグリッグスさんだといったね。最初に病気の症状《しょうじょう》があらわれたのも、そのグリッグスさんだったのかい？」

「そうだと思います」ぼくはゆっくりと答えた。「すくなくとも、ホワイトヘッド牧師はグリッグスさんより先に病気になった人がいたとはいってませんでした」

「うん、いいぞ、イール。病気になったあとのグリッグスさんのようすを、もっとくわしく教えてほしいんだ。どんなようすだった？」

「シーツはぬれていました。まるで、グリッグスさんが吐《は》き散らしたみたいに」ぼくの息は乱れていた。スノウ博士は一瞬《いっしゅん》足をゆるめた。「あちこちに白い粒々《つぶつぶ》のものが見えました。それから、ものすごく苦しんでました。体のなかに獣《けもの》が取りついて、あばれてるみたいに」

ぼくたちはブロード街への角を曲がった。「どの家か指をさして」スノウ博士がいう。

「あそこです。四十番地。ライオン醸造所《じょうぞうしょ》のむかいで、井戸《いど》の正面です。一軒《けん》の家にほかの家族も住んでます。スノウ博士の住んでる地区とはちがうんです。いってる意味がわかりますか？」

「ああ、もちろんだとも」

「それがコレラが発生した原因なんですか？　せまいところにごちゃごちゃと暮らしていて、悪い空気を吸っているのが」ぼくは知りたかった。「ぼく、いろんな人がそういってるのをきいたんです」

「それはいわゆる瘴気説《しょうきせつ》だね。コレラのような病気は、汚《よご》れた空気によって広がるというものだ」スノウ博士がいう。「瘴気《しょうき》っていうのは毒気をふくんだ空気のことだね。そう思ってる人は多いよ。ここみたいに、せまいところにたくさんの人が暮らす、衛生状態がよくないところの空気には、腐《くさ》ったひどいにおいの物質がふくまれていると考えられている」

ぼくはうれしくなった。スノウ博士はクロロホルムの専門家だけれど、どうやら、コレラについてもくわしいようだ。

「この瘴気説《しょうきせつ》は何世紀にもわたって信じられてきた。人々は人とちがう考えを持ったり、新しい考え方を持つことを恐《おそ》れるばかりに、この説を長いあいだ信じてきた。学のある人たちまでもがね」

「でも、スノウ博士は瘴気説《しょうきせつ》を信じていないんですね？　先生にはほかの考えがあるんですね？」

「ああ、そうだとも」スノウ博士は笑いをふくんだ声で答えた。「わたしがコレラがどのように伝染するかを研究しはじめて、ずいぶん長い時間がたってるんだ。ただ、わたしのいうことに耳を傾《かたむ》ける人はほとんどいないけれどね」

「それが新しい考えだからですか？」

「それもある。何百年にもわたっていわれてきたことを否定するのは、かんたんなことじゃないからね。もし、コレラをこの目で見ることができたら、力になるんだろうけど。

これまでにも、わたしの説を裏付ける証拠《しょうこ》をたくさん集めてきたんだが、わたしのいってることが正しいと証明する事例が必要なんだ。いいかえれば、もっと証拠《しょうこ》が必要だってことさ。もしかしたら、ブロード街で起こってることが、その証拠《しょうこ》になるかもしれないと思うんだ」

スノウ博士の説とはどんなものなんだろう？　博士にはどんな証拠《しょうこ》が必要なんだろう？　そしてなにより、スノウ博士は二階に上がって、バーニーとグリッグスの奥《おく》さんを診察《しんさつ》してくれるんだろうか？

とつぜん、スノウ博士がライオン醸造所《じょうぞうしょ》を指さした。「なあ、イール、あの醸造所《じょうぞうしょ》で働く人に、コレラの患者《かんじゃ》はでてるかい？」

「いえ、たぶんいません」

「感染源は別にあるということか」スノウ博士がひとりごとをいった。

博士がなんのことをいっているのか、ぼくには見当がつかない。ぼくはバーニーの部屋の窓を見上げて体を前後にゆらした。スノウ博士を説得して、なんとかブロード街までつれてくることができた。でも、いまのところ、博士はぼくに質問をして、コレラ発生のいくつかの説について話しただけだ。

「スノウ博士、お願いですから」ぼくはせっぱつまっていった。「どうか……」

ぼくが話し終える前に、ホワイトヘッド牧師が目の前のドアをあけてでてきた。首をたれ、まるで自分で自分をしっかりさせようとしているみたいに深呼吸した。

ホワイトヘッド牧師の顔があまりに疲《つか》れているので、一瞬《いっしゅん》、グリッグスさんの家で、次の犠《ぎ》牲者《せいしゃ》がでてしまったのかとこわくなった。けれども、すぐに思い出した。ホワイトヘッド牧師は歩くときにはもともと猫背《ねこぜ》なんだ。

「やあ、イール、元気そうでよかったよ」ホワイトヘッド牧師は、すこし表情を明るくしていった。

ぼくはおどおどしながらふたりのあいだに立って、ふたりを交互《こうご》に見た。ぼくがふたりを紹《しょう》介《かい》しなくちゃ。何年も前に母さんに教わった正しいマナーを必死で思い出そうとした。

「えっと、ホワイトヘッド牧師、こちらはスノウ博士です」ぼくは紹介《しょうかい》をはじめた。

ホワイトヘッド牧師は、ぼくの努力を認めるようにうなずいて、博士にむかって握手《あくしゅ》の手をさしのべた。「わたしは、ヘンリー・ホワイトヘッドともうします。セント・ルークス教会で副牧師をしています。お名前は存じております。クロロホルムの専門家でいらっしゃることも」

スノウ博士はおじぎをした。「確かにわたしは、クロロホルムのようなガスを使って、痛みをやわらげる研究をしていますが、長いあいだ、コレラの研究もしているんです。そして、ついさっき、こちらでコレラが発生したときいたところです。いまのところ、犠牲者《ぎせいしゃ》の数は？」

「わたしが把握《はあく》しているところでは、金曜日の午後からすでに七十人以上が亡《な》くなっています。実際にはもっと多いでしょうね」牧師さんは深いため息をつきながら答えた。「家族全員がかかってしまった家も訪ねましたが、お世話をする人がだれもいないんです。本当につらいことです」

「病気はブロード街の外にも広がっているんですね？」スノウ博士がいう。

「ええ、そうです。いちばんひどいのはブロード街ですけどね。ここからすぐのところにあるグリーンズ・コートのそばのピーター街へもいってきたところです。四軒《けん》を訪れましたが、いずれも、家族の半分がコレラで亡《な》くなっています」

ホワイトヘッド牧師はポケットからハンカチをひっぱりだして、額《ひたい》の汗《あせ》をふいた。「残念ながら、コレラにまちがいないと思います。この悪臭《あくしゅう》、息のつまるような夏の悪い空気、多くの家で見られるぎょっとするようなひどい衛生状態のすべてが、そう示しています」

スノウ博士はホワイトヘッド牧師の目をのぞきこんだ。「みんなそう考えていることは知っています。しかしながら、長年の研究の結果、瘴気説《しょうきせつ》は正しくないとわたしは考えているのです。この病気には別の原因があります」

「え？」ホワイトヘッド牧師は疑わしげだ。

「コレラにかかるのは悪い空気を吸うからではありません。病気をひき起こす物質の経口摂取《せっしゅ》こそが原因なのです」

経口摂取《せっしゅ》というのは、食べたり飲んだりすることだろう。だけど、病気をひき起こす物質ってなんなんだろう？

ホワイトヘッド牧師はなにもいわなかった。でもそのやさしそうな顔には、疑いの表情が浮《う》かんでいる。ぼくが感じているのとおなじような疑いの表情が。

「この病気にはごく短い潜伏《せんぷく》期間があります。その期間に、その毒は取りこまれた人の体のなかで成長するか、増殖《ぞうしょく》するかするのです」スノウ博士はつづけた。すくなくともきき手のうちのひとり、つまりぼくには、ほとんどその意味がわからないだろうことなんか、気づきもしないで。

「コレラが消化器官を冒《おか》すことを考えれば、その毒が口から入ったのは明白なのですが、ほかの人はまるでわかっていない」

ぼくは顔をしかめた。消化器官っていったいなんなんだろう？

「消化器官というのはだね、食べ物が人間の体に入ってからでていくまでの通り道のことだ」スノウ博士が説明してくれた。

「はい」ぼくはいった。ふたりの紳士《しんし》のあいだに立って、こんなむずかしい話をきいているのは、なんだか不思議な感じがした。ぼくは、ぼくなんかがいていいんだろうかと気にしているのに、博士はちっともそんなことは思っていないようだ。

「かんたんにいえば、コレラは水を通して広がっていると、わたしは信じてるんだ」スノウ博士がそう結論づけた。そして、指をさした。「この井戸《いど》がきわめてあやしいね」

「スノウ博士、もし、あなたの説が正しいと証明されたとしても、この井戸《いど》が原因というのはちょっと考えられませんね」ホワイトヘッド牧師が応じた。「ブロード街のポンプが汲《く》みだす井戸《いど》の水は、味がいいことで有名なんです。近くのほかのポンプの水にくらべても、ずっと澄《す》んでいます。混じり物がずっとすくないのは明らかです。なのに、コレラの原因になるなんてありうるんですか？」

「ひどい悪臭《あくしゅう》をかがされていれば、瘴気《しょうき》が病気の原因だと信じたくなる気持ちはよくわかります。それに、澄《す》んでおいしい水が病気をひき起こすと考えるのがむずかしいというのもよくわかります。わたしがこの水を調べても、たぶん、なにも見つからないでしょうしね」

「それでは、どうなさるおつもりなんですか、スノウ博士」ホワイトヘッド牧師がせまる。「このわたしには、まったく謎《なぞ》としか思えない問題をどうやってお解きになるつもりなんでしょう?」

「調べる方法はほかにもあります。このせまい地域でこれほど急激に広がったということは、むしろ、ほかの人にわたしの説を理解してもらう助けになると思っています」

スノウ博士はそこでひと息ついた。次にスノウ博士の口からでてきた質問に、ぼくはびっくりした。

「おたずねしますが、このあたりに、地区を管轄《かんかつ》する行政組織はありますか?」

「ええ、はい。セント・ジェイムズ教会の教区委員会があります。なにか緊急《きんきゅう》なことがあったときには、そこが特別な委員会を招集することになっています。実際、木曜の夜七時からコレラについての委員会がひらかれるようです」

「木曜の夜か……」スノウ博士が思案顔でつぶやいた。「それで、その委員会にはこの恐《おそ》ろしい病気を食い止めるためにおこなうなんらかの権限があるんですか?」

「はい、それはまちがいなく」ホワイトヘッド牧師が答えた。「空気を清めるために石灰《せっかい》がばらまかれましたし、病気が発生した場所には警告する旗もかかげられました。葬儀屋《そうぎや》には棺桶《かんおけ》を手配するよう、連絡《れんらく》がいっています。ほかには、どんな手があるんでしょう？」

　スノウ博士は目の前のポンプをじっと見つめている。「わたしには有効な手段があります。委員会を納得《なっとく》させることができさえすれば。なんとか、会議の時間までに、集められるだけの根拠《こんきょ》を集めましょう」

「スノウ博士、あなたのご意志はとても尊敬すべきものだと思います」ホワイトヘッド牧師の歯切れは悪い。「ですが、これほど恐《おそ》ろしい病気の前では、わたしたちの知恵《ちえ》などなんの役にも立たないのでは？」

「そうではないとあなたを説得するチャンスをください。あなた同様、わたしもこれ以上なんの罪もない人が亡《な》くなるところは見たくないのです」

「どうか、うまくいきますように。ぜひ、そうなってほしいものです。それでは、そろそろおいとまします。わたしはロジャーズ先生のところにいって、教区に新たな患者《かんじゃ》がでていないかきいてこないと」

「だけど、バーニーはどうなるんですか？」ぼくは思わず口をはさんだ。「それにグリッグスの奥《おく》さんは？　ふたりはどんなぐあいなんです？」

「残念だよ」ホワイトヘッド牧師はぼくの肩《かた》に手をおいていった。「グリッグスの奥《おく》さんは亡《な》くなった。息子《むすこ》さんもあぶないね。いまはフローリー・ベイカーとルイスさんがそばについてる」

スノウ博士はかがんで黒い鞄《かばん》のふたをあけた。

「いっしょに二階にいっていただけませんか？」ぼくはお願いした。

スノウ博士はちらっとぼくを見て、不思議そうな顔をした。「二階へ？」

「バーニーを診《み》にです！」ぼくは叫《さけ》んだ。「博士は……患者《かんじゃ》を診《み》にきたんじゃないんですか？」

「ああ、そういうことか。そうじゃないんだ。残念ながら、すでにコレラにかかった人たちを助けることはできない。わたしが見にきた患者《かんじゃ》というのは……」そういって、スノウ博士はブロード街の井戸《いど》を指さした。

「このポンプなんですか！」ぼくは信じられなくて、思わずうめき声をあげた。「この役立たずのポンプには、バーニーを助けることなんてできないよ！　バーニーはいまも苦しんでるんです」

「きみの友だちには、なにもしてあげられないんだ」スノウ博士が静かにいった。「コレラにかかってしまった人に対しては、できることはほとんどないんだよ。この病気を治す方法はまだ見つかっていない。わたしは、まだ病気にかかっていない人をなんとか救いたいだけなんだ」

「だけど……だけど……」ぼくは口ごもりながら博士の鞄《かばん》を指さした。「それはなんなんですか？　博士はそれでなにかを調べるんだと思ってた。そうじゃなきゃ、薬かなんかじゃないんですか？」

スノウ博士はガラスの小瓶《こびん》の包みをはずした。「わたしは水を調べるんだ。ホワイトヘッド牧師にいったように、わたしはコレラの伝染について、ある説を組み立ててきた。まちがいないと確信できるような説だ。わたしに必要なのは、ほかの人たちを納得《なっとく》させる、明確でゆるぎのない証拠《しょうこ》なんだよ。

ブロード街のコレラは、疑問をさしはさむ余地のないような証拠《しょうこ》を与《あた》えてくれるかもしれない。いまは時間をむだにはできない。今日は日曜日だ。木曜日までの四日間で、やらなければいけないことが山ほどあるんだ」

ぼくはスノウ博士がバーニーを助けてくれるのだとばかり思っていた。けれども、最初っから気にもとめていなかったんだ。ほかの人たちのことも。ぼくは博士の鞄《かばん》を見おろした。蹴《け》っとばしてやりたい気分だった。

「それじゃあ、そのなかには、なにか特別な薬があるわけじゃないんですね？　あなたは口ンドンでいちばんのお医者さんじゃないんですか？　それどころか、この国でいちばんなんじゃ？」ぼくはこぶしをぎゅっと握《にぎ》りしめた。「あなたは、みんなを助けてくれるんだと思ってた」

「きみの気持ちはよくわかるよ。わたしも、はじめてコレラの被害《ひがい》を目にしたときのことは忘れられない。コレラは恐《おそ》ろしい嵐《あらし》のように、ひとつの地域の家々を根こそぎ荒《あ》らしまわっていった。悲しいことだけれど、わたしは薬を持っていない。いまのところは、ほかにだれひとりね。それでも、いつの日かかならず、この病気に対抗《たいこう》する手段が開発されて、治療法《ちりょうほう》も、伝染を防ぐ方法も見つかると信じているよ。そうさ、わたしはそれを心の底から祈《いの》ってる。でも、そのためには時間と努力が必要なんだ」

ぼくは博士に背中をむけて、足音高く遠ざかった。スノウ博士がうしろから呼びかけた。

「なあ、イール、わたしたちにはなにかできることがあるんだ。きっとなにかが。今回の恐《おそ》ろしいほど速い伝染の仕方を観察すれば、この病気の広がり方がよくわかるかもしれないんだ」

博士の次のことばはぼくをぎょっとさせた。「それで、きみにも手伝ってほしいんだよ」

「ぼくなんかに、なにができるんです？　ぼくはただの泥《どろ》さらいですよ」博士はぼくをからかっているんだと思った。

「木曜日の夜までに証拠《しょうこ》をそろえて委員会に提出できれば、これ以上、病気にかかる人がでるのを防ぐことができるかもしれない。わたしたちには、たくさんの人の命を救うことができるかもしれないんだ」

「だけど……だけど、それだけじゃだめなんだ！」ぼくは叫《さけ》んだ。「バーニーはいまにも死にそうなのに」

スノウ博士がなにかを話そうと口をひらいたけれど、ぼくはきかずに立ち去った。


ぼくは階段をかけ上がって、グリッグスさんの部屋のドアをおしあけた。フローリーが、ねむっているベッツィの肩《かた》を抱《だ》いていた。バーニーは部屋のすみの板の上に横たわっていた。

「イール」ぼくに気づいたフローリーがささやいた。

フローリーは泣いてはいないけれど、その目はおびえたように大きく見ひらかれていた。

「バーニーも死にそうなの。かわいそうに。ずっとお父さんを呼んでた。ときどき目が覚めるんだけど、また意識がなくなるの」

「きみはずっとひとりだったの？」

「さっきまでルイスさんがいた。でも、ルイスさんも大変なの。昨日、赤ちゃんが死んでしまった」フローリーがいった。「ファニーはまだ生まれて半年にもならないのよ。かわいそうに」

フローリーはぼくのうしろの、だれもいない戸口を見ている。「つれてこられなかったのね」

ぼくはうなずいた。「スノウ博士は、一度この病気にかかってしまったら、なにもできないんだっていってた」自分の目から熱い涙《なみだ》がこぼれたのがわかった。「でも、博士は外にいるよ。井戸《いど》のところにね」

「井戸《いど》なんかに、なんの用があるっていうの？」

「スノウ博士は、コレラは水のなかの目には見えない毒みたいなもので広がるって考えてるんだ。悪い空気じゃなくってね」

フローリーはぼくを見つめた。「ブロード街の井戸《いど》の水が悪いっていうの？」

「博士にも、まだはっきりとはわかってない。だから、調べにきたんだ」そこまで話して口をとざした。もし、博士のいうことが正しかったとしたら……。

「ぼくは、あのポンプの水は一滴《てき》も飲んでない」ぼくは部屋のすみのバケツとひしゃくに目をやりながら、ゆっくりそういった。「だけど、きみはこの何日かであの水を飲んだ？」

「すこしだけ」フローリーはゴクリとつばを飲んだ。「ご近所さんがミルクを持ってきてくれたんだけど、バーニーはひと口も飲まなかった。それで、ミルクはベッツィに飲ませたわ。でも、わたしはすこし、水を飲んだ」

「きっと、スノウ博士はまちがってるよ」フローリーをなぐさめようとぼくはいった。「だけど、これ以上は飲まないほうがいいかもしれないね」

ちょうどそのとき、バーニーがうめき声をあげた。

「いってバーニーに話しかけてあげて」フローリーがささやく。「あの子はあんたのことがとっても好きだったから」

バーニーの小さな手は、紙のように乾《かわ》ききっていた。ひび割れた唇《くちびる》が痛々しい。肌《はだ》は青みがかっていた。息をしようとするたびに、あばら骨が上がったり下がったりするのが見える。

「こわがらなくていいよ、バーニー」ぼくはやさしくいった。「お父さんがまってるから」

バーニーが目をひらいてぼくを見つめた。それから、大きくあえいだ。それっきりバーニーの小さな体は闘《たたか》うのをやめてしまった。

第14章　四日間

ぼくはドアのしまった暑い部屋に立って、バーニーの動かなくなった体を見下ろしていた。怒《いか》りがこみ上げてくる。「こんなの、おかしいよ」

フローリーが上がけをひき上げてバーニーの顔にかけた。フローリーはベッツィのほうに目をやった。ベッツィはうたた寝《ね》しているデリーといっしょに、部屋のすみで丸くなって横たわっている。

「ベッツィを起こさなくてよかった。三日間で家族を全員亡《な》くしてしまうなんて、ひどいことよね。わたしにはなにもできなくて、くやしいの。だけど、あんたにはできるんだよ、イール。あんたはスノウ博士の手助けをできるかもしれないんだから」

ぼくたちは廊下《ろうか》にでた。フローリーはルイスさんのところにいって、ベッツィをあずかってもらえないかきいてみるといった。

「ベッツィには、どこかに叔母《おば》さんがいたと思うの。ルイスさんなら連絡《れんらく》できるかもしれないし」ホワイトヘッド牧師とおなじように、寝不足《ねぶそく》のせいでフローリーの目の下にも隈《くま》ができていた。「わたし、家に帰らなきゃ」

ぼくは咳払《せきばら》いをした。「フローリー、体にはじゅうぶんに気をつけてね」

「あんたもね、イール」

スノウ博士はまだ井戸《いど》の前に立っていた。小さな黒い手帳になにかメモしている。博士はぼくの顔をちらっと見ていった。「お気の毒に」

ぼくは視線を足元に落として、つま先で敷石《しきいし》を突《つ》いた。スノウ博士の前では絶対に泣くもんか。博士みたいにお上品な人の前では絶対に。

「急に姿を消してごめんなさい」ぼくはぼそっとつぶやいた。

いくつかの家族が通り過ぎていくけれど、金曜日の午後にくらべれば、街から逃《に》げていく人の流れはすくない。きっと、逃《に》げられる人はみんな、とっくに逃《に》げてしまったんだろう。ぼくは、まわりを見まわして、家々の明かりのともっていない、人けのない窓を見た。あそこには、だれも助けてくれる人がいないまま、ひとりで苦しんでいるバーニーのような子どもがいるんだろうか？

「イールくん、わたしはね、むかし、ロンドンのほかのいくつかの地区でコレラを研究したことがあったんだ。でも、ここの伝染の仕方はどこともちがっている」スノウ博士が真剣《しんけん》な顔でいう。「非常に速くて、せまい地域に限定されている。そこから考えられるのは、一か所の水源が問題だということなんだ。さっきもいったように、これはわたしの説を裏付ける最高のチャンスなんだよ。どうか、きみにも手伝ってもらいたい」

「だけど、ぼくなんかになにができるんですか？」

「わたしは、ほかの仕事を全部投げだすわけにはいかない。そこで、助手が必要になる。きみは、この街に住む人たちをよく知ってるだろ。もっと、重要なのは、街の人たちもきみを知っているということだ。これまで一度も見たことのない、風変わりなお医者とはちがうからね」

「確かにそうです。ぼくはどうがんばったって、博士みたいに上品にはなれないから」ぼくはそういってから、首を横にふった。「だけど、博士がぼくになにをしてほしいのか、さっぱりわかりません」

「まず、ひとつは話をすることだ。わたしが訪問する家にいっしょにきて、そこに住む人と話すのを手伝ってほしい」

「つまり、水を飲んじゃいけないって警告するっていうことですか？」ぼくはフローリーのことを考えた。フローリーはどれぐらいここの水を飲んでしまったんだろう？

「警告するのもひとつだよ。それ以外にも、ブロード街のこの井戸《いど》が本当にコレラの原因であることを確認《かくにん》するための質問をするんだ。心配しなくていい。きみになにをきいてもらうかは、わたしがちゃんと教えるから」

それから、つけたした。「もちろん、ちゃんと賃金は払《はら》うよ」

スノウ博士は、ぼくがただ話をするだけで、お金を払《はら》うといっている。ぼくにはお金が必要だ。だけど、ぼくがスノウ博士を手伝うのは、それが理由じゃない。手伝うのは、バーニーのためだ。

「どうだい、イール？」

「わかりました」ぼくは答えた。「やります。街の人と話すだけで、なにかを証明できるのかどうかは、ぼくにはよくわからないけど」

「いまにわかるさ」スノウ博士は請《う》け合った。「だが、いの一番にやらないといけないことがある。きみにまずやってもらいたいのは、目をとじることだ」

きっと、なにかのテストなんだろう。なんのテストかはわからないけど。それに、どうしたら、そのテストに合格できるのかもわからない。だからぼくは、ただ目をとじた。すると、まぶたの裏にバーニーの痛みにゆがんだ小さな顔が浮《う》かんだ。ぼくは思わず身震《みぶる》いした。自分を落ち着かせるのに、大きく息を吸いこまなくてはならなかった。

そのあいだに、スノウ博士はぼくの肩《かた》に手をかけ、体のむきを変えた。「さあいいぞ。目をあけて、なにが見えるかいってくれたまえ」

ぼくの目に見えたのはブロード街の井戸《いど》のポンプだった。

「いいかい、イール。きみには、ここにきたのははじめてだ、という気持ちで見てもらいたいんだ。このポンプ、きみはどう思う？　思い浮《う》かんだことを全部話してくれたまえ」

「えーと、最近では、家にまで水道がひかれるようになってるけど、それでも、このポンプには、このあたりの人が水を汲《く》みにやってきます」ぼくはゆっくり話しはじめた。「井戸《いど》から水を汲《く》み上げてるポンプで、この水は料理に使われるし、もちろん飲み水にも使います」

スノウ博士はうなずいた。「さあ、つづけて」

「うーん、これはブロード街の井戸《いど》だけど、あたりにはほかにも井戸《いど》があります。たいていの人は、いちばん近い井戸《いど》を使うけど、かならずそうだというわけではありません。水の味にもよるんです。ブロード街の井戸水《いどみず》はおいしいことで有名です。にごりもすくないし。ただ、ぼくはライオン醸造所《じょうぞうしょ》で働きはじめてから一度も飲んだことはありません」

そこでぼくは、頬《ほお》が赤くなるのを感じた。「えっと、いまはもうライオン醸造所《じょうぞうしょ》では働いていないいんだけど」

「きみは、このあたりでは、ほかの井戸《いど》の水を飲んでたのかな？」スノウ博士がたずねる。

ぼくはしばらく考えた。「そうですね、ブライドル街かウォリック街で。どっちも、ゴールデン広場《スクエア》に近いから。ぼくは足を洗って、日向《ひなた》ぼっこをして乾《かわ》かすのが好きなんです。特に、泥《どろ》さらいをしたあとには。あれはすごく汚《よご》れる仕事なんで」

スノウ博士が微笑《ほほえ》む。「きみは、このあたりでは、どこに井戸《いど》があるか知ってるのかな？」

「ビゴ街にひとつあります。ああ、そうだ、リトルマルボロ街にもあるけど、あそこの水は、だれも使おうとはしません」ぼくは鼻にしわを寄せていった。「ひどいにおいがする水なんです」

「さっききみは、ライオン醸造所《じょうぞうしょ》で働きはじめてから、このポンプの水を飲んだことはないといったけど、それはどうしてなのかな？」

「ほかに水があったからです。ニューリバー社がビールの醸造用《じょうぞうよう》に届けにくるんです。それに、ライオン醸造所《じょうぞうしょ》のなかにも井戸《いど》があります。たぶん、あそこで働いてる七十人ぐらいの人たちは、みんな水じゃなくてビールを飲んでると思います。ぼくがわざわざブロード街のポンプで立ち止まって水を飲もうとしなかったのは、会社にもどれば、冷たくておいしい水がまってたからです」

「いい調子だ、イール。ほかに、この近所のことでなにか話すことはないかな？」

ぼくは顔をしかめてスノウ博士を見上げた。やさしそうだけど、挑《いど》みかかるような目でぼくを見ている。ぼくがただのマヌケな泥《どろ》さらいなのか、それとも、この重要な仕事を手伝わせる価値があるのかどうか、見きわめようとしているのかもしれない。

「さっきもいったけど、たくさんの家族がぎゅうぎゅうづめに暮らしています。小さな店もたくさんあるし、商売をしてる人もたくさんいます。ライオン醸造所《じょうぞうしょ》はもちろんだし、グリッグスさん以外にも仕立て屋さんやパン屋さん、家具作りに八百屋さん、宝石商や帽子屋《ぼうしや》さんも。ご婦人用の帽子《ぼうし》につける飾《かざ》りを専門に売ってる店もあるし、ドレスの仕立て屋さんや彫刻師《ちょうこくし》もいます。ああ、そうだ、傘作《かさづく》りもいた。ライオン醸造所《じょうぞうしょ》を別にすれば、いちばん大規模なのはイリー兄弟の雷管《らいかん》工場です。銃器《じゅうき》に使われる火薬の入った金属部品を作ってるんです。それに、ポーランド街にはセント・ジェイムズ救貧院があります」

救貧院のことを考えたら、体に震《ふる》えが走った。ホワイトヘッド牧師とスノウ博士はとてもりっぱな人だけど、真実を打ち明けられるほど信頼《しんらい》できない。もし、ぼくとまだ八歳《さい》にもならないヘンリーのことを知られてしまったら、ふたりとも、ぼくたちにいちばんふさわしい場所はあの救貧院だと考えるかもしれない。あそこでは、何百人という大人と子どもが、みんな別々の監獄《かんごく》みたいな寮《りょう》におしこめられて、毎日毎日、ほかの人とおなじことをさせられるんだ。

とつぜん、あることを思いついた。「スノウ博士、あの救貧院には五百人以上の人がいるはずだけど、ホワイトヘッド牧師はあそこにコレラの患者《かんじゃ》がでたとはひとこともいってませんでした。それに、棺桶運搬人《かんおけうんぱんにん》のチャーリーも、あそこには近づく必要がなかったんです」

「うーむ、それは興味深いな」スノウ博士が感心したようにいった。「とてもいいぞ、イール。ほかになにかあるかな？」

そのとき、ぼくたちの目の前にあばら骨が浮《う》いたやせた馬にひかれた霊柩車《れいきゅうしゃ》が止まった。ハンカチをしばって口をおおった男の人がふたり、木の棺桶《かんおけ》をむかいの家に運びこんだ。

ぼくはひと息ついて、話しつづけた。そうしないと、ぼくの命があぶなくなるとでもいうように。そして、それはそんなに的外れなことではないだろう。

「すばらしい観察力だよ」とうとうぼくのことばがつきたとき、スノウ博士はそういった。「じつは、きみが友だちのところへいっているあいだに、わたしはこのポンプから、試料となる水を取っておいたんだ。家に持ち帰ったら、顕微鏡《けんびきょう》で見てみるつもりだ。くやしいことに、これまでのところ、水のなかにコレラの元になるものを見つけたことはないんだがね。それは、わたしだけじゃなく、だれもがなんだが」

「それじゃあ、コレラの原因が水だということを、どうやって証明するんですか？」

「わたしの説を証明するには、ほかの方法を使わなくてはならない。わたしたちが頼《たよ》りにできるのは、四つのWなのさ」

ぼくは顔をしかめた。「なんのことですか？」

「この病気を理解し、広がるのを防ぐための四つの質問という意味さ。もし、正しい質問をすれば、正しい答えが得られるだろう。その質問がなんだか、きみにはわかるかな？」

ぼくはよっぽど困った顔をしたんだろう。博士がにっこり笑ってこういったからだ。「むずかしく考えずに、常識を働かせてごらん。いつだって、常識からはじめるのがいちばんなんだよ」

「えーと……」スノウ博士にマヌケな人間だとは見られたくない。なんとか、まともな答えをしないと。「四つのWのうちのひとつは『What—なにが』ですよね？　ぼくたちが知りたいのはなにが起こっているかなんですから」

スノウ博士の顔がぱっと輝《かがや》いた。はじめて会ったとき、博士のモルモットをつかまえたときに見せたのとおなじ表情だ。その表情だと、いつもより若く見える。「ああ、そのとおりだ。『なにが起こっているのか?』と問いかけることからはじめるんだよ。この病気はなんだろう?」

「それはかんたんです。コレラです。青い恐怖《きょうふ》です」

スノウ博士がうなずく。「この病気がコレラなのはまちがいない。だが、医者ならいつでもちゃんとわかっているというわけでもないんだ。これまでの歴史をふりかえれば、人々は正体不明の病気と闘《たたか》いつづけてきたんだよ。さて、それでは次の質問がなになのかはわかるかな?」

なにも思いつかなかった。でも、博士が、興味深げにまわりの家を見まわして、なかをのぞこうとでもするように首をのばしているのに気づいた。

「『Who—だれが』?」ぼくは叫《さけ》ぶようにいった。「二番目の質問は、だれが病気になったか、なんじゃないですか?」

スノウ博士がまたうなずく。「すばらしい。さあ、つづけて」

ぼくは考えつづけた。ぼくがスノウ博士だとしたら、なにが知りたいんだろう?

「博士が知りたいのは、『Where—どこで』だと思います」ぼくはゆっくり話しはじめた。「病気にかかった人はどこに住んでいたのか、です。それに、住んでいる場所だけじゃなく、どこへ働きにいっているのか、どの学校に通っているのかも」博士はうんうんとうなずいている。「もっと大事なのは、その人たちがどこで食べたり飲んだりしたかだと思います」

ぼくは指を折って数えた。なにが、だれが、どこで……もうひとつのWを考える。ぼくは首を横にふった。「わかりません」

「『When―いつ』病気にかかったのか？　だよ」博士はそういって歩きはじめた。

ぼくは心のなかで四つのWをかみしめる。なにが、だれが、どこで、いつ。

「スノウ博士、博士はもうひとつ忘れてると思います」いそいで追いつきながらいった。「Wは五つだと思うんです。『Why―どうして』という質問も必要です。だって、結局いちばん知りたいのはそれでしょ？　どうして、普通《ふつう》の人たちが、たった一日で死んでしまうような恐《おそ》ろしい病気にかかったのかが問題だと思うんです」

スノウ博士がふりむいた。「まったくそのとおりだよ、イール。『どうして』がわからない限り、コレラが山火事のように広がりつづけるのを防ぐことはできないんだからね。すばらしい。きみにはすぐれた研究者になる素質があるよ。さあ、家に帰ろう。四日間でやらなくちゃいけないことはたくさんあるぞ」

「家」ということばをきいて、ぼくはショックを受けた。バーニーのことや五つのWのことを考えたり、博士の説について話をしているうちに、自分自身の立場を忘れかけていた。

ライオン醸造所《じょうぞうしょ》でのことを、スノウ博士には話したほうがいいと決心した。

「ひとつ、お話ししたいことがあるんです。さっきもお話ししたように、ぼくはライオン醸造《じょうぞう》所《しょ》で働いていました。でも、先週、やめなくてはいけなくなってしまったんです。誓《ちか》ってぼくが悪かったわけじゃありません。盗《ぬす》みの罪を着せられてしまったんです。これは本当のことです」

「つづけて」

「でも、そのせいで、ぼくには住む場所がなくなってしまいました」ぼくはそこでいったんことばを切った。「それで……博士の小屋でねむらせていただくわけにはいきませんか？　ほんの二、三日だけでも」

ぼくはそこで息を止めた。

「特に問題はないだろう。ウェザーバーンさんには話しておくよ。きみも気づいてるだろうけど、我《わ》が家のことを取り仕切ってるのはウェザーバーンさんだからね。食事も用意しよう。それに、きみの賃金についても、話しておかないと」

ぼくはじっとまった。それがミッグルさんへの支払《しはら》いができるほどだといいのに、と祈《いの》りながら。

「これは、きみがこれまでにやってきた仕事とは、ぜんぜんちがったものになるだろう。とても体力のいる仕事だよ。さんざんあちこち歩きまわって、ドアからドアへとノックしなくちゃいけないいんだ」

「体力には自信があります。ぼくは疲《つか》れたりなんかしません」ぼくは真剣《しんけん》に売りこんだ。

スノウ博士は手をひらひらとふった。「それだけじゃないぞ。きみの能力のすべてを使う必要がある仕事なんだ。きみの目、きく力、頭、それにペンもだ。まてよ。きみに読み書きは無理だね？」

「いいえ、できます。十歳《さい》になるまで普通《ふつう》の学校に通ってました。そのあとには、貧民学校にも。……去年までですけど。それに計算もできます」

「それはすばらしい。わたしたちは、四日後には委員会に出席しなくてはいけない。だが、仕事はそこで終わるわけじゃない。そのあとも、何週間もかかる仕事だ。それどころか、研究を完全に終えるまでには、何か月もかかるかもしれないんだ」

「いままでも動物たちの世話で、毎週二シリングいただいていいます」ぼくは念のためにいった。

「ああ、そうなのかい？　それでは、あと四シリング追加しよう。週六シリングでどうだろう？　朝食と夕食もつけるよ」

週六シリング。朝食と夕食つき。想像以上の条件だ。

「ありがとうございます。すごく、すごく感謝します」そのとき、ミッグルさんのことを思い出した。「あの、スノウ博士、できれば、そのうちの一部を金曜日の朝にいただけないでしょうか？　支払《しはら》わなければいけないものがあるので」

スノウ博士の目がキラッと光った。「借金でもしてるのかな？」

「いえ、そんなんじゃありません」

おどろいたことに、博士はポケットから三シリング取りだして、ぼくの手にのせた。「ほら、先払《さきばら》いだよ。残りの三シリングは金曜の朝に払《はら》おう。さあ、これで、しっかり働いてもらうぞ」

第3部

調査

ブロード街の住宅はほとんどの場合、どの階のどの部屋も別々の家族が暮らしている。そのため、一階に住む人の話だけをきいても、その住宅のほかの住人についてはじゅうぶんな証言を得ることはできない。それぞれの家庭を一軒《けん》一軒《けん》訪ねて、できる限り、家族全員の話をききださなくてはならない。

ヘンリー・ホワイトヘッド牧師

『ブロード街のポンプ

——一八五四年に流行したコレラのあるエピソード』

マクミラン・マガジン、一八六五年十二月号

第15章　小さな助手

九月四日（月）

夜明けのずっと前に目が覚めた。起きると真っ先にポケットを確かめる。スノウ博士からもらった三シリングはちゃんとあった。それとは別に、棺桶運搬人《かんおけうんぱんにん》のチャーリーと働いてもらった二シリングも。

明るくなってくると、スノウ博士の動物たちがごそごそ動きはじめる。ぼくもぱっちりと目が覚めた。ミッグルさんから借りた先週の分の二シリングを払《はら》いにいこうと決めた。ミッグルさんもよろこぶだろう。ほかにも理由はある。バーニーを亡《な》くしてしまったことで、ヘンリーが心配になっていた。ヘンリーのいる場所の近くではコレラが発生していないのはわかっている。それでも、自分の目で確かめたかった。

小屋から抜《ぬ》けだすと、すばやくスノウ博士の屋敷《やしき》のある静かな地域をあとにした。市場にむかう馬や荷車、それにほかほかの馬糞《ばふん》をさけて、遠まわりして進んだ。

料金受取人払郵便

牛込局承認

3094

差出有効期間
2021年1月9日
切手はいりません

郵便はがき

162-8790

東京都新宿区
早稲田鶴巻町551-4

あすなろ書房
愛読者係　行

■ご愛読いただきありがとうございます。■

小社のホームページをぜひ、ご覧ください。新刊案内や、話題書のことなど、楽しい情報が満載です。
本のご購入もできます➡http://www.asunaroshobo.co.jp
(上記アドレスを入力しなくても「あすなろ書房」で検索すれば、すぐに表示されます。)

■今後の本づくりのためのアンケートにご協力をお願いします。

お客様の個人情報は、今後の本づくりの参考にさせて頂く以外には使用いたしません。下記にご記入の上(裏面もございます)切手を貼らずにご投函ください。

フリガナ お名前	男・女	年齢　　歳
ご住所　〒		お子様・お孫様の年　　歳
e-mail アドレス		
●ご職業　1主婦　2会社員　3公務員・団体職員　4教師　5幼稚園教員・保育士　6小学生　7中学生　8学生　9医師　10無職　11その他(　　　)		

※引き続き、裏面もご記入ください。

● この本の書名（　　　　　　　　　　　　　　　　　　　　　　　　）
● この本を何でお知りになりましたか？
1 書店で見て　2 新聞広告（　　　　　　　　　　　　　新聞）
3 雑誌広告（誌名　　　　　　　　　　　　　　　　　　　）
4 新聞・雑誌での紹介（紙・誌名　　　　　　　　　　　　）
5 知人の紹介　6 小社ホームページ　7 小社以外のホームページ
8 図書館で見て　9 本に入っていたカタログ　10 プレゼントされて
11 その他（　　　　　　　　　　　　　　　　　　　　　　）
● 本書のご購入を決めた理由は何でしたか（複数回答可）
1 書名にひかれた　2 表紙デザインにひかれた　3 オビの言葉にひかれた
4 ポップ（書店店頭設置のカード）の言葉にひかれた
5 まえがき・あとがきを読んで
6 広告を見て（広告の種類〈誌名など〉　　　　　　　　）
7 書評を読んで　8 知人のすすめ
9 その他（　　　　　　　　　　　　　　　　　　　　　）
● 子どもの本でこういう本がほしいというものはありますか？
（　　　　　　　　　　　　　　　　　　　　　）
● 子どもの本をどの位のペースで購入されますか？
1 一年間に10冊以上　2 一年間に5～9冊
3 一年間に1～4冊　4 その他（　　　　　）

● この本のご意見・ご感想をお聞かせください。

※ご協力ありがとうございました。ご感想を小社のPRに使用させていただいてもよろしいでしょうか　（1 YES　2 NO　3 匿名ならYES）
※小社の新刊案内などのお知らせをE-mailで送信させていただいてもよろしいでしょうか　（1 YES　2 NO）

ミッグルさんはぼくを見てすごくびっくりした。それにもちろん、ぼくがさしだした二シリングにも。そして、ぼくとヘンリーに、焼きたてのパンをふたつずつ、ポケットに突《つ》っこんでくれた。

「よし、今日は学校までいっしょに歩こうか」ぼくはヘンリーにいった。

「あぶなくないの？　あいつはだいじょうぶ？」

ぼくがヘンリーのわき腹を突《つ》つくと、ヘンリーはくすくすと笑った。「今日だけだよ。じゅうぶんに気をつけていこう」


「ねえ、イール、母さんが恋《こい》しくない？」歩きながら、ヘンリーがたずねてきた。

ぼくはうなずいた。「もちろん恋《こい》しいよ。ヘンリーは？」

ヘンリーは唇《くちびる》をかんでうなずいた。「ぼくも恋《こい》しい。だけど……母さんの顔を、はっきり思い出せないんだ」

「しかたないよ。母さんが死んだとき、ヘンリーはまだ六歳《さい》だったんだから」ぼくはやさしくいった。ぼくは、フローリーがベッツィのために描《か》いたスケッチを思い出していた。ベッツィには、すくなくともお母さんの顔を思い出すのを助けてくれるものがある。

「あの人は母さんのこと、好きだった？」

「あたりまえじゃないか。父さんは母さんが大好きだったよ！」

「父さんのことじゃないんだ。ぼくは父さんのことはほとんど覚えてないんだもん。イールにはわかるでしょ、だれのことをいってるかは」

「あいつならちがう」ぼくはきっぱりといった。「フィッシュアイ・ビル・タイラーはとんでもない悪党なんだ。あいつが母さんと結婚《けっこん》したのは、母さんが美人でやさしかったからだ。それに、母さんがプロポーズを受けたのは、ぼくたちの世話をしてもらえると期待したからだ。でも、ちがった。あいつは母さんのこと、一度だって好きだったことはないのさ。それに、あいつがぼくたちのことを好きじゃないのもまちがいないよ」

ぼくはヘンリーの腕《うで》をぎゅっと握《にぎ》った。「だから、もしあいつを見かけたら、走って逃《に》げるんだぞ。わかってるね？　力いっぱい走って、なんとしてもあいつにつかまっちゃだめだ。絶対にあいつを信用しちゃだめなんだからな」

「でも、ぼくにはそんなに意地悪じゃなかったよ」ヘンリーはぼくの手を払《はら》いのけようとしながらいった。

ぼくが細い腕《うで》をさらに強く握《にぎ》ったので、ヘンリーはべそをかきはじめた。

「いいか、ヘンリー、よくきくんだ。もし、あいつを見かけたら、かならず走って逃《に》げるって、約束してほしいんだ。いいね？」

ヘンリーは、恐《おそ》ろしさにいまにも震《ふる》えだしそうだ。悪いとは思うけど、ヘンリーは人を信用しすぎる。

「約束する」ヘンリーが鼻をすすりながらいった。「だけど、ぼくはいつまでミッグルさんのところにいなくちゃいけないの？　どうして、イールとはいっしょに暮らせないの？」

「だめなものはだめなんだ」ぼくはきっぱりいった。

「ぼくはミッグルさんのところを逃《に》げだして、イールをさがしにいくかもしれないよ」ヘンリーは下唇《したくちびる》を震《ふる》えさせながらいった。

「バカなこと、いうんじゃない！」ぼくはしかった。「おまえはミッグルさんのところにいなくちゃだめなんだ。いいね？」

ヘンリーはぼくに抱《だ》きついて、シャツに顔をおしつけた。「ごめんね、イール。ぼくいい子になるから。ぼくはただ、イールがいないとさびしくて……」

「わかってるよ」ぼくはささやいた。「いまに、なにもかもうまくいくようになるから。ほんとだよ。さあ、いってらっしゃい」

ヘンリーは学校へかけこんだ。

サックビル街へもどるあいだも、ずっとヘンリーのことが心配だった。これからどうしたらいいんだろう。どうしてミッグルさんは、もっとやさしく接してくれないんだろうか。

そんな思いにふけっていたせいで、小屋で動物たちの世話をしているときに、ウェザーバーンさんがうしろから近づいてきたことにも気づかなかった。ウェザーバーンさんの咳払《せきばら》いで気づいて、あわてて「オハヨ」とつぶやいた。

「あなたは目上の人間に対して、いつもそんなにいいかげんなあいさつをするんですか？」

「いいえ、ちがいます」ぼくは軽くおじぎをしていい直した。「おはようございます、ウェザーバーンさん」

「ふん」ぼくのあいさつには満足できなかったようだ。

「博士が、朝食を食べにキッチンにきなさいとおっしゃってます。それがすんだら、博士の書《しょ》斎《さい》にいくんですよ」

ウェザーバーンさんは腰《こし》に手を当てて、上から下までぼくをじろじろ見ている。ウェザーバーンさんのエプロンは、雲のように真っ白だ。「なかに入るときには、そでについた藁《わら》と土ぼこりは払《はら》い落とすんですよ」

「はい、わかりました」

なかに入ると、ウェザーバーンさんはキッチンのテーブルに、ぼくの朝食を用意してくれていた。お茶とトースト、小さなカップのようなもののなかに立った卵もある。ぼくはそれをじっと見つめた。

「頭を落とすんです」ウェザーバーンさんがいった。

「えっ？　よくわからないんですけど」

「その卵を食べるときには、スプーンで卵の上のほうを割り取って中身をすくうんです」

カップに立った卵を食べたことなんか一度もなかった。ウェザーバーンさんは、もたもたしているぼくをしばらくのあいだ見ていたけれど、ぼくのほうに歩み寄ると、手本を見せてくれた。あんまり緊張《きんちょう》しすぎて、なんとか飲みこんだ卵は、ぼくのおなかの中でかたまってしまうんじゃないかと思った。

「お茶のおかわりは？」ウェザーバーンさんがたずねる。

「ありがとうございます。お願いします」トーストを口いっぱいにほおばったまま答えた。ただのトーストじゃなくてジャムがついている。本物のラズベリージャムだ。前のときとはちがって、今回は遠慮《えんりょ》しなかった。

「わたしはずいぶん長いあいだ、スノウ博士の家政婦をしています」もぐもぐと食べているぼくに、ウェザーバーンさんが話しかけた。「スノウ博士ほどおやさしい方には会ったことがありません」

「はい。そうですね」なんとかそう答えた。いちばん安全な答えだと思う。

「博士は心底科学に身をささげていらっしゃいます」ウェザーバーンさんは、心から博士を尊敬しているみたいだ。

「はい、ぼくもそう思います」ウェザーバーンさんは、またいつものように、スノウ博士がいかに天才であるかを話しつづけるつもりなんだろうか？

「前にも話したとおり、わたしは博士のご厚意につけこむようなまねは絶対に許しません。とりわけ、いやしい浮浪児《ふろうじ》なんかには」

「でも、ウェザーバーンさん」ぼくはマグカップをおろしていいかえした。その手がすこし震《ふる》えていることには気づかれたくなかった。「ぼくは、その、決して……」

返事のかわりに、ウェザーバーンさんはぼくを冷たくにらんで、ぼくの皿を取り上げた。皿にはまだトーストがすこし残っていたし、できれば最後まで食べたかった。

そこへちょうど、スノウ博士が戸口に姿をあらわした。「やあ、ここにいたんだね。ゆっくりお茶を飲めたかな。いいかい、イール、明日は六時半から仕事だよ。時間をむだにできないからね。さあ、ついておいで」

スノウ博士のあとについて書斎《しょさい》にむかうぼくは、もっと緊張《きんちょう》してきた。もし、なにかにぶつかったりしたらどうしよう？　ウェザーバーンさんの目がぼくを追いかけてくるのがわかった。ぼくは戸口で立ち止まった。「あの、博士、本当にぼくなんかが入っていいんでしょうか？　すごく大きな図書館か、博物館みたいなんですね」

スノウ博士は笑い声をあげてぼくを手まねきした。「さあ、入って、入って。きみに見せたいものがあるんだ。ここに目を当ててごらん」

博士はテーブルの上の顕微鏡《けんびきょう》をさしている。

「すごくきれいな顕微鏡《けんびきょう》ですね」ぼくはじりじりと近づいた。「教会のパイプオルガンみたいです」

スノウ博士はおどろいたようだ。「それはどういう意味かな？」

「えっと、とても神秘的だから。どちらも、いったいどうやって使うのかさっぱりわからなくて、頭をかきむしりたくなるような感じです。でも、使い方を教えていただければ、神秘的ではなくなると思います」

それから、なにも考えずに思わずつけたしていた。「母さんは、むかし、ピアノを持ってたんです」

スノウ博士は長いあいだじっとぼくを見ていた。ぼくがもっとなにかいうのをまっているみたいに。でも、ぼくはおじけづいてしまった。

博士は、まだぼくに顕微鏡《けんびきょう》をのぞかせたいらしい。ぼくは前かがみになって片目をつぶり、ガラスの部品に目をおし当てた。

「なにが見えるかな？」

「よくわかりません。きっと博士がブロード街の井戸《いど》から汲《く》んできた水なんだとは思うんですけど」ぼくは顔を上げて博士を見た。「博士は見つけたんですか？　この水のなかにコレラの毒が見つかったんですか？」

「いいや、特にめずらしいものはなにもないんだ」スノウ博士がいう。「あとで、研究仲間のアーサー・ハッサル博士にもこの水のサンプルを送ろうと思ってる。博士はもっと倍率の高い顕微鏡《けんびきょう》を持ってるからね」

博士は机のむこうでいったりきたりしはじめた。「それでも、なにも見つからないかもしれない。この水からは、きっとなにかが見つかるんじゃないかと思ってたんだ。コレラの原因になるような、毒物がね。でも、小さすぎて見ることができないのかもしれない」

「それは、空気のなかにも浮《う》いてるってことはないんですか？」ぼくはきいてみた。「そのコレラの毒は」

「昨日も話したように、この地域での研究の結果、コレラの原因となるものは経口摂取《せっしゅ》で広がるという確信を持ったんだ」

「えーと、なんとか管が冒《おか》されてるからですよね」必死で思い出そうとしたけど、だめだった。

「そう、消化管だよ。青い恐怖《きょうふ》の症状《しょうじょう》は嘔吐《おうと》と下痢《げり》なんだが、これはなにか悪いものを食べたか飲んだかしたときに起こることなんだ。これからそれを証明して、委員会に提出しなくちゃいけない」

「博士、そのことなんですけど」ぼくはためらいながらつづけた。「ぼくたちは、委員会になにをしてもらおうとしてるんですか？」

「おっと、きみにはまだ説明してなかったかな。かんたんなことだよ。あのブロード街の井戸《いど》水《みず》を汲《く》むポンプのハンドルをはずしてもらおうとしてるんだ」

スノウ博士は、すぐに証拠集《しょうこあつ》めにかかれるわけではなかった。

「午前中に麻酔医《ますいい》として抜歯《ばっし》に立ち会わなくてはならないんだ」博士がいう。「それが終わったら、ハッサル博士に水のサンプルを届けて、見てもらうことにしよう」

「ぼくはどうしましょう？　ひとりで、話をききにいったほうがいいですか？」

「いや、まだだ。まずは地図を作るんだ」博士がいう。

「それは……すごく重要なことですね」

博士は笑った。「心配しなくていいよ。鉛筆描《えんぴつが》きでいいんだ。あとでわたしがペンで描《か》き直す。最終的な報告書を書き上げたあとにね。だが、どこかから手をつけないとはじまらない。それで、きみを信頼《しんらい》して、はじめからまかせようと思うんだ」

信頼《しんらい》。そのことばは、心のこもったおいしい朝ごはんのように、ぼくの心に突《つ》きささった。今朝、ウェザーバーンさんが用意してくれたようなすばらしい朝ごはんを、そんなに食べたことがあるわけじゃなかったけれど。

ヘンリーとフローリー以外に、ぼくを信頼《しんらい》してくれる人など、ほとんどいなくなっていた。しかも、今朝のようすだと、そのヘンリーさえもがぼくを疑ってるようだ。大人でいえば、グリッグスさんはもういなくなってしまった。ライオン醸造所《じょうぞうしょ》でいちばん親切だったエイベル・

クーパーさんとエドワード・ハギンズさんも、いまではきっと、ぼくのことを泥棒《どろぼう》だと思っているだろう。この伝染病がおさまったら、ふたりにはもう一度、なにがあったのか説明したい。そしていま、博士がぼくにまかせてくれた仕事は、ちょっと荷が重い。でもスノウ博士はぼくを頼《たよ》りにしてくれている。それは、とてもありがたいことだ。

博士はぼくにノートと鉛筆《えんぴつ》をわたした。

「ブロード街周辺の道は全部描《か》きこむんだよ。それと、だれもが使える公共の井戸《いど》の位置は忘れずに全部描《か》くこと」

「友だちのフローリー・ベイカーは、ぼくよりずっと絵がうまいんです」ぼくはぼんやりとノートの白いページを見ながらいった。

「手伝ってくれないか、きいてみるといいよ。別にアート作品に仕立てようってわけじゃないんだけどね。重要なのは、その地図がはっきりと見やすいことなんだ。いちばん大事なのは正確さだけどね」

ロンドン中を自由に歩きまわることができたとしても、それを地図にするとなるとまったく別の問題だ。ベリック街のフローリーの家のドアの前に立つまでに、ぼくはでたらめな線だらけのノートのページを、二枚くしゃくしゃにして捨てていた。

ドアをあけたのはフローリー本人だった。昨日よりは元気に見える。ぼくは地図のことを説明して、ぼくが描《か》いた三枚目の地図を見せた。「助けてもらわないと無理みたいなんだ」

フローリーはひと目見て、ふきだした。「確かにね。これでも、道路を描《か》いたつもりなんでしょ？ まるで、くねくね曲がった川みたいじゃない。それに、ブロード・ストリートはこんなに広くないよ。これじゃ、まるでテムズ川じゃないの！」

「それで……手伝ってもらえるかな？」

ぼくは横に立って見ているだけで、フローリーが全部仕上げてくれるんじゃないかと期待したけど、それはあまかった。

「線はわたしがひくわ。でも、道路の名前はイールに教えてもらわなくちゃ」

ぼくたちはゴールデン広場《スクエア》からはじめることにした。ほとんどの人が、このあたりの中心だと考えているからだ。

「もし、スノウ博士が科学者だっていうんなら、細かいところまで正確な地図がほしいんでしょうね」フローリーはそういってノートのなにも描《か》かれていないページをひらいた。「全体でどれぐらいの範囲《はんい》をおさめればいいの？」

「すごく広いよ。西はリージェント街のむこうのハノーバー広場《スクエア》まで必要だし、南はピカデリー広場《サーカス》まで、東はソーホー広場《スクエア》、北はオックスフォード街のむこうまでだよ」

「わかったわ。それじゃあ、ブロード街はちょうど地図の真ん中あたりね。正確に描《か》くために、リージェント・ストリートをいちばん広くして、ゴールデン・プレースやエンジェル・コートは小さく、せまくしなくちゃね。イールにはそこも手伝ってもらうから」

「どんなふうに？」

フローリーはにやっと笑った。「数は数えられるのよね？」

フローリーがいったとおり、ぼくは数を数えた。何時間もかけて、フローリーのいうとおりに歩数を数えながら道をわたったり、道に沿っていったりきたりした。そのあいだフローリーは、二ページにまたがる大きな地図をていねいに描《か》きこんでいった。とても暑い日で、足も疲《つか》れてきた。でもフローリーは、すべての路地まで描《か》きこむべきだといいはった。ホプキンス・ストリート、ダック・レーン、ポートランド・ミューズ、ドゥフォース・プレースなどなどだ。

ブロード街に近いほど強く感じたけれど、どこへいっても気味が悪いほど静かだった。ほとんどの家族は逃《に》げだして、店もしまっている。すべてが青い恐怖《きょうふ》のせいだ。

「ここに井戸《いど》のポンプを描《か》きこんで」ブライドル街で、フローリーの肩越《かたご》しに地図をのぞいてぼくはいった。「井戸《いど》の位置は忘れるわけにいかないんだ。スノウ博士は、この調査にはものすごく重要だっていってたから」

フローリーは立ち止まって、手をぶるぶるとふった。長い時間鉛筆《えんぴつ》を握《にぎ》りしめているせいで、指がかたまってしまったんだ。フローリーはエプロンのすみで額《ひたい》の汗《あせ》をぬぐった。

「あのあと、ブロード街の井戸《いど》の水は飲んでないよね？」フローリーの顔が青ざめているのに気づいてたずねた。「スノウ博士は、ブロード街の井戸《いど》の水が悪いのかどうか、まだはっきりとは決めかねてるんだけど、念のためにと思って……」

「飲んでないわ。父さん、母さん、ナンシーとダニーにも飲むなっていったわ。だけど、みんなわたしのいうことを信じてくれないの。ナンシーはブロード街の水はいつだって、ほかのどの井戸《いど》の水よりおいしいっていってる。あの水が悪いなんてありえないって思ってるんだ。だから、わたしはバケツに汲《く》んであった水を全部捨てて、オックスフォード街を横切って、バーナーズ街の角にある井戸《いど》までわざわざ水を汲《く》みにいったのよ。ナンシーにはバカだっていわれた」

「それでよかったんだよ。きっと、スノウ博士はまちがってない」ぼくたちはベリック・ストリートに沿って歩いていた。遠くに棺桶《かんおけ》を積んだ荷馬車が見えた。チャーリーはいまもいそがしいにちがいない。通りは静まりかえっているけれど、だからといって、病気がおさまったというわけじゃない。あれからの二、三日で、いったいどれくらいの人が死んだんだろう。

「これで、だいたいの仕事は終わったね、フローリー。お金をもらったら、きみにも分けるから。きみなしにはできなかったよ」

「お金なんかいらないわ。手伝えてうれしかった」人けのない近所のようすを見て、フローリーは腹立たしい気持ちと悲しい気持ちを同時に抱《いだ》いているようだ。「青い恐怖《きょうふ》なんて大きらい。なんとかして、くい止めなくちゃ。お金はいらないけど、イタリアン・アイスをおごってもらうのはいつだって歓迎《かんげい》よ」フローリーはにやっと笑ってつけたした。

フローリーの家のドアの前で、フローリーはぼくに地図を手わたした。とてもきれいな地図だ。

「ねえフローリー。きみはいつまでも残るようなものを作り上げたいっていってたよね？　きみが描《か》いたこの地図がそれだって、ぼくは思うよ」

第16章　犠牲者《ぎせいしゃ》のリスト

九月五日（火）

朝起きると、ケージの掃除《そうじ》を全部すまし、動物たちの水用の皿も全部洗った。どこもかしこもピカピカになると、すこし下がって見わたした。自分がやり終えた仕事が誇《ほこ》らしかった。

ぼくはもう、ただの泥《どろ》さらいじゃない。ライオン醸造所《じょうぞうしょ》のメッセンジャー・ボーイでもない。ぼくは有名な科学者で研究者の本物の助手なんだ。最初の課題は、フローリーに手伝ってもらわなくちゃいけなかったけど。

フローリーにここの動物たちをもう一度見せるところを想像した。

「この動物たちは、科学の進歩を助けてるんだよ、ミス・ベイカー」あんまり、自慢《じまん》げにきこえないようにぼくはいうんだ。「ぼくたちの実験は、五つのWを発見する役に立つんだ。そして、その五つのWで病気を防ぐことができるようになるかもしれない」

とつぜん、だれかに肩《かた》を軽くたたかれた。あわててふりむくと、スノウ博士がおもしろそうにぼくを見ていた。ぼくの顔が真っ赤になるのがわかった。ぼくは大きく声にだしていっていただろうか？

「おはよう、イール」博士はそういって茶色の紙に包まれたミートパイをわたしてくれた。「ウェザーバーンさんがきみのために包んでくれたんだ。それでは、歩きはじめようか」

「えっと、どこへ……」そういいかけて、自分で答えに気づいた。「いえ、わかりました。またブロード街の井戸《いど》にもどるんですね」


スノウ博士の屋敷《やしき》からブロード街まではーキロもないだろう。いつもどおり、博士はすたすたとわき目もふらずに歩くので、あっというまについてしまった。スノウ博士はいつもの黒い鞄《かばん》を持ってきていた。博士が鞄《かばん》のふたをあけると、なかにフローリーの地図があるのが見えた。昨日の夜、ウェザーバーンさんにわたしておいた地図だ。

博士が、手にした地図のむきを変えながら、通りの名前を確認《かくにん》しているあいだ、ぼくは息をつめていた。なるべくまちがわないように書いたつもりだ。どうかつづりのまちがいが多くありませんように。

「すばらしいできじゃないか、イール」見終わって博士がいった。「細かいところまでよく見てるね。わき道まで全部正確に描《か》いてあるようだ」

「描《か》いたのはフローリー・ベイカーです。ぼくは文字を書き入れただけなんです」

それからぼくは、地図を作っているあいだじゅう、ずっと不思議に思っていたことをたずねた。「これからなにをするんですか？　青い恐怖《きょうふ》の謎《なぞ》を解くために、この地図がどんなふうに役に立つんですか？」

スノウ博士が返事をする前に、グリッグスさんの店から大柄《おおがら》な女の人が、すごい勢いでとびだしてきた。ベッツィの手をひいている。

ベッツィは泣いていて、頬《ほお》には涙《なみだ》のあとがある。ベッツィはデリーを抱《だ》こうとするのに、デリーはベッツィの手から離《はな》れて、はげしく吠《ほ》えたてながら、ぐるぐると円を描《えが》いて走っている。

「あっちにいきなさい」女の人が怒鳴《どな》った。「この恐《おそ》ろしい病気の原因が、あんたみたいな汚《きたな》い動物だっていわれても、あたしゃおどろかないよ」

「デリーもつれてく」ベッツィがさらにはげしくしゃくり上げた。それから、ぼくにかけ寄って、足にしがみついた。ベッツィの体はがたがたと震《ふる》えていた。

「やあ、ベッツィ。どうしたの？」ぼくは女の人を見てきいた。「あのう、どなたですか？」

「あたしゃラント街に住んでるその子の叔母《おば》だよ。あんたには関係ないけどね」女の人は、服がつまっているらしい袋《ふくろ》を、右の肩《かた》から左の肩《かた》へとうつしながら不きげんそうに答えた。

「ラント街って、テムズ川の南のバラ地区にあるんですよね？」

「ああ、そうさ。この子はそこであたしらと暮らすのさ。この子が丈夫《じょうぶ》で、よく働いてくれるといいんだけどね。あたしのだんなは御者《ぎょしゃ》をやってて、馬のめんどうをみたり、馬小屋を掃除《そうじ》する人手がほしかったんだからね」

その人はベッツィをぼくからひきはがした。デリーははげしく吠《ほ》えている。

「もうやめるんだ、デリー」ぼくはデリーの革《かわ》の首輪をなんとかつかんだ。グリッグスさんは、ウールの上等なベストと引《ひ》き換《か》えに、その首輪を靴屋《くつや》さんから手に入れた。デリーはようやくおとなしくなり、口からピンクの舌をだしてハアハアと息をついている。

スノウ博士が一歩前に踏《ふ》みだした。ベッツィの叔母《おば》さんに軽くおじぎをすると、片手をさしのべながら、かすれた低い声でいった。「かわいそうな姪御《めいご》さんをおひきとりになるとは、なんと心やさしいことでしょう。ささやかですが、これであなたの悲しみをすこしでもなぐさめていただければと思います」

スノウ博士の手に、一ポンド紙幣《しへい》が握《にぎ》られているのにぼくは気づいた。ベッツィの叔母《おば》さんは、ひざを曲げて頭を下げ、深くため息をついた。「これはこれはご親切に。兄はあたしによくしてくれたもんですから、この子をみなしごにするわけにはいかないんですよ」その声はおだやかだった。

次の瞬間《しゅんかん》、叔母《おば》さんは大きなうめき声をもらし、すすり泣きはじめた。大粒《おおつぶ》の涙《なみだ》がひび割れた赤い頰《ほお》をぬらした。

ベッツィが叔母《おば》さんの泣き声に負けないような大きな声をだした。「あたし、叔母《おば》さんとこにいけるのはうれしいんだよ、イール。あたし、きっといい子になる。だけど……ねえ、イール、デリーをあずかってくれない？　お願いだから」

ぼくはちらっとスノウ博士を見た。デリーを飼うならクビにされてもおかしくない。犬を飼うことなんか、ぼくたちのあいだの取り決めにはないんだから。博士は静かにぼくを見ている。その表情からはなにも読み取れない。だけど、ベッツィを悲しませるわけにはいかない。

「ベッツィのお父さんのグリッグスさんは、ぼくにとても親切にしてくれたんです」ぼくはスノウ博士にむかっていった。「ぼくがお金に困っているときには、仕事を与《あた》えてくれました。グリッグスさんはデリーがまだ子犬のときに見つけてきたんです。この子のめんどうは、ぼくが自分の賃金で見ます。約束します。それに、博士の動物たちに迷惑《めいわく》がかかるようなこともさせません」

ベッツィの叔母《おば》さんはまだ声をあげて泣いている。ぼくはまった。ベッツィもまっている。きちんとおすわりをして、期待をこめてスノウ博士を見上げているデリーも。

「この子が、わたしのウサギたちを追いまわしたりしないでくれたらありがたいんだがね」ようやくそういった。そして、にやりと笑った。

ぼくはひざまずいてベッツィの顔を両手ではさんだ。「デリーのことはぼくにまかせて。すぐにラント街までデリーをつれて遊びにいくよ。川をわたればすぐなんだから。デリーも散歩が大好きだもんね」

ベッツィは大きくヒックとしゃくり上げた。「デリーを手ばなさないでね。それと、耳をかいてあげて。そうされるのが大好きなんだから」

それから、ベッツィはデリーにおおいかぶさって、ふわふわの毛に顔をうずめ、なにか秘密のことばをささやきかけた。そのあと、しゃんと背筋をのばして立ち上がり、叔母《おば》さんの大きな手を握《にぎ》った。「もう、だいじょうぶだよ、叔母《おば》さん」

スノウ博士はブロード・ストリートを遠ざかるふたりを見守った。

「お父さんもお母さんも、きっとベッツィのことを誇《ほこ》らしく思ってる。きっと」ぼくはいった。

スノウ博士の手がぼくの肩《かた》におかれた。「それにきみのご両親もね。きっと、きみのことを誇《ほこ》らしく思っているよ」

デリーはクーンクーンと鳴きながら、しばらくのあいだ円を描《えが》きながら歩いていた。やがて、ぼくの足に体をもたせかけて、大きくため息をついた。よろしくたのむわよ。デリーがそういっているような気がした。

最初に子ネコで、次は犬。ぼくの首から、動物にしか見えない看板でも下がっているんじゃないかと思った。「ひきとり手のない動物、あずかります」って。

スノウ博士がかがんでデリーの耳をかいてやった。デリーはごろんところがって、おなかをかいてほしがっている。「この子のこと、デリーって呼んでたね。ボーダーコリーとスパニエルの血がまじっているようだ。わたしが子どものころに飼っていた犬とよく似てるよ」

ぼくはおどろいて博士を見た。そうか、スノウ博士は犬好きだったんだ！

「さてと、すこし時間を使いすぎてしまったね」博士は立ち上がった。「サマーセット・ハウスに用があるんだ。散歩にはちょうどいい。いかがですかな、ミス・デリー？」

デリーはスノウ博士を見上げると、ワンワンとふた声、元気よく吠《ほ》えた。あとは、ウェザーバーンさんに気に入ってもらえればいいんだけど。その点に関しては、そんなにかんたんじゃないような気がする。

サマーセット・ハウスにつくと、ぼくは立ち止まって、ピューッと口笛を吹《ふ》いた。「すごく大きいですね。宮殿《きゅうでん》みたいだ」

スノウ博士はにっこり笑っている。「むかしは本当に宮殿《きゅうでん》だったんだ。サマーセット・ハウスの歴史は三百年も前までさかのぼることができる。それ以来、建物は何度も建て直されたし、使い道もいろいろ変わってきたんだがね」

スノウ博士は石段の前で立ち止まった。

「ここでは、デリーには外でまっててもらわないと」

「ぼくはなかに入っていいんですか？」

「もう、ここに王族はいないよ」博士は笑いながらいった。「いまは人口登録局が入っている。ロンドン中の出生と死亡《しぼう》の記録が集まってるんだ」

ぼくはデリーにまっているようにいいきかせ、スノウ博士のあとにつづいた。

「わたしの友人のウィリアム・ファー博士にたのんで、セント・ジェイムズ教区とセント・アン教区で先週の金曜日以降に亡《な》くなった人のリストを見せてもらおう」博士は建物に足を踏《ふ》み入れながらそう説明してくれた。

博士はあるドアの前で立ち止まった。「さあ、ここだ。きりっと賢《かしこ》そうな顔をしておくれよ」

「やあ、ジョン。いまちょうど、今週中にきみに会わないといけないといってたところだよ」

かっぷくのいい、白髪《しらが》まじりのあごひげをはやした紳士《しんし》が、笑顔《えがお》でスノウ博士を出迎《でむか》えてくれた。そのうしろでは、何人もの事務員が机におおいかぶさるようにして仕事をしている。

「ソーホー地区のコレラの件なんだろ？」

スノウ博士は握手《あくしゅ》をしていった。「我《わ》が家のすぐ近所だからね、ウィリアム。ほかの仕事はできるだけあとまわしにして、この厄介《やっかい》な仕事に取り組んでるってわけさ」

ファー博士はカウンターの下から台帳を一冊ひっぱりだして、パラパラとページをめくりはじめた。「ほら、ここだ。ソーホーのこの地域では、木曜から土曜までに八十三人の死者がでてるな。ただし、木曜には四人だけだ。これは興味深いぞ」ファー博士は顔をしかめた。「通常値をはるかに超《こ》えて増加してる」

「金曜と土曜のたった二日で七十九人！」ぼくは思わず大きな声をあげてしまった。

「いまごろは、きっとこの二倍にもなってるだろうな。近くの病院の分はふくまれていないんでね。今週末までに、死者が五百人を超《こ》えたとしても、おどろかないね」ファー博士はそういって、スノウ博士に顔をむけた。「ところで、この浮浪児《ふろうじ》はきみのつれなのかい？」

「ああ、そうだとも」スノウ博士は明るい声で答える。「わたしの新しい助手を紹介《しょうかい》しよう。イールだ」

ぼくは赤面した。助手だなんて！　母さんが生きていれば自慢《じまん》できたのに。

「これもなにかの実験なのかい？」ファー博士がからかうようにいった。

「イールはじつに好奇心旺盛《こうきしんおうせい》で、判断力もすぐれてる」スノウ博士はぼくに微笑《ほほえ》みかけながらいった。

「好奇心《こうきしん》は研究者にとっては、いちばん必要な特性だからね」ファー博士がいう。それから、なにかに気づいたようにおどろきの表情を浮《う》かべた。カウンターの上から身を乗りだすようにして、ぼくをじろじろと見つめる。「不思議なんだが、この子にはどこか見覚えがあるような気がする。特にこの黒い瞳《ひとみ》」

ぼくの胃がぎゅっとちぢんだ。ファー博士はフィッシュアイ・ビルからぼくのことをきいたんだろうか？　いや、そんなバカな。ファー博士はロンドンでもっとも重要な役職についている人なんだ。フィッシュアイ・ビル・タイラーみたいなやつを知っているはずがない。

「いまに、なにか思い出すかもしれないな」ファー博士は小さく首をふりながらいった。「それはさておき、スノウ博士の友人として、ここではいつでもきみを歓迎《かんげい》するよ。きみには、ぜひともスノウ博士の信頼《しんらい》にこたえてもらいたいものだ。もちろん、コレラの伝染に関するスノウ博士の説は、きみもくわしくきいてるんだろうね？」

「水で感染するっていう説のことですか？」

スノウ博士がいつものように自説の説明をしようと口をあけたところで、ファー博士がウィンクするのに気づいた。ファー博士は両手を上げていった。

「講義の必要はないさ、我《わ》が友よ。いまのところ、まだ、きみの説が正しいと納得《なっとく》してるわけじゃないがね。それでも、うちの事務所では、できる限りきみを手伝うよ。この短期間でこれほどの死者がでたのは恐《おそ》ろしいことだからね。これまでもコレラがあばれたことはあったが、これほどひどいのははじめてだ」

スノウ博士はうなずいた。「まさに、そのとおり。そこで、きみの助けが必要なんだよ。その八十三名の犠牲者《ぎせいしゃ》の氏名と住所のリストがほしい」

「もちろん、記録はあるとも。ただ、あいにく今日はスタッフが手薄《てうす》でね」ファー博士がいった。「きみの助手くんは、読み書きはだいじょうぶなのかい？　この子に残ってもらって、かわりにやってもらうぶんにはぜんぜんかまわないんだが」

「どうだい、イール？　昨日の地図の文字は完璧《かんぺき》だったよ。鉛筆《えんぴつ》だけじゃなく、ペンも使えるかい？」

「あんまり慣れてはいません。でも……やれると思います」ぼくはそう答えた。もしこれに失敗したら、ぼくとデリーは、予想以上に早く、また別のすみかさがしをしなくちゃいけなくなりそうだ。

居心地《いごこち》のいい生活があたりまえだなんて思っちゃいけない。ぼくは自分にそういいきかせた。ただの泥《どろ》さらいに、いつもお茶とジャム付きパンがまってるわけはないんだ。

スノウ博士は自分のノートから数ページ破り取ってぼくに手わたした。「わたしにはリストが必要だ。読みやすくて正確なものがね。犠牲者《ぎせいしゃ》の氏名、亡《な》くなった日時、年齢《ねんれい》、そして住所だ。だいじょうぶだね、イール？」

ぼくはうなずいた。「はい、だいじょうぶです。ただ、ただ……」

「ただ、なんなんだい？」

「もうすこし、くわしく説明してもらえませんか？」ぼくはおずおずといった。「そうしてもらえば、もっとよくわかると思うんです。ぼくたちは、その、あの地図に犠牲者《ぎせいしゃ》の名前を全部書きこむんですか？」

「なるほど、いい質問だ」スノウ博士はドアにむかって歩きながらいった。「お昼ちょうどに、ブロード街の井戸《いど》で会おう。それまでに完璧《かんぺき》なリストをたのむよ。きみの質問への答えはそのときにしよう」

「スノウ博士」ぼくは木製のドアノブに手をかけたスノウ博士にいった。「できれば、デリーにもうすこしまつようにいってやってください」

「デリーのことなら心配しなくていいよ」博士はにっこり笑っていった。「デリーにはわたしといっしょにきてもらうから。デリーはついていきてくれるかな?」

「はい、博士。もちろんです」ぼくもにっこり笑った。

博士がドアをしめると、ぼくはズボンで手のひらの汗《あせ》をぬぐった。ファー博士ときびしい顔つきの事務員さんたちのなかに残されて、緊張《きんちょう》していた。

ありがたいことに、シャツとズボンはウェザーバーンさんが洗濯《せんたく》してくれていた。中身はまだ泥《どろ》さらいのような気がしているけれど、すくなくとも、泥《どろ》さらいのにおいはしないはずだ。ファー博士が用意してくれたテーブルの席にすわったとき、とつぜん、父さんのことを思い出した。

父さんはどこかの事務所で働くりっぱな事務員だった。どこの事務所でどんな仕事をしていたのかまでは知らないけれど。父さんが死んだとき、ぼくはまだ九歳《さい》だった。そして、教えてくれたかもしれない母さんもいまはいない。

それでも、自分がりっぱな事務員の息子《むすこ》だと思い出して、とてもうれしかった。

ぼくにだってできる。台帳から最初の名前を見つけだし、ペンを手にしてぼくは思った。そうやって、仕事に取りかかった。

第17章　死と水

コレラで死んだ人のリスト作りには、二時間以上かかってしまった。ソーホーにむかって帰るときには、手がかたくこわばっていた。背中の筋肉も痛むし、頭痛はするし、おなかもグウグウ鳴っていた。リスト作りはとても大変な仕事だった。

スノウ博士はブロード街のポンプの前で腕《うで》を組んで立っていた。デリーは足元でねむっている。

「おっと、わたしの助手が帰ってきたぞ！」スノウ博士は明るく迎《むか》えてくれた。「リストはできたかな？」

博士にリストを手わたすぼくの心臓は、ドキドキと高鳴った。ぼくは精いっぱいがんばったつもりだ。父さんのことを思いながら、教育を受けさせてくれた母さんに感謝しながら。

リスト作りにはげんでいるときには、ほかの人の顔も思い浮《う》かんだ。ライオン醸造所《じょうぞうしょ》のエドワード・ハギンズさんだ。エドワードさんもぼくを信頼《しんらい》してくれていた。でもいまでは、売上金をくすねたのはぼくだと思っているだろう。あの恐《おそ》ろしい日以来、エドワードさんとは会っていない。もし、もう一度会えるなら、本当のことを伝える勇気を奮い起こせるかもしれない。スノウ博士がリストにざっと目を通した。「すばらしい。完璧《かんぺき》なようだね。それでは、はじめるとするか」

「はじめるって、なにをですか?」

「ドアをノックするのさ」

ぼくたちはブロード・ストリートとベリック・ストリートの角にある家の前で立ち止まった。スノウ博士は小さなノートとペンをポケットから取りだして、ぼくに手わたした。

「この家からはじめよう。わたしがいろいろとたずねるから、なにか特徴的《とくちょうてき》なことがあったら、それを書き取ってほしい。要領がわかったら、ふた手に分かれよう。亡《な》くなった人について、どんな情報があればいいと思う?」

「えーと、まずは、リストが正しいかを確認《かくにん》すべきだと思います。亡《な》くなった人の名前や年齢《ねんれい》が正しいかたずねるんです」ぼくは思い切って答えた。

「そうだ、いいぞ。コレラでどんな人が死んだのかを知るには、年齢《ねんれい》が大いにカギになるからね。子どもたちや若い人は、お年寄りよりもかかりやすかっただろうか? こうした質問は、病気のパターンを見つけだす助けになるんだ」

　ぼくは汗《あせ》ばんだ手をズボンでぬぐった。なんだか不安になってきた。犠牲者《ぎせいしゃ》を棺桶《かんおけ》に入れて運びだすのがどんなに大変だったか、思い出してしまった。いまぼくは、あの人たちの家にもう一度入ろうとしている。そして、息子《むすこ》や娘《むすめ》、だんなさんや奥《おく》さんを亡《な》くした人と話さなきゃいけないんだ。

「ほかにはどんな質問が必要かな？」スノウ博士がさらにきく。

「そうですね、ぼくたちのリストには、亡《な》くなった日付はあります」ぼくは五つのWを思い出しながらゆっくりと話しはじめた。「でも、それではいつ病気にかかったのかはわかりません」

　ほかにも思いついたことがある。「症状《しょうじょう》についてもきくべきだと思います。そして、亡《な》くなった状況《じょうきょう》も。それが本当にコレラだったのかを確かめなくちゃいけません」

　スノウ博士がはげますようにうなずいた。「すごくいいぞ、イール」

　五つのWに正しい順番があるのかどうかはよくわからないけれど、スノウ博士はぼくの話す順番は気にしていないようだ。「それから、その人たちがどこで働いているか、どこの学校へいっていたのかもききます」

「それから、ほかには？」スノウ博士が先をうながす。

ほかにはなにがあるだろう？　ぼくにはわからなかった。リスト作りで頭が疲《つか》れ切ってしまっていた。犠牲者《ぎせいしゃ》たちのなかに、ぼくの知っている人がたくさんいたせいかもしれない。ぼくのご近所さんたちや、毎日のように顔を合わせていた、ぼくとおなじような年頃《としごろ》の子どもたちだ。スノウ博士に質問の答えを教えてもらいたかった。

「じっくり考えてごらん、イール。きみにならわかるよ。わたしたちが知りたいのは、病気になった人たちがどこで……」

「水だ！　どこで水を手に入れていたか、ですね」まちがいなく、これがいちばん大事なことだ。「それに、ブロード街の井戸《いど》から水を飲まないように忠告することもできますよね？」

「そうだね。忠告はできる。だが、覚悟《かくご》はしておいたほうがいい。ほとんどの人は、そんな注意をきこうとはしないだろうから。ほとんどの人は、自分の鼻と舌のほうを信じるものだからね。空気は悪い。でも、ブロード街の井戸《いど》の水はおいしいし、きれいに見える。近くのどの井《い》戸《ど》の水とくらべても、いちばん澄《す》んでいるからね」

「ファー博士も、スノウ博士の説を信じてませんでした」

「いつかきっと、信じてくれるさ」スノウ博士はきびしい顔つきでそういった。

「地図の上には、どんなふうに書きこむんですか？」

スノウ博士はフローリーとぼくとで作った地図を広げた。「訪ねた家では、リストにある人のことだけではなく、ほかにも亡《な》くなった人がいないかきいてみる必要があるね」

「つまり、土曜日以降に亡《な》くなった人がいるかもしれないってことですね？」

「そうだ。それをききだしたら、地図の上のその家に、小さな四角のマークをつけるんだ。ひとりにひとつ分の長方形だよ」

「棺桶《かんおけ》の形ですね」ぼくは静かにいった。

「そのとおりだ」スノウ博士がうなずく。

「でも、まだよくわかりません」

「目の前のこの家を例にしよう。この住所の家の場所に、マークをつけるんだ。ある住所には三つ、四つのマークがつくかもしれないし、ひとつだけだったり、ふたつ、あるいはひとつもつかない家もあるだろう」

ぼくはうなずいた。「でも……それでどうやって、委員会相手にスノウ博士の説を納得《なっとく》させるんですか？」

「ああ、それはだね、もしわたしの仮説が正しければ、感染の源は一か所にしぼられるはずなんだ。わたしには自信があるよ。この調査が終わったら、死者のでた場所がたった一か所の地点を中心にしているってことが、地図を見れば明らかにわかるようになっていると思う。それがどこなのかは、きみにもわかるね？」

そう、ぼくにもわかる。「ブロード街の井戸《いど》ですね」

午後の遅《おそ》い時間には、ぼくひとりで、何軒《なんげん》かの家を訪ね終えていた。ドアをノックするたびに、ぼくの心臓はドキドキした。鎧戸《よろいど》のおりた窓やとざされたドアのむこうに、どんな光景がまっているのか、ぼくには予測のしようがない。すでにだれもいなくなっているかもしれないし、いまでも命がけの闘《たたか》いをしているかもしれない。

スノウ博士にとっては、そんなにむずかしくはないのかもしれない。別の機会に、ロンドンのほかの場所で、何度か経験しているのだから。それに博士は大人だし、お医者さんでもある。博士はぼくとおなじようにこの街の家族のことを知っているわけではない。ぼくだって、近所の人たちの名前を全部知っているわけではないけれど、すくなくともみんな顔見知りだ。そして、どの人の顔も悲しみと恐怖《きょうふ》でいっぱいだった。

スノウ博士と別れて、はじめてひとりで訪れた家がいちばんつらかった。ぼくはおそるおそるドアをノックした。できれば、だれもいないほうがありがたいと思いながら。ところが、勢いよくあいたドアのむこうには、四歳《さい》ぐらいの男の子が立っていた。ヘンリーを思い出してしまうような、大きくて黒い瞳《ひとみ》をした、青白い子だった。

「やあ、こんにちは。母さんはいる？」ぼくはいった。

その子のうしろから、女の人の怒《いか》りに満ちた声がとんできた。「いったい、なんの用なんだい？　厄介《やっかい》ごとはもうじゅうぶんなんだよ。物乞《ものご》いならお断りだよ」

「いいえ、ちがうんです。ぼくはスノウ博士のお手伝いをしてるんです」ぼくは説明した。「博士はコレラの感染について調べてて、いくつかの質問に答えてほしいんです」

ぼくはそこで深呼吸した。ここからがいちばんむずかしいところだ。「もうしわけありませんが、こちらには病気にかかった人はいませんか？」

女の人は深いため息をついて、うしろをふりかえった。床《ゆか》の上におかれた木の板の上に、女の子が横たわっていた。

「ミリーが寝《ね》てるから、さっさとすませましょ」女の人は低い声でいった。「夫のジャックが、土曜日に死んだわ。ミリーは日曜の夜から臥《ふ》せってる」

「すぐに終わりますから」ぼくは手帳に書きこみながらいった。「こちらでは、どこの水を使っていますか？」

「もちろん、ブロード街の井戸《いど》だよ」女の人は即座《そくざ》に答える。「すぐそこの角のね。いつも、ミリーが汲《く》んできてたよ」

「あの、亡《な》くなっただんなさんや、ご家族は、最近その水を飲みましたか？」

「ええ……」女の人は話しはじめたけれど、すぐにやめた。顔をしかめている。「いったい、なんだって水のことなんかきくのさ？　コレラってのは、悪い空気が原因なんじゃないのかい？」

「ほとんどの人はそう思ってます。でも、スノウ博士は水が原因だと信じてるんです。それだから、質問に答えていただけると、すごく助かるんです」ぼくはもう一度質問をした。「先週、あのポンプの水を、ご家族がどれぐらい飲んだか思い出せますか？」

女の人はじっと動かずに横たわっている女の子をちらっとふりかえった。「ミリーは飲んだわね、夫のジャックもよ。でも、わたしは先週はほとんどでかけてた。妹がサザークに住んでるんだけど、赤《あか》ん坊《ぼう》が生まれてから心細いといっていてね」

「それで、妹さんに会いにいってたんですね？」ぼくは先をうながした。女の人はうなずいて、小さな男の子を自分のほうにひき寄せた。男の子は頭をお母さんのスカートで隠《かく》してしまった。

女の人はつづける。「この子はつれていったの。ミリーはジャックの世話をさせるために残したわ。ミリーは十二歳《さい》にしちゃあ、とてもしっかり者でね。わたしたちが金曜の夜にもどってみると、ジャックは倒《たお》れてた。次の日にはもう、亡《な》くなってしまった。そのあと、ミリーも病気にかかったの。この子とわたしはかかってないわ。そこにあんたがあらわれて水のことをたずねたってわけよ」女の人は考えこむようにいった。「あの井戸《いど》の水が悪いのかい？　あそこの水は水道の水よりもきれいに見えるんだけどね」

「スノウ博士はブロード街の井戸《いど》の水が原因かもしれないってお考えです。それを証明しようと調査してるんです。ですから、しばらくのあいだ、どうか、あの水は飲まないでください」

ぼくはポケットをさぐった。半ペニー貨が見つかったので、男の子にわたした。父さんが死んだとき、ヘンリーはちょうどこの子ぐらいの年だった。

父さんが生きていたころ、ぼくたちはちゃんとした靴《くつ》をはいていた。足が大きくなるたびに、母さんはお古になったぼくの靴《くつ》の革《かわ》にていねいに油をすりこんで、茶色の紙に包んだ。「ねえヘンリー、いつか学校にいくときに、これをはきましょうね。だから、ちゃんとポリッジを食べて、足を大きく大きくするのよ！」

けれども、父さんが死ぬと、靴《くつ》を買うお金はなくなった。最初のうち、母さんは裁縫《さいほう》をしてなんとか稼《かせ》ごうとしていた。でも、ふた部屋の家からひと部屋の家に引《ひ》っ越《こ》し、母さんのピアノも父さんの本も全部売ってしまった。それでも、なんとかぼくたちを学校には通わせてくれた。

母さんは、タオルなんかをしまっておくのに使っていた小さなトランクを持っていた。質素な茶色のトランクだったけれど、ふたは手描《てが》きの花で飾《かざ》られていた。黄色いチューリップにピンクのバラ、それに紫《むらさき》のラベンダーもあった。ぼくは母さんが描《か》いた絵だろうと思っていた。子どもだったころの母さんが、筆を手に、小さな花びらを描《か》こうと一生懸命《けんめい》になっているところを想像するのが好きだった。

ある日、学校から帰ってくると、母さんがそのトランクの前にひざまずいて、涙《なみだ》を流しているのを見つけた。母さんは色あせた木綿の枕《まくら》カバーを握《にぎ》っていた。

「この縫《ぬ》い目《め》が見える?」母さんはそうささやいた。「わたしはね、ほとんど見えないくらい細かな縫《ぬ》い目《め》で縫《ぬ》うことができたのよ。でもいまは、目が悪くなってしまって、キングズベリーさんからは、縫《ぬ》いぞこないが多すぎるってしかられるの」

そのあと、母さんはしばらくのあいだ洗濯《せんたく》の仕事をしていた。そのせいで、手にはあかぎれができてしまった。そのころから、母さんは泣いてばかりいるようになった。そして、ある日、母さんはフィッシュアイ・ビル・タイラーをつれてきた。

スノウ博士とサックビル街にもどるころには、もう夜になっていた。混雑したリージェント街を歩くあいだ、スノウ博士は顔をしかめ、ひとこともしゃべらなかった。きっと、委員会に提出するためのじゅうぶんな証拠《しょうこ》が集まらなかったと心配しているんだろう。博士は木曜日に、あのポンプのハンドルをはずすように委員会を説得したいと思っている。それが遅《おそ》くなればなるほど犠牲者《ぎせいしゃ》は増えてしまう。

「コレラの毒がどれほどのあいだ生きつづけるものなのかは、だれにも予測できないんだ」博士はいった。「すでにあの水からは消えてしまっているかもしれないし、いつかまた、新しくあらわれるかもしれない。それはだれにもわからないんだよ」

その日の夜、ぼくとスノウ博士はおたがいの手帳を見くらべた。博士がどんなふうに物事を考えるのかを目《ま》のあたりにして、とてもおどろいた。最初、ぼくのインタビューは、どれもこれも役に立たないんじゃないかと心配だった。けれども、ぼくの手帳に目を通し、自分自身の手帳も見た博士は、ゆったりと椅子《いす》の背にもたれて、ペンでコツコツと机をたたいた。

「よくできてるぞ、イール。ブロード街のポンプが原因だという説は、ほとんどまちがいなさそうだな。きみが人口登録局で写してきたリストによると、金曜と土曜に亡《な》くなった人のほとんどは、あの井戸《いど》のすぐ近くに住んでいたことがわかる。ほかの井戸《いど》の近くの家からは、十人の犠牲者《ぎせいしゃ》しかでていない。ところが、そのうちの五人は自宅にいちばん近い井戸《いど》の水は飲んでいないといっている。その人たちは、ブロード街の井戸水《いどみず》のほうを好んでいて、わざわざそこまで水を汲《く》みにいっていたんだ」

「ほかの五人はどうなるんですか？」ぼくにはまだ、そんなにたいした発見だとは思えない。

「そのうちの三人は子どもで、ブロード街の井戸《いど》に近い学校に通っていた。親御《おやご》さんがいうには、その子たちは、たぶんあの井戸《いど》で水を飲んでいたということだ。残りのふたりについても、それとは知らないうちに、あの水を飲んでいた可能性があるね」

「どうなふうにしてです？」

「ブロード街の井戸水《いどみず》は、近隣《きんりん》のパブで、酒の水割り用に使われているんだ。それにコーヒー・ショップもある。コーヒー・ショップを経営している女性が、ときどきあそこの水を使うと教えてくれたよ。彼女《かのじょ》が知っているだけでも、お客のうち九人が亡《な》くなっているらしい」

それをきいて、思いついたことがあった。「イタリアン・アイスはどうですか？」

「イタリアン・アイス？　それはいったいどんなものなんだい？」

「味のついたパウダーと水で作った甘《あま》い飲み物を売ってる屋台があるんです。ぼくたちはその飲み物をイタリアン・アイスって呼んでます。今日、息子《むすこ》さんを亡《な》くした家にいったんですけど、そこの家の人は、その子があの井戸《いど》の水を飲んだかどうかはわからないといっていました。

でも、ぼくはその子を知ってるんです。よく、イタリアン・アイスを買っているところを見かけました。たぶん、あれにもブロード街の井戸水《いどみず》が使われているんですよ」

「いいところに気づいたね」博士はさっそく紙にメモを取っている。

「木曜の委員会にだせるじゅうぶんな証拠《しょうこ》は集まったんですか？」ぼくはそれが知りたかった。

博士はしばらく考えにふけった。「いいや、そうは思わない。まだ足りない」

スノウ博士は立ち上がり、手をうしろで組んで部屋のなかをいったりきたりしはじめた。

「ブロード街の井戸《いど》の周辺の人たちは、みなあそこの水を頼《たよ》りにしている。そのハンドルをはずしてしまうというのは、決してありがたい決断とはいえないだろう。委員会もそんなまねはさけたいだろうね」

博士は立ち止まって首を横にふった。すこしばかり背中が丸くなっている。しばらくのあいだ、打ちひしがれているように見えた。

「まだほかにも、委員会に提出できるものが見つかるかもしれませんよ」ぼくはいった。

「できればそれが、決定的なものであればいいんだがね。もうすこし考えさせておくれ。明日もさがしつづけなくてはいけないな」

第18章　突発的《とっぱつてき》な例外

九月六日（水）

スノウ博士に朝早く起こされた。博士が朝食をとり、手帳の準備をしているあいだに、ぼくは動物たちのケージを掃除《そうじ》し、餌《えさ》をやった。

小さな動物たちの世話は大好きだ。おチビさんたちも、それぞれに要求や問題をかかえている。動物たちを見ていると、ついつい微笑《ほほえ》まずにはいられない。この「大いなる災厄《さいやく》」がはじまってからは、めったに微笑《ほほえ》むことなんかなかった。なのに、二羽のウサギがレタスのひっぱり合いをはじめたときには、声をあげて笑ってしまった。どんなに大変な時期のさなかでも、人間は笑わずにはいられないものなんだろう。

スノウ博士はでかける前に小屋に立ち寄った。「悪いんだが、今朝はブロード街にはいけないんだ。緊急《きんきゅう》の患者《かんじゃ》が何人かでてしまってね。歯科医からもお呼びがかかってる。五本も歯を抜《ぬ》かなくてはいけないお年寄りの患者《かんじゃ》がいるっていうんだ」

ぼくはぞっとした。なんて恐《おそ》ろしいんだ。「ぼくひとりでインタビューをつづけましょうか？　まだベリック街は終わってないので」

「そうだね、つづけてもらおうか」とつぜん、スノウ博士がケージをたたいたので、なかにいた四匹《ひき》のモルモットがキーキー声をあげた。「わたしにも、もっと証拠《しょうこ》集《あつ》めをする時間があればいいんだが」

「ぼくたち、これまでにもずいぶん、ブロード街の水を飲んで亡《な》くなった人の家族から話をきくことができましたよね。もう、じゅうぶんなんじゃないでしょうか？」

「確かにね、イール。だが、人の考えを変えるっていうのは、かんたんなことではないんだ。特にこの委員会のメンバーは、自分の考えに凝《こ》りかたまった連中ばかりだからね。彼《かれ》らは一方的な見方しかしようとしない。彼《かれ》らの頭にあるのは瘴《しょう》気《き》説《せつ》だけなんだよ」

ぼくはモルモットのケージを残して、全部の掃《そう》除《じ》を終えていた。ぼくは小さなボウルに水を入れてケージのなかにおいた。「その人たちを説得するには、どんな証拠《しょうこ》があればいいのかわかればいいんですけど」

スノウ博士は答えなかった。モルモットのケージのなかをじっと見ている。ぼくもその視線を追った。

三匹《びき》のモルモットは新鮮《しんせん》な水のまわりに集まっている。残る一匹《ぴき》はケージのすみで、小さな口を一生懸命《けんめい》動かして果物をかじっている。

「例外をさがしだす。突発的《とっぱつてき》な」博士は静かにいった。

博士はふりむいてじっとぼくを見つめた。いまいったことばから、なにかを理解しなさいとうながすように、眉《まゆ》を上げている。いまのことばになにか意味があるといわんばかりだ。

ぼくはもう一度モルモットたちを見た。最初に思ったのは、スノウ博士がおかしくなったのではないかということだった。ウェザーバーンさんは、博士は自分自身でもガスをためしているといっていた。クロロホルムが博士の頭をおかしくしてしまったのかもしれない。

でもそのとき、一匹《ぴき》だけ離《はな》れたモルモットに目がいった。これのこと？　例外って？　三匹《びき》は水のまわりにいる。一匹《ぴき》だけケージのすみに。スノウ博士はなにを考えているんだろう？

一瞬《いっしゅん》、まわりの音がなにもきこえなくなった。

「わかったかな、イール？」

「はい、たぶん……。もし、このモルモットたちが全部あの井戸《いど》のそばに住んでいて、そこから水を飲んでいるのなら、水にコレラの毒が混じっていれば、みんなコレラにかかります」なるべく科学的に話そうとしたけれど、ことばはつっかえつっかえでしかでてこない。

ぼくはいったんことばを切って、日に照らされてかさかさになった唇《くちびる》をなめた。「でも、ほかの原因も考えられます。こんなふうに、近くにかたまって暮らしていれば、牧師さんやほかの人がいうように、街にただよっている悪い空気のせいかもしれません」

「つづけて」スノウ博士は腕組《うでぐ》みをしてぼくを見ている。

「いろいろな説明ができる限り、はっきりとひとつの説で説得するのはかんたんじゃありません。だけど、水のそばではない、ここから遠く離《はな》れたところに住んでいるモルモットがいたら……」ぼくは、考え考え、ゆっくりといった。「そして、その遠くで暮らすモルモットが、この井戸《いど》の水を飲んでコレラにかかったとしたら。たとえば、だれかが運んだ水で。そのモルモットは、この近所に近寄ったことがあってはだめなんです。コレラで死んだほかのモルモットとおなじ空気を吸っていてはだめなんです」

「どうやら、わかったようだね」スノウ博士が先をうながす。

「一匹《いっぴき》だけ離《はな》れたところで死んだモルモットと、ほかの死んだモルモットたちのただひとつの共通点が、おなじ水を飲んだということだけならば……」ぼくはことばをさがした。「それは例外です。突発的《とっぱつてき》な」

「まさにそのとおり」スノウ博士がいった。「突発的《とっぱつてき》なケースだ。わたしたちに必要な突発的《とっぱつてき》なコレラ患者《かんじゃ》なんだよ」

博士は懐中時計《かいちゅう》をひっぱりだして時間を見た。「明日わたしの手があいたら、それをさがそう。それこそが、パズルの最後のピースになるんだよ」

「見つかると思いますか？」

「見つかるかもしれないし」博士は鞄《かばん》を持ち上げて、くるりと背をむけた。「見つからないかもしれない。でも、もし、そんな犠牲者《ぎせいしゃ》を見つけだしたなら、歴史がひっくりかえるぞ」

スノウ博士がいなくなると、ぼくは仕事を終えて、口笛を吹《ふ》いてデリーを呼んだ。「さあおいで、今日も調査にいくよ。スノウ博士はぼくたちに『例外』を見つけだしてもらいたがってるんだ」

お昼までに、ぼくは石だたみの道をさんざん歩きまわった。最初はブロード街、次にポーランド街にドゥフォース街だ。一軒《けん》一軒《けん》ドアをノックして、質問をする。でも、突発的《とっぱつてき》な例を見つけるにはほど遠かった。

「フローリーなら、なにか知ってるかもしれないね、デリー」とうとうぼくはそういった。「そういえば、月曜日の午後に地図を作ってから、一度も会ってないや。あのあと起こったことを、全部話してあげないと」

ドアをノックすると、でてきたのはお兄さんのダニーだった。

「葬儀屋《そうぎや》がきたかと思ったよ」ダニーはいつもとはちがう、荒々《あらあら》しい声でそういった。「母さんが死んだんだ。運びだしてもらうのをまってるところなんだ」

ぼくは棒立ちになった。恐怖《きょうふ》が体中を突《つ》きぬける。「それはお気の毒に。あの、それで……フローリーはどうしてますか？　元気なんですよね？」

長い沈黙《ちんもく》があった。ダニーは大きく息を吸った。「フローリーは昨日の夜倒《たお》れたよ。おれは、この病気ももう終わりだと思ってた。でもそうじゃなかった。かわいそうなフローリー。あの子は、母さんが死んだことも知らないんだ。フローリーは昨日、一日中母さんのめんどうをみていて、それから……」

昨日、フローリーを見かけなかったのは、そのせいだったんだ。もっと早くきていればよかった。

「フローリーに会えますか？」

ダニーは首を横にふった。「いまは無理だよ。頭がもうろうとしてるんだ。うわごとをいってるし、意識もしょっちゅうとぎれてる。きみの名前を呼んでるのをきいたよ、イール」

部屋のなかで物音がした。

「もういかなくちゃ」ダニーはそういうとドアをしめた。

そこにどれぐらいのあいだ立っていたのか、ぼくにはよくわからない。フローリーは病気になっちゃだめだ。フローリーはコレラにかかるはずがない。でも、フローリーがバーニーの世話をしていたとき、部屋のすみにあったバケツを思い出した。あの水は、ブロード街の井戸《いど》から汲《く》んできたものだ。

フローリーの家のドアの前に立っているぼくに、ガスが近づいてきた。ガスには、先週、ブロード街の井戸《いど》で会っている。ガスはフローリーが好きなんじゃないかと思っていたけれど、確信に変わった。ガスがしおれたスミレの花束を持っていたからだ。

「フローリーのようすはどうなんだい、イール？」ガスがたずねてきた。「今朝早く立ち寄ったときに、ダニーからきいたんだよ」

「よくないみたいだ」

「おいらは……ノックしてもだいじょうぶだと思うか？」

ぼくは首を横にふった。それから、ガスの手に握《にぎ》られた花束に目を落とした。ガスもぼくの視線を追っている。

「わかってるさ。みすぼらしいだろ」ガスは悲しそうにいった。「花屋で買うしかなかったたんだ。ハムステッドに住んでる未亡人《みぼうじん》のイリーさんに荷物を運ぶ日なら、いつだって自分でつんでこられたのにな。でも、それももうおしまいだ。もうイリーさんに水を届ける必要もなくなったからな。イリーさんは土曜日に死んじまったんだ」

最初のうち、ガスのことばはほとんど耳に入ってこなかった。でも、とつぜんはっと気づいた。「ちょっとまって、ガスは定期的に、ハムステッドまでブロード街の水を運んでたってことなの？」

ガスはうなずいた。「すくなくとも週に二、三回はな。最後に届けたのは木曜だった。工場にいるイリーさんの息子《むすこ》さんは、なんていうか、とっても母親想《ははおやおも》いなんだ。むかし、ブロード街に住んでたお母さんが大好きだった水を飲ませてあげたがっててね。それで、水を運ぶのもおいらの仕事のひとつなのさ。もうそれも終わっちまったんだけどな」

ガスを見つめるぼくは、ぽかんと口をあけていたんだろうと思う。というのも、ガスが顔を近づけて、じろじろぼくを見ていたからだ。「おい、だいじょうぶか、イール？」

ぼくはうなずいた。「ききたいことがあるんだけど。その未亡人《みぼうじん》のイリーさんの家って、ハムステッドのどこにあるの？」

第4部

ブロード街の井《い》戸《ど》

「出生と死亡週報」の九月九日号に、ハムステッド地区より以下のような死亡報告がなされた。「ウエストエンドに居住する雷管《らいかん》工場主の未亡人（五十九歳《さい》）が、九月二日、二時間の下《げ》痢《り》につづく十六時間のコレラの症状《しょうじょう》にて死亡」

この女性は、この数か月、ブロード街の近隣《きんりん》に足を踏《ふ》み入れたことがない旨《むね》を、子息より確認《かくにん》している。ブロード街とウエストエンドのあいだには毎日荷馬車のゆききがあり、女性が好むブロード街の井《い》戸《ど》水《みず》を入れた大きな瓶《びん》を運ぶことがならわしとなっていた。八月三十一日（木）にも水が運ばれ、彼女《かのじょ》は当日の夜と翌日の金曜日に飲んでいる。彼女《かのじょ》は金曜の夜にコレラを発症《はっしょう》し、土曜に亡《な》くなった。

ジョン・スノウ博士『コレラの感染様式について』
（一八五五年）

第19章　正しいカギ

ハムステッドまでは数キロの道のりだ。ぼくはこれまで、そんなに遠くまでいったことがない。デリーがいっしょで心強かった。最初はなかなか足を踏《ふ》みだすことができなかった。ぼくのなかの一部が、フローリーのそばから離《はな》れたがらなかったからだ。でも、フローリーなら、きっといってこいというだろう。

にょきにょきと立つ煙突《えんとつ》や、煤《すす》で汚《よご》れた建物をあとにするのは、なんだか変な気持ちだった。街から離《はな》れると空気は甘《あま》く、土のにおいがする。そのにおいは、コベント・ガーデンにむかう荷馬車を思い出させた。馬車が通り過ぎるたびに、街の悪臭《あくしゅう》がどこかに消えて、リンゴやナシ、野菜の新鮮《しんせん》な香《かお》りに包まれた。

いまその香《かお》りは荷馬車からではなく、まわりのいたるところからただよってくる。畑の刈《か》りたての干し草や、生垣《いけがき》に点々と見える野生のバラの甘《あま》い香《かお》りだ。だれもが信じているように、悪い空気がコレラの元なのだとしたら、それがハムステッドにまで届くはずがないと思った。

木もたくさん生えている。明るい緑の葉が太陽にきらめいている。ぼくはガスとおなじように、フローリーのために花をつみたいと思いながら、牧場《まきば》のなかの道を進んだ。ぼくが十歩進むうちに、デリーは百歩も先をいって、くるくるまわったり、全部の木や岩のにおいをクンクンかいだり、思いついたようにリスを追いかけたりしている。

「きっとおまえは、こんなところで生まれたんだね」ぼくはデリーに話しかけた。「子犬のころにピカデリー広場《サーカス》で迷子になっていなければ、いまでもこんなところにいたのかもしれない」

その家を見つけるのは、そんなにむずかしくなかった。街に野菜を届けてきた帰りのお百姓《ひゃくしょう》さんにたずねると、指をさして教えてくれたからだ。「安らかにねむりたまえ。なんとも気の毒なこった」

スザンナ・イリーさんが住んでいたのは、かわいらしい白い山小屋ふうの家だった。まわりはきれいなフェンスで囲まれていて、庭はさまざまな色であふれかえっていた。ぼくにわかるのは、コベント・ガーデンの市場で見たことのあるタチアオイとヒナギクぐらいだけれど、ほかにもいろいろな花が咲《さ》いていた。ハチがそこいら中でブンブンいっている。

ぼくは家の裏にまわった。しばらくまっていると、バケツを持った若い女中さんがでてきた。

その人は裏庭にある井戸《いど》のポンプにむかって歩いていく。ぼくは顔をしかめた。ここにも井戸《いど》があるのに、どうしてイリーさんは、わざわざブロード街の井戸水《いどみず》を飲んでたんだろう？　でも、ガスがいっていたことを思い出した。イリーさんはどこの水よりも、ブロード街の井戸水《いどみず》が好きだったんだ。

自分で自分のことをスノウ博士の助手だなんて自己紹介《しょうかい》することはできない。どこの女中さんだって、そんなことばをきいたら、大笑いしてこういうだろう。「ロンドンの一流のお医者さんが、あんたみたいな浮浪児《ふろうじ》にかまうわけないじゃないか」って。

ブロード街の人たちには、ぼくがスノウ博士を手伝っていることが知られているけれど、それはここでは通用しない。この田舎《いなか》では話はまったくちがう。なんとかして、知りたいことをききださないといけない。

「あのう、ちょっとすみません」ぼくは帽子《ぼうし》をぬいで声をかけた。「ぼくは、ロンドンの真ん中にあるおじいさんのところへいくとちゅうなんですけど、ミルクを一杯《ぱい》、わけていただけませんか？」

ぼくはにっこり微笑《ほほえ》んで、デリーが愛想をふりまくのをまった。デリーはしっかり期待にこたえてくれた。デリーはその人の前に進みでて腹ばいになり、精いっぱい笑顔《えがお》を見せて、しっぽをふって芝《しば》をたたいた。

「あらまあ、かわいい子だねえ」その人はそういうと、家のなかに消えて、ミルクの入った小さなブリキのコップを手にもどってきた。それから、水を汲《く》みにもどっていった。

「きっとおいしい水なんでしょうね?」ぼくはミルクをすすりながら、さりげなくたずねた。

「そうだね。わたしはずっとそう思ってきたんだけどね。ところが、奥様《おくさま》はむかし住んでた近所の水にご執心《しゅうしん》でね。息子《むすこ》さんが二、三日に一度、大きな水差しに入れた水を荷馬車で運ばせてたんだよ。わたしは指一本ふれたこと、ないけどね」

「その奥様《おくさま》っていうのは、未亡人《みぼうじん》のイリーさんですよね? 息子《むすこ》さんがブロード街で工場を経営してる」

「でも、奥様《おくさま》は亡《な》くなったんだよ。お気の毒に」そういってため息をついた。「先週、ひどい病気にかかって、土曜日にお亡《な》くなりになったのよ。イズリントンから遊びにきてた姪御《めいご》さんも倒《たお》れられてね」

女中さんはそこでことばを切り、エプロンで額《ひたい》をぬぐった。それから、ぼくに近づくように合図したので、ぼくはすこし前にでた。

「どうやら、青い恐怖《きょうふ》だっていうんだよ」そうささやく。「シーツは全部燃やしたんだよ」

「この辺で、ほかにコレラで亡《な》くなった人は何人ぐらいいるんですか？」

「それがね、ひとりもいないのさ」自分でいっていながら、はじめてそのことに気づいたようにおどろいている。「奥様《おくさま》と、その姪御《めいご》さんだけだね」

「それはお気の毒ですね。そのおふたりは、よくいっしょにお食事をされてたんでしょ？　ワインを飲んだりしながらね」

「いいや、奥様《おくさま》はワインなんて飲まなかったよ。木曜日の夕食のときも、わたしはおふたりに水をおだしししただけだった。奥様《おくさま》はいつも、肌《はだ》をきれいに保って、健康でいるには水がいちばんだっておっしゃってたわ」

ここからがいちばん重要な質問だ。「それで、その姪御《めいご》さんというのも、やっぱりブロード街の井戸水《いどみず》が好きだったんですか？」

「ええ、そうだとも！　わたしがテーブルの上においたピッチャーは、食事が終わったときには空になってたわ」

つまりこういうことだ。イリーさんとその姪御《めいご》さんはふたりとも、ブロード街の井戸水《いどみず》を飲んでいた。

とつぜん、女中さんが鼻をすすりはじめた。「なんとも悲しい話だよ。奥様《おくさま》は、とってもやさしくしてくださったのに。これからいったい、どうしたらいいんだろう。残ったご家族がお決めになるまで、わたしは家を掃除《そうじ》してまってなきゃいけないのよ」

「大変ですね」ぼくは本心からそう思った。仕事や居場所を失うのがどういうことか、ぼくにはよくわかっている。「働き者のあなたなら、きっとどこにいってもうまくやっていけますよ」

女中さんはデリーの頭を軽くたたいた。「ありがとう、ぼうや。わたしはハムステッドを離《はな》れたくないの。水を運んでたガスって人が、ロンドンの真ん中がどんなに人でごちゃごちゃしていて汚《きたな》いか、たっぷりきかせてくれたのよ。あらやだ、いまのはきかなかったことにしてね」

ぼくたちはそのあともすこしおしゃべりをした。女中さんは名前はポリーだと教えてくれた。まだ十五歳《さい》で、ぼくよりふたつ上なだけだ。ぼくはフローリーもこんな家で働くことになればいいのにと思った。やさしい奥様《おくさま》と花に囲まれて。

ただ、フローリーが青い恐怖《きょうふ》に負けずにいられたら、だけど。

「ねえ、デリー」帰り道、ぼくはデリーに話しかけた。「どうやら、ついに正しいカギを見つけたみたいだぞ」

先週、ガスがブロード街の井戸水《いどみず》を何度かスザンナ・イリーさんに届けたのはまちがいない。

ぼく自身、月曜日にガスに会っている。クィニーを見つけた日だった。そして、イリーさんとその姪御《めいご》さんがコレラで亡《な》くなった。

ブロード街の水を飲んでいないポリーは、元気でぴんぴんしている。この近所に、コレラで亡《な》くなった人はひとりもいない。ここハムステッドで、どうしてイリーさんがコレラにかかったのか、だれもが謎《なぞ》に思っているだろう。

でも、ぼくはちがう。

今日は水曜日だ。明日の夜、スノウ博士がスザンナ・イリーさんのことを委員会で報告することができれば、きっとみんな耳を傾《かたむ》けるだろう。イリーさんは緑豊かな遠く離《はな》れたハムステッドで、ブロード街の水を飲んで、土曜日に死んでいるんだから。

この発見を、早くスノウ博士に伝えたくてしかたなかった。なによりも、フローリーがこの発見についてきけるぐらい元気になっていたらいいのにと思った。

第20章　もうひとりの例外

「さあ、デリー、いくぞ」ぼくは牧場《まきば》でデリーに声をかけた。デリーはワンとひと声、元気よく吠《ほ》え、笑顔《えがお》を見せるとぼくのあとについてくる。

歩いているとちゅう、ぼくはとつぜん心を決めた。あとひとつの最後のカギも確認《かくにん》しよう。イリーさんの近所で病気にかかった人がいないのはわかった。でも、姪御《めいご》さんのほうはどうだろう。姪御《めいご》さんの家の近所にも、コレラにかかった人がいないことを、確かめなくちゃいけない。それこそが決定的な証拠《しょうこ》になる。

イズリントンまでいっても、たいした距離《きょり》じゃない。ぼくにとってはなんでもない。ぼくはロンドン中歩きまわって大きくなったんだから。父さんをお墓まで運んだときをのぞいて、一頭立てであれ、乗り合いであれ、馬車になんか乗ったことはない。母さんのときには歩いた。ヘンリーも大きくなっていたし、なにより、フィッシュアイ・ビルが馬車代をけちったからだ。

「やっぱりいかなくちゃ」ぼくはデリーに話しかける。「それが終わったら、ちょっとだけへンリーのところに寄ろう。この前会ったとき、ヘンリーはすごくさびしそうだったからね。それに、おまえはまだヘンリーに会ったことがないよね。ミッグルさんの前では、お行儀《ぎょうぎ》よくしてなくちゃだめだよ。ミッグルさんはウェザーバーンさんみたいなんだ。もっとひどいけど」

イズリントンのあとヘンリーのところに寄っても、暗くなる前にベリック街にもどって、フローリーのお見舞いにいけるだろう。フローリーには話したいことがたくさんある。お礼もいわなくちゃ。

ある意味、ぼくたちに必要な証拠《しょうこ》を見つけることができるのもフローリーのおかげなんだから。今朝、ガスがフローリーのところに姿をあらわさなければ、この突発的《とっぱつてき》なケースにいき当たることもなかったんだから。

イリーさんの姪御《めいご》さんの名前はきいていなかったけれど、さがしだすのにそんなに時間はかからなかった。ぼくはただこうきくだけでよかった。「先週、コレラで亡《な》くなった女の人をさがしてるんですけど」

ぼくがたずねたふたり目の人が、一軒《けん》の家まで案内してくれた。ドアには黒い布でおおわれた月桂樹《げっけいじゅ》のリースがかけてあり、窓のシェードは全部おりていた。

ぼくは裏口にまわってドアをノックした。黒い喪服《もふく》のがっしりした体格の女の人がドアをあけた。

「とつぜんですみません。じつは今日、イリーさんの家で働いてるポリーに会ったんですけど」ぼくは帽子《ぼうし》をぬぎながら話しはじめた。「ポリーから最近起こった災難をきいて、もしかしたら、こちらでなにか急ぎのメッセージでもないかと思ったんです」

「ああ、ぼうや、遅《おそ》かったよ」その女中さんはそういった。「奥様《おくさま》は昨日埋葬《まいそう》されてね。いくつかは人にたのんで届けてもらってもよかったんだけど、今回の葬儀《そうぎ》の案内は郵便でだしたんだよ」

「それはお気の毒です。こちらの奥様《おくさま》もイリーさんとおなじ病気だったんですか？」

その人はうなずいた。「この家の者はみんなちぢみ上がるほどおどろいたものさ。奥様《おくさま》は木曜の夜に伯母《おば》さんと食事をしにでかけたんだけど、そのときはぴんぴんしてたんだよ。でも、金曜にもどってくると病気にやられてしまって」

その人は大きな音で鼻をすすった。「それが土曜の午後には、棺桶《かんおけ》のなかさ。どうか安らかに。あとには男の子をふたり残していきなさった。ふたりともあんたより小さいのにねえ」

「本当にお気の毒です」ぼくはそういって、大きく息を吸った。ここからが大切な質問だ。

「この近所では、ほかにコレラにかかった人はいるんですか？」

返事をまつあいだ、ぼくの心臓はドキドキと高鳴った。でも、その返事は予想どおりだった。

「いやいや、ひとりもいないのさ。このあたりはイズリントンのなかでもとりわけ健康的なところでね。ここいらでコレラがでたなんて話、わたしは一度もきいたことないよ」ハンカチで頬《ほお》をぬぐいながらそう答えた。

その人は鼻をかんでつづけた。「奥様《おくさま》とその伯母《おば》さんがこんなふうに亡《な》くなるだなんて、まったく不思議な悲劇だよ。きっと永久に謎《なぞ》のままなんじゃないかと思うわ」

ぼくはお礼をいって別れた。この人はまちがっている。ぼくはそう思った。ふたりが死んだ理由は、ぼくたちにははっきりわかっている。ふたりともブロード街の井戸水《いどみず》を飲んだせいなんだ。


ぼくは急ぎ足でごちゃごちゃと家の集まった地域にあるミッグルさんの下宿にむかった。ヘンリーにはいつも、学校が終わったら寄り道せずにまっすぐ帰るようにきびしくいっていた。「人目につかないようにするんだ」ぼくは何度もそういった。「フィッシュアイ・ビル・タイラーは、バラ地区やセブンダイアルズあたりでよく仕事をしてるし、犯罪者っていうのは自分の縄張《なわば》りからはあんまりでようとしない。だから、フィッシュアイがこのあたりにやってくることはないと思う。それでも、いくら気をつけても足りないんだからね」

でも、よく晴れたその日の午後、自分でいっていたことをすっかり忘れていたのは、とんでもない失敗だった。ぼくはヘンリーに偉大《いだい》な博士の助手という新しい仕事を自慢《じまん》したくてうずうずしていた。それに、フローリーに謎《なぞ》を解いたと話すところを、早くも空想していた。

つまりぼくは、すっかり浮《う》かれていて、まわりに気をつけなければいけないことを忘れていた。フィッシュアイ・ビルのことを忘れていたんだ。でも、やつはぼくのことを忘れてはいなかった。あいつはまるでタコみたいに、ロンドン中のすみずみにまで長い手をのばしてさぐりまくっていたんだ。

ぼくのすぐうしろで馬のひづめの音が止まったときにも、ぼくはふりかえりもしなかった。この通りにはたくさんの馬車がいきかっている。そのあと、人の足音がうしろからせまってきた。でも、気づいたときには手遅《ておく》れだった。

ぼくはスノウ博士といっしょに、委員会で勝利の報告をしている空想にどっぷりつかっていた。博士は、今日ぼくが見つけた証拠《しょうこ》を委員会でぼくに報告させるだろうか？　いやいや、それはあまりにもずうずうしい。それでも、すくなくともスノウ博士は、ぼくのほうに顔をむけてにっこり微笑《ほほえ》んでくれるだろう。それでじゅうぶんだ。

ぼくの上には黄色っぽくよどんだ空が広がっていた。次の瞬間《しゅんかん》、いやなにおいのする手に口をおさえられて、必死で息をしようとしていた。ぼくはがっしり取りおさえられ、蹴《け》とばされ、地面に倒《たお》れた。でも、すぐにかかえ上げられて、タマネギの入った袋《ふくろ》のように馬車に放りこまれた。

とつぜん、まわりにただようにおいに気づいた。それは魚のにおいだった。

そのあと、なにかで頭をなぐりつけられて、意識が遠のいた。


ゆさゆさとゆさぶられ、気持ちが悪くなって目が覚めた。ばらばらな意識がまとまるまでに、すこし時間がかかった。頭をなぐられたこと、馬車のはげしいゆれ、手首に食いこむロープ、目隠《めかく》し、そしてなによりもこのにおい。

ぼくの頭はそうした手がかりをひとつずつゆっくりと結びつけていった。むかし、母さんが作っていたパッチワーク・キルトのように。ひとつひとつの模様を見てもすぐには意味がわからないけれど、そのうちに全体像が見えてくる。

最後にはわかった。ぼくはいま、石だたみの道を走る一頭立ての馬車のなかにいる。どこにむかっているのかはわからない。油断しているところを見つかって、つかまってしまったんだ。ぼくは義理の父親に誘拐《ゆうかい》されたんだ。

どうしてこんなことになってしまったんだろう？　フィッシュアイがぼくのあとをつけていたはずはない。きっと、恐《おそ》ろしい偶然《ぐうぜん》だったんだ。ぼくは自分の不運をのろった。ただ、ミッグルさんの下宿につく前につかまったことだけは、感謝しないといけないかもしれない。フィッシュアイ・ビルが紳士面《しんしづら》して馬車に乗り、なにをしているのかは、ぼくの知ったことじゃない。きっと、ひと仕事終えたところなんだろう。たぶん、イズリントンの近くのりっぱな家におしこみ強盗《ごうとう》でもしたんだろう。そして、まったくの偶然《ぐうぜん》で、ぼくというお土産《みやげ》まで手に入れたというわけだ。

馬車にゆられながら、なんとか体を起こして、どこにむかっているのかをさぐろうとした。なじみの教会の鐘《かね》やテムズ川の船の音、ピカデリー広場《サーカス》のにぎわいなどがきこえないかと耳をすました。

そのとき、とつぜん、デリーのことを思い出した。ひとりぼっちになって、おびえ、混乱しているにちがいない。この街は、犬にとって恐《おそ》ろしいところだ。この一週間でいなくなってしまったブロード街のぼくの友だちとおなじように、もう二度と会えないかもしれない。

しばらくすると、馬車は止まってドアがあいた。

「死んだふりしてもむだだぞ、小僧《こぞう》」熱い空気のむこうからフィッシュアイの声がした。「起きてるのはわかってる。もたもたすんな。おれたちにはやることがあるからな。さあ、おりろ」

ぼくは動かなかった。とつぜん、わき腹にするどい蹴《け》りが入った。「うっ！」

フィッシュアイは馬車からぼくをひきずりおろし、何歩かずるずるとひっぱった。ドアがあく音がして、ぼくはうしろからおされた。

「階段をのぼれ」フィッシュアイが命令する。「運んでやるつもりはないからな」

ぼくはよろけながら、階段をのぼった。あたりには下水のにおいがただよっている。

いちばん上までのぼると、フィッシュアイはぼくを蒸《む》し暑い部屋におしこんで椅子《いす》にすわらせた。「動くんじゃないぞ」

フィッシュアイはぼくの目隠《めかく》しをはずした。

「ここはどこ？」ぼくはたずねた。

フィッシュアイはただ笑った。「おまえの家だよ。おまえはいま、お父ちゃんといっしょに自分の家にいるんだ」

　ぼくは顔をしかめた。この汚《きたな》い部屋がどこにあるのかはわからない。もし馬車がテムズ川をわたっていたとしたらサザーク地区だろう。でも、油の浮《う》いた茶色い川から立ちのぼるにおいはわからなかった。船の音もきかなかった。気絶していて気づかなかったんだろうか？　ぼくにはわからない。

　めまいがして吐《は》き気《け》もある。でも、そんなことを気にしている場合じゃない。いまは、意識を集中させなければ。たとえどんなに頭が痛んでも。

「なにもいうつもりはないからな」ぼくはいった。「どうして放っておいてくれないのさ？　あんたにとって、ぼくはなんの価値もないだろ」

「おやおや、ぼうや。そいつはおことばだな。このおれが、かわいいふたりの息子《むすこ》を、このロンドンでほったらかしにするような、親父《おやじ》だと思うのか？　犯罪者や悪党どもがうろうろしてるっていうのに」

「ぼくなんかいても、じゃまになるだけだぞ」ぼくはつづけた。「ぼくはあんたのために盗《ぬす》みはやらない。またすぐに逃《に》げだすさ。それどころか、あんたを警察に突《つ》きだすぞ」

　フィッシュアイは声をあげて笑った。「さて、それはどうだかな。だがな、おれがほしいのはおまえじゃないんだ」

ぼくはこぶしを握《にぎ》って、椅子《いす》から立ち上がりかけた。

「ほほう、おれがなにをいいたいかわかったようだな」フィッシュアイがにやりと笑う。「おれはおまえの弟がほしいんだ。しっかり稼《かせ》いでくれる、大きな目をした華奢《きゃしゃ》な男の子がな。あの子は、おまえの恋《こい》しいお母ちゃんとよく似てるだろ?」フィッシュアイがつづける。「ヘンリーはそこいらにいる浮浪児《ふろうじ》とは似ても似つかないからな。それどころか、見目麗《みめうるわ》しい子だといっていい。ご婦人方の心をとろかして、思わず財布《さいふ》の口をあけたくなるような物乞《ものご》いだ。こいつはヘンリーに物乞《ものご》いをさせようとしてるんだ。そして、稼《かせ》ぎが悪くなってきたら、スリにでも仕立て上げるんだろう。

「さあ、イール、教えるんだ」フィッシュアイがすごむ。「あの子をどこにやった?」

フィッシュアイはそこでことばを切って、ぼくの顔にくさい息を吹《ふ》きかけた。「ヘンリーはどこにいるんだ?」

第21章　絶体絶命の夜

フィッシュアイはその午後、何時間もしつこくぼくを攻め立てた。それでも、ぼくは負けなかった。やがて、階下のドアがあく音がして、階段をきしませながら、カツカツという靴音《くつおと》がのぼってきた。とつぜん、部屋中が甘《あま》ったるい香水《こうすい》の香《かお》りに満たされた。あまりにも強烈《きょうれつ》なにおいで、ぼくはむせてしまった。

「あらあら、ビルったら、この子はいったいだれなのさ？」

「おれの義理の息子《むすこ》だよ、ケート。おれの短くも甘《あま》い結婚《けっこん》生活のことを話したときに教えてやったろ。そのうちのひとりだ」フィッシュアイはその、やせたきつい感じの女にいった。

ケートと呼ばれたその人は赤い頬紅《ほおべに》をつけ、それよりもっと濃《こ》い赤の口紅をつけていた。微《ほほ》笑《え》むと茶色い筋の入った黄ばんだ歯がむきだしになった。「とうとう、つかまえたんだね、ビル」

ケートはぼくに近寄ると、顔をぐっと突《つ》きだした。ぼくはにおいにむせそうだった。くさい香水《こうすい》のにおいに、ビールと魚、タバコのにおいまでがまじりあっている。

「だけど、真ん丸い目は別にして、とてもかわいいとはいえないじゃないか」ケートはおどろいたようにいう。「あんたは、たっぷり稼《かせ》いでくれる子だっていってなかったかい?」

「ああ、それはこいつじゃないんだ」フィッシュアイがむっとしたようにいう。「こいつは兄貴のほうだ。弟をどこかに隠《かく》してやがるのさ」

ケートは腰《こし》に手を当てて、おどけたようにぼくを見ている。「おやおや、それはびっくりだ。こんな話、きいたことないね。やさしいお父ちゃんから子どもを隠《かく》すなんてね。なんとも痛ましい話じゃないか。それに恐《おそ》ろしいったらないよ」

「痛ましくも恐《おそ》ろしい。そのとおりだな」フィッシュアイがいう。「おまえも帰ってきたことだし、こいつをおさえててくれないか。そうすれば、子どもが親にたてついたときに、良き父親ならだれでもがするように、しっかりとせっかんできるからな」

「その前に、お茶を飲ましておくれよ」ケートが首をふると、帽子《ぼうし》から油じみた細い髪《かみ》の束がこぼれた。「もうすこしやさしくしたらどうなんだい?　一日中働いてきたんだよ」

働いてきただって?　ケートがどんな仕事をしているのか、ぼくには想像もできない。たぶん、この人も泥棒《どろぼう》なんだろう。ぼくは煤《すす》と油のしみで黒ずんだ床板《ゆかいた》を見つめた。

エイベル・クーパーさんは、ライオン醸造所《じょうぞうしょ》の床《ゆか》をいつもピカピカに磨《みが》き立てておくように教えてくれた。「床《ゆか》から直接ビールを飲んでもだいじょうぶなぐらいきれいにしておくんだぞ」クーパーさんはそういっていた。

ぼくはまちがっていた。意気地《いくじ》がなくてエドワードさんには話しにいけなかったとしても、エイベル・クーパーさんのところにはいって、話しておくべきだった。フローリーとおなじように、ぼくは友だちとしてクーパーさんにも秘密を打ち明けるべきだったのかもしれない。ヘンリーとぼくについてのすべてを。

それなのに、そうしなかった。そして、こんな厄介《やっかい》ごとに巻きこまれてしまった。本当に、とんでもない厄介《やっかい》ごとに。

フィッシュアイとケートが、さんざんジンをあおってぼくのことを忘れてしまったら、うまく逃《に》げだせるかもしれないと思っていた。でも、そんなことは起こらなかった。それどころか、ほかほかのミートパイを食べたフィッシュアイは、ケートがおさえつけたぼくをますます強く革《かわ》ひもでたたいてきた。

ぼくは泣き声をあげたかもしれないし、悲鳴もあげたかもしれない。それに、母さんからいってはいけないといわれていた汚《きたな》いことばも吐《は》いたかもしれない。それでも、ヘンリーの居場所だけは教えなかった。

　しばらくすると、フィッシュアイはいまいましげに革《かわ》ひもを放り投げた。

「パブにいってくる。このクソガキにはうんざりだ。夜も朝もなにも食わせないでおいたらどうなるか見ることにしよう。すこしは気が変わるかもしれないからな」

「この子をおいて、わたしをひとりにするつもりなのかい、ビル？」ケートは薄《うす》い手のひらを神経質にこすりあわせながらきいた。「この子が縄《なわ》をといて、わたしに襲《おそ》いかかってきたらどうするのさ？」

「こいつは、ベッドの鉄の脚《あし》にしばりつけるよ」フィッシュアイがいう。「おまえは床《ゆか》でもぐっすりねむれるだろ？　そうだな小僧《こぞう》？」

「さるぐつわもかましておくれよ」ケートがいう。

　フィッシュアイはくさいぼろきれをぼくの口におしこんで、きつくしばり上げた。フィッシュアイがいなくなると、ケートはベッドに寝《ね》そべって、すぐに嵐《あらし》のようないびきをかきはじめた。ぼくの口のなかはからからに乾《かわ》いてひりひりする。たたかれた背中はひどく痛んだ。

　ぼくはなんとかして逃《に》げようとしてみた。でもまったくむだだった。さんざんたたかれたのと、日にさらされながら長い時間歩いたせいもあってか、なにもできなかった。暗い波に襲《おそ》われるようだった。ぼくはそのままねむりに落ちた。

第22章　家族

九月七日（木）

ぼくは大きないびきと、がまんできないほどおしっこがしたいせいで目が覚めた。ぼろきれの下の唇《くちびる》は乾《かわ》ききってひびわれている。あごも痛い。おなかがへっているのに吐《は》き気《け》もある。ぼくは早起きには慣れている。でも、フィッシュアイ・ビルとケートは、昼過ぎまでベッドをでたことはないんじゃないかと思った。

ぼくはふたりのようすを確かめたくて、かかとで床《ゆか》をたたいてみた。低いうめき声もだしてみる。とつぜん、ドアをノックする音がきこえた。フィッシュアイ・ビルは寝《ね》ぼけた声で「なんなんだ？」といった。

ドアがあいた。たとえ、この目で見ることができなかったとしても、においでそれがだれだかわかっただろう。それは赤毛のネッドだった。

「あんたらに買ってもらえないかと思って、すこしばかり石炭を持ってきたよ」ネッドが話しはじめた。そのとき、ネッドはロープにしばられてベッドの下にころがされているぼくに気づいた。ネッドは咳払《せきばら》いをする。「三ペンスにはなると思うんだがね」

フィッシュアイ・ビルはベッドから起き上がって、ネッドの手にコインをいくつかのせた。それから、ネッドの手首を強く握《にぎ》った。ネッドはたまらずに声をあげた。「なんだよ！　なんでそんなことするんだよ？」

「おまえも、ベッドの下のイールに気づいたんだろ」フィッシュアイ・ビルは落ち着いた声でいった。「このかわいい息子《むすこ》がまだあの街にいることを教えてくれてありがとうよ。だがな、このことはだれにもいってもらっちゃ困るんだ。わかってるだろうな？」

ネッドはゴクンとつばを飲んで、真ん丸に見ひらいたおびえた目でぼくを見つめた。「おれはこの人がおまえをひどい目にあわせるなんて思っちゃいなかったんだ。おれはそんなつもりじゃなかったんだよ、イール！」

「こいつに話しかけるな！」フィッシュアイは怒鳴《どな》って、ネッドにむかって片手を上げた。

ネッドはちぢみ上がっているけれど、あとずさりはしなかった。「まさかあんたは、この子を殺したりしないだろうな、フィッシュアイ？」

「ああ、殺したりはしないさ。おまえのおかげでつかまえたんだから、ほうびとして、石炭の値段を上乗せしておいた。だが、これでおしまいだ。もう一度いうが、この件については一切《いっさい》口外しないほうが身のためだぞ。これはおれの個人的な問題なんだからな。おれたち『家族』のな」

フィッシュアイは「家族」ということばを強調していった。にやりと笑いながら。

ネッドは裸足《はだし》の足を床《ゆか》の上でもじもじ動かしている。つま先は泥《どろ》で真っ黒だ。「おれはなんにも見てないよ、フィッシュアイ。もういくよ。じゃあな」

ネッドはドアをしめて、けたたましく音を立てながら階段をおりていった。ネッドのやつだったんだ。気づくべきだった。ぼくがまだ生きていることをフィッシュアイ・ビルに告げ口したのは、ネッドだったんだ。

ぼくがしばり上げられていたのは幸運だった。さもなければ、ぼくはネッドに襲《おそ》いかかって、母さんなら決して許さないようなことをしてしまっていたかもしれない。

ネッドがいなくなると、フィッシュアイはぼくにしびんを使わせて、水をひと口飲ませてくれた。

「ケートとおれには、どうしてもやらなきゃいけないちょっとした仕事があってな。ちょっとした朝飯と、ちょっとした仕事からもどってきたら、おれとおまえとでヘンリーに会いにいく。小僧《こぞう》、わかったな？」

ぼくはかたく口をとざしていた。返事なんかするつもりはない。けれども、ふたりがいなくなって、この暑くて風通しの悪い部屋にひとり取り残されると、ぼくは考えをめぐらせはじめた。どこをどう考えても、大変なことになっている。ひとつにはフローリーのことがある。ぼくがフローリーのことを忘れてると思われるかもしれないと考えただけでたえられない。デリーのこともある。デリーは、いまごろはもう、道に迷ってしまっているかもしれない。グリッグスさんはデリーにはすぐれた方向感覚があるといっていたけれど、自分でスノウ博士の家を見つけだせるとはとうてい思えない。

そして、スノウ博士のことだ。委員会は今夜にせまっている。ぼくが時間までにもどらなければ、スザンナ・イリーの突発的《とっぱつてき》な事例を報告することができなくなってしまう。ブロード街の井戸水《いどみず》がコレラの感染源だという証拠《しょうこ》なのに。

この証拠《しょうこ》がなければ、委員会がポンプのハンドルをはずすことに賛成する可能性はほとんどないだろう。

それはつまり、さらに多くの人が死ぬことを意味している。

はじめてあのポンプの前に立ったときのスノウ博士の顔を思い出した。ぼくはスノウ博士にバーニーを助けにかけつけてほしかった。でも、スノウ博士にはできなかった。それがいまではぼくにもわかる。

スノウ博士がやろうとしているのは、青い恐怖《きょうふ》の謎《なぞ》を解くことなんだ。今回の犠牲者《ぎせいしゃ》を救うというより、この先、ひとりの犠牲者《ぎせいしゃ》もださないために。ブロード街のポンプのハンドルをはずすことは、その手はじめだ。バーニーやそのお父さん、お母さんのように、なんの落ち度もないのに、わけのわからない病気で死んでしまう人がでるのを防ぐための。フローリーみたいな明るい子が、苦しんだりしないように。

そうした、将来救うことができるたくさんの命を考えたら、ぼくやヘンリーの命なんてなんだっていうんだ。ぼくはヘンリーを裏切って自由になり、仕事をやりとげるべきなんだろうか？

そんなことを考えていると、頭が痛くなった。どうするのが正しいのか、ぼくにはわからなかった。わかっているのは、ヘンリーはぼくの弟だということだけだ。ぼくは母さんに、ヘンリーを守ると約束した。それがぼくの生涯《しょうがい》の役割なんだ。どうしてヘンリーを裏切ったりできるだろう。

でも、ぼくがどんなふうに考えようと、すべてが終わってしまったように思えた。

時間というのは不思議なものだ。川にいるときには、潮目と明るさでいま何時なのかを知ることができた。セント・ポール大聖堂の大きな鐘《かね》の音がきこえてきて、時間がわかることもあった。ここでも教会の鐘《かね》の音はきこえたけれど、しょっちゅう頭痛とめまいに襲《おそ》われるせいで、いまが何時なのか、正確にはわからなかった。ぼくは、フィッシュアイ・ビルとケートがいまにも帰ってくるんじゃないかと思いはじめていた。

とうとう、新しい音がきこえてくる瞬間《しゅんかん》がやってきた。ぼくは不潔な床《ゆか》に丸くなっていた。体中が痛い。ぼくはベッドの下にころがったまま、わずかだけれど頭をもたげた。

コツ、コツ、コツ。

だれかが階段をのぼってくる。フィッシュアイがもどってきたにちがいない。ぼくの心は沈《しず》んだ。ぼくはまだ、どうしたらいいのか考えついていなかった。

ぼくは体をこわばらせて耳を澄《す》ました。足音はドアの前で止まった。沈黙《ちんもく》が長くつづいた。ドアのむこうの人間も耳を澄《す》ましているらしい。とつぜん、ドアが勢いよくあいて、壁《かべ》にぶつかった。

戸口をふさいだのは、川からやってきた巨大《きょだい》な化け物のような親指ジェイクだった。

「ジェイク！」ぼくはうめいた。もちろん、ぼろきれでさるぐつわをされているので、はっきりといえたわけじゃない。

ジェイクはぼくを見下ろして、大きな頭を左右にふった。「おまえさんは、いつだって厄介《やっかい》ごとに巻きこまれるんだから」

親指ジェイクが近づいてきた。そのとき、ぼくは気づいた。

ジェイクのまともなほうの手に、小さなナイフがきらめいている。ぼくはゴクンとつばを飲んだ。ジェイクはぼくを殺しにきたんだろうか？　ジェイクがとつぜん、奇妙《きみょう》な微笑《ほほえ》みを浮《う》かべた。

「さてさて、おまえには話したことがあったな？　おれたちはみんな泥《どろ》さらいの仲間だって」

そういうと、しゃがんでぼくをしばりつけているロープを切りはじめた。「それでだな、今日おれがさがしてたキラキラ光るものってのは、まさしくおまえさんだったんだよ」

第23章　小さな紳《しん》士《し》の報告

どうやら、赤毛のネッドはフィッシュアイがぼくを殺してしまうのではないかと、恐怖《きょうふ》にかられたらしい。そしてぼくの幽霊《ゆうれい》に取りつかれることを恐《おそ》れて、あわてて親指ジェイクをさがしだし、なにもかもを打ち明けたということだ。

「ネッドのやつ、がたがた震《ふる》えてやがった」ジェイクは、ギシギシ音を立てる階段をおりるのを助けてくれたあとそういった。

「ここはどこなの？」ぼくはロープでしばられていたところを手でさすりながらきいた。

「バラ地区だよ」ジェイクが答える。「ラント街の近くさ」

「ラント街！」ぼくは思わず叫《さけ》んでしまった。ブロード街までは三キロほどの距離《きょり》だ。「いま、何時？」

通りにさしている影《かげ》を見れば、もう夕方なのはわかる。思った以上にねむっていたみたいだ。フィッシュアイとケートが、どこかで悪事に手間取っているらしいことはありがたい。ただ単に、パブで飲んだくれて、時間を忘れているだけかもしれないけれど。

でも、もう遅《おそ》い時間だとしたら、委員会まであまり時間がないことになる。委員会の開始時間は七時ちょうどだ。返事のかわりにジェイクのおなかが鳴った。

「何時かって？　ちょうど飯の時間だよ」ジェイクはにやっと笑った。「六時は過ぎてると思うぞ。あいにく最近じゃあ、時間なんかあんまり気にしちゃいないからな。気にしてるのは潮目だけさ」

六時過ぎ！　ぼくたちはバラ通りにむかって歩いた。そこからなら、ウォータールー橋の方向がわかるだろうし、橋から北にむかえばソーホー地区だ。

とつぜん、女の人がかけ寄ってきて、ぼくの腕《うで》をつかんだ。てっきりケートだと思って、ぼくは悲鳴をあげてあとずさった。

「あんたじゃないの！」女の人は叫《さけ》んだ。その人のうしろから小さな女の子がかけてくる。「ほら、ベッツイ、やっぱりこの子だよ。ブロード街の」

「ベッツィ！」ぼくは大声をあげた。

ベッツィはぼくに抱《だ》きついた。「きてくれたんだね、イール！　約束どおりに。だけど、デリーはどこなの？」

答える暇《ひま》もなかった。ベッツィの叔母《おば》さんが、ぼくの手を握《にぎ》ってすごい勢いで話しはじめたからだ。「あんたに会えて、ほんとによかったよ。あの日、あたしの態度を見て、きっとあんたはあたしのことを、ひどい魔女《まじょ》かなんかだと思っただろうね。でもね、あたしはいつだってあんな調子なんだよ。すぐにかっとなって、思ってもいないことを口にしちまうのさ。あの大好きだった兄さんとは正反対にね。兄さんは年取った馬みたいにおとなしかったからねえ。ほんとに残念だよ」

叔母《おば》さんはベッツィをぐいっとひき寄せた。「あのときは、あたしも悲しみとショックでまともじゃなかったんだろうね。ベッツィはすごくいい子だよ。あたしと主人は、この子がきてくれてすごくうれしいんだ」

それをきいて、ぼくもうれしかった。でも時間がない。フィッシュアイ・ビルはいつ姿をあらわすかわからない。それに、いそいで川をわたって、ソーホー地区までいかないと。いますぐに。

そのとき、いいことを思いついた。

「ベッツィの叔母《おば》さん、だんなさんは馬車を持ってるっていってましたよね？」ぼくは勢いこんでいった。「もしかして、だんなさんと馬は、いまお宅にいませんか？」

ベッツィの叔母《おば》さんが返事をしようと口をあけたところで、なにかすばやくて力強いものがとんできて、ぼくを地面におし倒《たお》した。荒《あら》い鼻息まで立てている。ぼくはパニックに襲《おそ》われた。

「今度はなんだってんだ？」ジェイクがそういうのがきこえた。

「デリーもいっしょだったんだ！」ベッツィが手をたたきながら叫《さけ》んだ。「ほんとに、デリーをつれてきてくれたんだね！」

その木曜の夜、フローリーの家のあるベリック街についたのは、ずいぶん遅《おそ》い時間だった。ぼくはそれまでの信じられないような話を、フローリーにきかせてあげたくてしかたなかった。信じられないといえば、なによりも、フローリーが生きてぼくの話をきくことができたということだ。

フローリーは小さなベッドに横になっていた。ぼくはベッドのそばに椅子《いす》をひき寄せた。ぼくはそれまで、ベイカー家の部屋に入ったことがなかった。フローリーはお姉さんのナンシーと、ひとつの部屋を使っていた。このあたりでは、とてもぜいたくなことだ。

フローリーのベッドのまわりの壁《かべ》には、自分で描《か》いたスケッチがたくさん貼《は》ってあった。この近所の人たちの顔もたくさんある。アニー・リボンは裁縫《さいほう》道具の入ったバスケットをかかえている。バスケットには、はみだしそうなほどたくさんの糸やレース、リボンなどが見える。ルイスの奥《おく》さんは、赤《あか》ん坊《ぼう》のファニーを抱《だ》いた姿だ。グリッグスさんは新しいジャケット用の生地《きじ》を裁断《さいだん》しているところだった。それから、デリーに棒を投げているベッツィとバーニーもいる。ベッツィとバーニーだけでなく、デリーも笑っている。そこには、泥《どろ》さらい用のバッグをさげたぼくの絵もあった。バッグからはチビのクィニーが顔をのぞかせている。

フローリーのお父さんは、ひとこと、あんまり長くならないようにと注意して、部屋に通してくれた。「フローリーはなんとか峠《とうげ》を越《こ》えて、いまは落ち着いたようすだよ。でも、あんまり疲《つか》れさせないでほしいんだ。かみさんを亡《な》くしたいま、かわいい娘《むすめ》まで失いたくないんだ」

「フローリーは強い子です、ベイカーさん。きっと、回復しますよ」

フローリーの顔は紙のように白かった。でも、グリッグスさんやバーニーの肌《はだ》に浮《う》きだしていた、あの恐《おそ》ろしい青いしみは見えない。それを見て、ぼくはきっとだいじょうぶだと思った。

「いらっしゃい、イール。昨日はきてくれなくてさびしかったよ」フローリーは片手をぼくのほうにさしだしながら、弱々しくいった。「今週はすごく心細かったんだから。母さんが病気にかかってからずっと……」

ことばがつづかなくなって、フローリーは泣きはじめた。

「つらかったね、フローリー」ぼくはフローリーの手をそっと握《にぎ》った。

しばらくして、フローリーがいった。「今日は木曜日だよね？　わたしね、寝《ね》こんでるあいだもずっと思ってたんだ。もし、わたしが死んだとしても、イールはきっと、スノウ博士を助けるって」

やせ細ったせいで、フローリーの目はとても大きく見えた。「ね、そうなんでしょ？　あんたとスノウ博士は謎《なぞ》を解いたんでしょ？」

「うん、ぼくたちやったよ。でも、話すと長くなるんだ。ぼくが気づくより前からはじまってたんだからね」

「全部話してちょうだい！」

ぼくは、フローリーの家の玄関前《げんかんまえ》でガスと会ったところからはじめた。ガスが、「突発的《とっぱつてき》な事例」について、重要なヒントをくれたあのときのことだ。それから、未亡人のイリーさんの話を確かめるために、デリーといっしょに、ハムステッドまで歩いていったことを話した。イリーさんの姪御《めいご》さんが、近所ではただひとりコレラで亡《な》くなったイズリントンのことも説明した。

そして、何か月も隠《かく》しとおしてきたヘンリーのことも話した。そこまで話したら、当然フィッシュアイ・ビル・タイラーの話になる。とうとうつかまって、親指ジェイクが助けにきてくれるまで、なにもかもおしまいだと思っていたことも。最後には、ラント街の近くでベッツィと叔母《おば》さんに会ったことや、グリッグスさんがいっていたデリーについてのことばが正しかったことも話した。デリーは方向感覚にすぐれているということだ。

「それからどうなったの？」フローリーは知りたがった。「そのあと、なにがあったの？　ねえ、教えてちょうだい！」

だから、ぼくは話した。

ぼくたちはどやどやと馬車に乗りこんだ。ぼくとベッツィ、デリーに親指ジェイク、ベッツィの叔母《おば》さんまでだ。その叔母《おば》さんの名前は、エディス・フランダースといった。馬車があんまりゆれたので、デリーはおびえてしまって、クーンクーン鳴きながらぼくのひざの上に乗ろうとした。デリーがぼくの足を前足でひっかくのを見て、ベッツィはくすくす笑った。それにつられて、親指ジェイクまでグフグフと声を立てて笑いはじめた。ジェイクの笑い声をきいたのはそれがはじめてだ。

御者《ぎょしゃ》のフランダースさんのことを、ベッツィの叔母《おば》さんはフィギーと呼んでいた。フィギーは馬をはげしくせき立てて、すごい勢いでウォータールー橋をわたった。エディスは馬車の窓から顔をだして、ずっと叫《さけ》びつづけた。「もっと速く、フィギー！　あんたにならできるよ！」

その部分を話しているとき、フローリーは目をキラキラさせていた。

「結局、馬車がひっくりかえることもなく、なんとかまにあったんだ」ぼくはいった。「スノウ博士が立っているテーブルのむこうには、何人かの男の人たちがすわっていた。それが、委員会のメンバーだったんだね。そのなかには、ブロード街に住む人はひとりもいなかった。どの人も年を取っていて威厳《いげん》たっぷりだったよ。白髪頭《しらがあたま》であごひげを生やしていて、まじめくさった顔をしてた。

ぼくがかけこんだとき、最初にきこえたのは、スノウ博士のいつものちょっと変わったかすれ声だった。博士はぼくたちが作った地図を広げていた。きっと、『コレラの感染様式について』を話してるところなんだろうと思った」

ぼくは、あの地図にそれぞれの家で亡《な》くなった人を示すマークをつけて、ブロード街の井戸《いど》を囲むように犠牲者《ぎせいしゃ》が広がっていることがひと目でわかるようにしたことを説明した。おかげで、その地図を見れば、コレラの原因が空気ではなく、水だということがはっきりわかるはずだ。

「それで、その人たちはスノウ博士のいうことを信じたの？」フローリーがささやくようにいう。

ぼくは首を横にふった。「いや、信じてくれなかった。その人たちがする質問をきいていると、ぜんぜん納得《なっとく》していないのがわかったんだ。すくなくとも、地域の人たちを混乱させてまで大好きな水を取り上げるほどまでには」

「それで、あんたはどうしたの？」

「ぼくは馬車からとびおりると真っ先にかけつけて、戸口に立っていた。ぼくは静かに話をきいてたんだけど、とつぜん、みんながぼくのうしろからとびこんできたんだ。ベッツィにフィギー、エディスとデリー、それにあの親指ジェイクもね」ぼくはそのときのことを思い出して笑った。それから鼻をつまんでみせた。「ジェイクはまちがいなくみんなの注目を浴びたよ。一斉《いっせい》にジェイクのほうを見てたからね。『いったい、これはなんの騒《さわ》ぎなんだ』紳士《しんし》のひとりがそういった。

スノウ博士はショックで声もでなかった。そこにいたホワイトヘッド牧師もおんなじさ。それで、すべてはぼくにかかっていたってわけなんだ」ぼくはフローリーにそういった。

「ぼくとデリーは前に進みでて、スノウ博士の隣《となり》にならんだ。『ぼくはスノウ博士の助手です』ぼくはそういったんだ。『ぼくはイールと呼ばれています。そして、この犬はデリーです。

ぼくたちはスノウ博士の説を証明する、突発的《とっぱってき》なケースを追いかけてきました。ぼくに話させていただければ、これ以上の犠牲者《ぎせいしゃ》をださないために、ブロード街の井戸《いど》のハンドルをはずすことを、みなさんもきっと認めてくださると思います』」

「すごいわね、まるで紳士《しんし》の息子《むすこ》みたいじゃない！」フローリーは顔を輝《かがや》かせて手をたたいた。

「それで、その人たちはなんていったの？」

「針《はり》を落とす音だってきこえそうなほど静まりかえってた。委員のひとりが、スノウ博士に顔をむけて、うめくような不愉快《ふゆかい》そうな声でこういったんだ。『スノウ博士、この浮浪児《ふろうじ》のいってることは本当なのかね？　まさか、ふざけてるわけではあるまいね？』『いいえ、ちがいます。さあ、この少年の報告をきこうではありませんか』スノウ博士はそう答えたよ。落ち着き払《はら》ってね。『わたし自身、ぜひともきいてみたいのです』それでぼくは、ハムステッドに住むスザンナ・イリーという未亡人が、毎日、ブロード街の井戸《いど》水《みず》を飲んでいたことを話したんだ。『イリー兄弟社のガスという若者が、週に何回か、小さな荷馬車で運んでいたんです』ぼくはそういった。『ぼくも八月二十八日の月曜日の朝に、そのガスがブロード街の井戸《いど》の水を汲《く》んでいるところを見ていますす』」

「そのとおりよ！」フローリーがいった。「わたしもそこにいたもの。あんたがクィニーを見つけてきた日よね？」

「そうだよ。昨日、きみんちの玄関口《げんかんぐち》でガスを見かけたとき、ぼくも思い出したんだ。それで、ガスからイリーさんが土曜日にコレラで亡《な》くなったってきいたんだよ」

「それで、それで、そのあとはどうなったの？」

ぼくは笑った。「ちょうどそのとき、親指ジェイクが部屋のうしろで騒《さわ》ぎを起こしはじめてね。ジェイクったらベッツィの叔父《おじ》さんのわき腹をこづいていったんだ。『おい、いまのきいたか？　あの子はな、泥《どろ》さらいだったんだぞ。だが、おれがあの子に新しい人生を歩むきっかけを与《あた》えてやったんだ。それがどうだ。いまじゃ、博士様そのものみたいにりっぱじゃないか』」

フローリーは笑いすぎて涙《なみだ》を流している。「それから？」

「さすがに委員長は顔を赤くして、ぴょんと立ち上がるといったんだ。『静粛《せいしゅく》に！　当委員会には厳粛《げんしゅく》を求める！』ってね。でも、ちょうどそのとき、スノウ博士も話しはじめた。ぼくが見つけた突発的《とっぱつてき》なケースについて、早くききたくてしかたなかったんだね。『みなさん、お願いです！　どうかこの子の話をきいてやってください』それからぼくに、話をつづけるように合図をしたよ」

ぼくはそこで息をついだ。「いいかい、フローリー。ここからは、そのときのぼくのスピーチを、そっくりそのまま再現するからね」

ぼくは立ち上がると、軽くおじぎをした。「ぼくはこういったんだ。『おじゃまが入って失礼しました。でも、未亡人のイリーさんの話をきいたぼくは、なんとしても、自分で確かめようと考えたんです。ぼくは、このデリーとハムステッドまで歩いていきました。そして、スザンナ・イリーさんが、ガスが運んだブロード街の井戸水《いどみず》を飲んで、コレラで亡《な》くなったことを確かめたんです。それだけではありません。そのあたりで、コレラで亡《な》くなった人はほかにはだれもいませんでした。その点は、スノウ博士が人口登録局で確認《かくにん》してくださると思います』」

ぼくはそこで息をついだ。フローリーが首をたてにふってつづけてと合図している。

「『しかも、まだつづきがあるんです。イリーさんの家の女中さんから、遊びにきていたイリーさんの姪御《めいご》さんもおなじ水を飲んだとききました。それで、ハムステッドをあとにして、今度はイズリントンまで歩いていきました。そこで姪御《めいご》さんの家を見つけだして確認《かくにん》しました。そのあたりでコレラで亡《な》くなったのは、その姪御《めいご》さんだけだったんです。みなさん、いまお話ししたことは、スノウ博士の説が正しいことの証拠《しょうこ》だと思います。コレラは水によって広がるんです。そして、今回の場合、それはブロード街の井戸水《いどみず》です。どうかみなさん、ゴールデン広場《スクエア》のまわりの人たちを守るために、博士がおっしゃるとおり、あのポンプのハンドルをはずすことに賛成していただきたいんです。そうすれば、もうこれ以上、ぼくの友だちや知り合いが死なずにすむんです』」

ぼくは息も絶え絶えになってそこでことばを切った。委員会でもそうだった。「ぼくはいままで、あんなに長い演説をしたことはなかったよ。ほんというとね、話し終えたときには、足ががくがく震《ふる》えてたんだ。スノウ博士が近づいてきて、肩《かた》を抱《だ》いてくれて助かったよ。そうじゃなければ、きっとその場で倒《たお》れてたからね」

「それで、その人たちは信じてくれたの?」フローリーがたずねた。「あのハンドルははずされるの?」

「明日の朝十時ちょうどにね。きみも元気になったら、ダニーとぼくとでつれていってあげるから、自分の目で見るといいよ。それに、すぐに日向《ひなた》ぼっこしながらゆで卵を食べられるようになるよ。エリザベス・ギャスケルさんが書いた『北と南』っていう新しい小説が今度の『ハウスホールド・ワーズ』誌にでるらしいんだけど、きみみたいに勇敢《ゆうかん》な女の子が主人公らしいんだ。それをいっしょに読もうね」

「わたしはぜんぜん勇敢《ゆうかん》じゃないわ。わたしはいままでも、すごくこわいの」

「だいじょうぶ、きっとよくなるよ。まちがいないから」

「うん、そうだね。すぐに日向《ひなた》ぼっこしながら本を読んだり、ゆで卵を食べたりできるようになるよね」

フローリーのお父さんがドア口にあらわれて、ゴホンと咳払《せきばら》いした。「そろそろ時間だよ、フローリーを休ませてやってくれ」

「また、明日の朝くるから」

「うん、まってるね」

それからぼくは、前かがみになって、フローリーのおでこにキスをした。

第24章　特別な一日

九月八日（金）

「いいかい、今日のことはしっかり覚えておくんだよ」次の日の朝、リージェント街の人ごみをおしのけて歩きながら、スノウ博士がそういった。興奮している声だ。

「今日、わたしたちは、迷信ではなく、科学の力で病気の伝染を防ぐんだ。いつかきっと、爆《ばく》発的《はってき》なコレラの発生が、過去のものになる日がくる。わたしもきみも、生きてその日を迎《むか》えることはできないかもしれないし、わたしの名前も忘れ去られているかもしれないけれどね。そして、コレラを消し去るために必要なのは、コレラがどのように繁殖《はんしょく》するかという知識なんだ」

ぼくはしばらくなにもいわなかった。博士のことばをいつまでも忘れないようにと、心のなかで何度もくりかえしていたからだ。

ブロード街に近づいたとき、ぼくはたずねた。「ねえ、スノウ博士、フローリーの家によって、ようすを見てくる時間はありますか？」

スノウ博士は、いってきなさいというように手をふった。「遅《おく》れるんじゃないよ」

ドアをあけたのはダニーだった。ぼくは、あんまりこわすぎて、凍《こお》りついたようにしばらく立ちつくした。

「そんな顔をしないで！」ぼくは思わず叫《さけ》んだ。

「真夜中にちょっと悪くなってね」ダニーはごしごしと目をこすった。泣いているんだろうか？「正直いって、おれたちみんな、恐《おそ》ろしかったよ」

「それで、いまは？」ぼくはせき立てるようにいった。「フローリーはだいじょうぶなの？」

「ああ、だいぶよくなった。水をたっぷり飲んだのがよかったみたいだな。もちろん、ブロード街の井戸《いど》水《みず》じゃないよ。もうだいじょうぶだろう」

「じゃあ、どうして目をこすってるの？」ぼくはできることなら、ダニーの肩《かた》をつかんでゆさぶりたいような気持ちできいた。「どうしてそんなに、ひどい顔をしてるの？」

「寝《ね》てたんだよ」ダニーはぼそっとつぶやいた。「おれたちみんな、ここ数日ではじめてぐっすりねむってたところだったんだ。そこにおまえさんがやってきて、ドンドンとドアをたたきはじめたってわけだ。おかげで起こされちまった。なあ、イール、またあとにしてくれないか」

そういって、ドアをとじかけたところで、ダニーの手が止まった。「ああ、そうだ。ちょっとまっててくれ。フローリーから預かり物があったんだ」

しばらくしてダニーは、紙を一枚持ってもどってきた。

「これは昨日の夜、おまえさんが帰ったあとに描《か》いたものだよ。フローリーが生きるか死ぬかってときにな。そのときに、これをおまえさんにわたすように約束させられたのさ。フローリーがいうには、今日はなにやら特別な日らしいな。おまえさんには、なんのことだか、わかってるっていってたが」

「うん、わかってるよ」ぼくはその紙を受け取った。

鉛筆《えんぴつ》でさらっと描《か》かれたスケッチだった。ブロード街の井戸《いど》のポンプだ。そのポンプにはハンドルがついていなかった。絵の下には日付があった。「一八五四年九月八日」と。

ダニーはあくびをしながらいなくなった。

ぼくはその紙を手にしたままドアの前に立って、大きな声で笑った。

「いまのきいただろ、デリー、フローリーはよくなってるってさ！」

ぼくは小さな人垣《ひとがき》を見まわした。スノウ博士は、この瞬間《しゅんかん》のために一生懸命《けんめい》働いてきた。ぼくもだ。フローリーはぼくたちがしていることを信じてくれた。この井戸《いど》のせいで、もう何百人もが死んでしまった。それなのに、ぼくたちを囲んでいる人たちは、納得《なっとく》していないようだ。「ここの水は、おれんちの貯水タンクのおぞましい水よりは、はるかにきれいだぞ」ぼくのうしろにいたお年寄りがいった。

ほかの人が声をあげる。「いったい、どこのどいつが、こんなふざけたことを思いついたんだ？　ブロード街の井戸水《いどみず》に悪いところなんかあるもんか。病気の元は汚《よご》れた空気に決まってるだろう。委員会はいったいなにをやってるんだ？」

ぼくは知り合いがいないかさがした。おどろいたことに、人垣《ひとがき》のうしろに、エドワード・ハギンズさんとエイベル・クーパーさんがならんで立っているのが見えた。ぼくはゴクンとつばを飲んだ。エドワードさんはぼくの目を見て、こっちにきなさいと合図した。

「先週、盗《ぬす》みの疑いで、兄貴がきみをクビにしたときいてるよ」エドワードさんはきびしい声でいった。「正直いって、ものすごくがっかりした」

「ぼくは盗《ぬす》みなんかしてないんです、ハギンズさん」ぼくは顔を上げ、しっかりとエドワードさんの目を見つめていった。「だけど……グリッグスさんをつれていくことはできませんでした。グリッグスさんは病気にかかってしまったから」

「じゃあ、どうして、疑いを晴らすために、もう一度姿を見せなかったんだ？」エイベル・クーパーさんがいった。「おまえさんは、なにもいわずに姿を消してしまった。あの子ネコを残してな」

ぼくは大きく息を吸った。ふたりには本当のことをいおうと、心に決めていた。そして、そのときがやってきた。けれども、それは思った以上にむずかしいことだった。

「ごめんなさい、クーパーさん。それに、本当にすみませんでした、ハギンズさん。ぼくはこわかったんです。それに……なにをいってもむだなんじゃないかと思ったんです。特に、グリッグスさんにぼくの無実を晴らしてもらうことができなくなってしまったので。グリッグスさんなら、ハグジ……じゃなくてハーバートのいってることをひっくりかえしてくれると思ってたから」

「つまりきみは、ぼくもきみのことを疑ってると思ってたってことなのかい？」エドワードさんがいった。

「でも、だけど、そうなんですよね？」ぼくはしどろもどろだった。

「それは、きみのふるまいを見ていればわかることさ」エドワードさんはスノウ博士に軽く頭を下げながらいった。「きみがぼくを見かけることはなかったかもしれないが、今週、ぼくは事務所から何度もきみを見かけたよ」

ぼくはゴクンとつばを飲んで、自分の足元に視線を落とした。次にエドワードさんがなにをいうのかこわかった。

「顔を上げなさい」エドワードさんがいう。

ぼくはあわてて顔を上げた。

「ぼくはきみが、たくさんの家族の手助けをするところを見たよ。それに棺桶《かんおけ》の運搬人《うんぱんにん》を助けてるのもね。スノウ博士といっしょに、あちこちを歩きまわっているのも見た。あの委員会のときには、ぼくもうしろのほうにいたんだよ」エドワードさんはくすっと笑いながら首を左右にふった。「あれはきっと、いつまでも忘れられないだろうな。そう、あのにおいもふくめてね」

エドワードさんの口の端《はし》がぴくぴくとひきつっていた。笑いださないように必死でがまんしてるんだ。

「というわけで、これが終わったら、ぼくに会いにきなさい。いいね、イール？　きみを元の立場にもどせるかどうかはわからないけどね。なにしろ、兄貴ときたら、がんこだから。それに、きみみたいに善良な人間を、わたしの甥《おい》といっしょに働かせることがいいことなのか、よくわからないんだ。それでも、いろいろときみの助けにはなれると思ってる」

「ありがとうございます。本当にありがとうございます、ハギンズさん」

エイベル・クーパーさんがポンとぼくの背中をたたいた。にっこり笑っている。「だがな、なにがあっても、あの子ネコを取りもどそうなんて考えるなよ。クィニーはいまじゃおれのもんなんだからな」

第5部

最後の死者、そして最初の患者《かんじゃ》

井戸水《いどみず》であろうと水道水であろうと、飲料、もしくは炊事《すいじ》に使用する水が、汚水溜《おすいだ》めや家庭からでる下水などに汚染《おせん》されないよう、細心の注意が払《はら》われるべきである。さらに、万が一、水に汚染《おせん》の疑いがある場合には、じゅうぶんに煮沸《しゃふつ》し、できるならば、フィルターで漉《こ》すべきである。

ジョン・スノウ博士『コレラの感染様式について』（一八五五年）

第25章　明かされた謎《なぞ》

あの日のあと、次の週にまでまたがって、ぼくたちは犠牲者《ぎせいしゃ》のでた家をまわり、話をきいた。コレラの新しい患者《かんじゃ》は目に見えて減ってきていた。ぼくはそのことをスノウ博士に話した。

「どうやら、うまくいったようだね、イール」

「それってつまり、井戸《いど》のポンプのハンドルをはずした効果が、もうでているってことですか？」

「さて、もしかしたら、水のなかに新しい毒が入りこまなければ、どっちみちそろそろ流行はおさまるころだったのかもしれないな。ただ、ポンプのハンドルをはずしたことで救われた命もあっただろうね」

博士はため息をついた。「もうすこし早ければ、もっとたくさんの人を救えたんだがね」

ぼくたちには、わからないことがまだまだたくさんある。そもそも、いちばん最初にあの水にどうしてコレラの毒が入ってしまったのかとか。

「結局、わたしたちにはわからないのかもしれない」ある日の夜、スノウ博士は書斎《しょさい》でそういった。「それに、指針症例《ししんしょうれい》も見つけられないかもしれない」

「指針症例《ししんしょうれい》っていうのは？」ホワイトヘッド牧師がたずねた。

そう、ホワイトヘッド牧師もそこにいたんだ。あの事件をきっかけに変わったことのひとつだ。ホワイトヘッド牧師とスノウ博士は、共同で仕事をするようになっていた。ふたりともセント・ジェイムズ・コレラ調査委員会にまねかれて参加していた。今回のコレラの流行を公的に調査する委員会だ。ホワイトヘッド牧師は犠牲者《ぎせいしゃ》のでたたくさんの家族と話をしていたし、スノウ博士の考えもじっくりときいて、スノウ博士の説が正しいと信じるようになっていた。いまでは、スノウ博士の説を世間に広めるいちばんの支持者だ。

「指針症例《ししんしょうれい》というのは、いちばん最初の患者《かんじゃ》のことだよ」スノウ博士がいった。

「それはグリッグスさんじゃないんですか？」ぼくはすわっていた暖炉《だんろ》のそばからきいた。足元にはデリーが寝《ね》そべっている。夜になると冷えこむようになっていて、ウェザーバーンさんは、ぼくをキッチンにおいた簡易ベッドで寝《ね》させてくれるようになっていた。「あなたの将来がはっきりするまでですよ」ウェザーバーンさんはそういっているけれど。

スノウ博士は首を横にふった。「グリッグスさんが指針症例《ししんしょうれい》のようにも見えるね。なにしろ、わたしたちが知るなかではいちばん最初に病気にかかって亡《な》くなっているんだから。だが、わたしたちは、ブロード街の井戸水《いどみず》がどうしてコレラの毒に汚染《おせん》されたかを説明する症例《しょうれい》を見つけなければならないんだ。最初の三日間で死んだ人はほかにもいる。金曜と土曜だけでも七十九人にのぼるんだ。その人たちは、グリッグスさんとほぼおなじ時期にコレラにかかっているように見える。そして、その人たちがコレラにかかったのは、コレラの毒が井戸水《いどみず》にしみこんだからなんだが、どのようにしてしみこんだのかはわかっていない」

「つまり、最初にコレラにかかった人がいて、その人から井戸《いど》の水に毒が入りこんだということなんですね」ホワイトヘッド牧師がじっくりと考えながらいった。「だが、ぼくたちはまだ、それがだれなのかを突《つ》きとめていないし、どうしてそんなことが起こったのかもわからないってことか」

アニーのお父さん、トーマス・ルイス巡査《じゅんさ》は今回の流行の最後の犠牲者《ぎせいしゃ》だった。ルイスさんは九月十九日の火曜日に亡《な》くなった。

ぼくはそのすぐあとに、ミセス・ルイスに会いにいった。お悔《く》やみの気持ちを伝えて、新鮮《しんせん》な卵とアニーのために刺繍糸《ししゅういと》を持っていった。どちらもウェザーバーンさんがくれたものだ。それに、アニーには、フローリーといっしょにまたスノウ博士の動物たちを見にくるように招待したかった。

「あんたは本当に動物が好きなんだねえ。しばらく前に、井戸《いど》のそばで見かけたとき、あんたのバッグのなかでなんだか知らないけど、小さな動物がもぞもぞしてるのが見えたわよ」ミセス・ルイスはそういった。「あの日の朝、わたしはそれどころじゃなくて、ちゃんときくこともできなかったけどね」

「あれはネコだったんです。いまもライオン醸造所《じょうぞうしょ》にいます」ぼくはにやりと笑った。「親方のクーパーさんは、あの子にめろめろなんですよ」

ぼくはチビのクィニーを見つけた朝のことを思いかえした。ガスが井戸《いど》のところで順番まちをしていた。ハムステッドのスザンナ・イリーさんに届ける水を汲《く》むためにだ。

「ねえ、ルイスさん」ぼくはとつぜんたずねた。「あのとき、ファニーが病気だっていってましたよね？」

「ええ、かわいそうなことしたわね」ミセス・ルイスはため息まじりに答えた。「土曜日まではがんばったんだけど。ロジャーズ先生がおっしゃるには、あの子は小さすぎたから、下痢《げり》で体力が落ちて、回復できなかったんだろうって」

「だけど、ロジャーズ先生は、ファニーがコレラだとは思ってなかったんですか？」ぼくの頭のなかでは、いろんな可能性がぐるぐるまわっていた。

「いえいえ、先生はそうは思ってらっしゃらないわ。どっちみち、ファニーが病気になったのは、八月の最後の月曜の朝だったからね。あの子は、ほかのだれも病気にかかってないときに悪くなったんだから。あの『大いなる災厄《さいやく》』がはじまる前にね」

ほかのだれも病気にかかっていないとき。ファニーはグリッグスさんが病気にかかる三日前にぐあいが悪くなっていた。ロジャーズ先生の見立てが正しくなかったとしたらどうだろう？

ぼくは走ってフローリーを見つけだし、いっしょにホワイトヘッド牧師のところへいった。

その日の夜、ぼくたちはみんなスノウ博士の書斎《しょさい》にそろっていた。スノウ博士とホワイトヘッド牧師は、長い時間、ぼくの話をきいてくれた。

それから二、三日後、ブロード街四十番地の地下室に、セント・ジェイムズ・コレラ調査委員会のメンバーが集まった。ミセス・ルイスの話をきくためにだ。ミセス・ルイスは、ファニーが病気だった週のあいだずっと、おむつをバケツで洗って、その水を地下室の汚水溜《おすいだ》めに捨てていたといった。

委員会は検査官のヨークさんを呼びだして、汚水溜《おすいだ》めと汚水溜《おすいだ》めから下水管につながるパイプを掘《ほ》り起こさせた。ヨークさんは、汚水溜《おすいだ》めを囲っていたレンガがくずれているのを見つけた。そして、汚水溜《おすいだ》めとブロード街の井戸《いど》のあいだに、人間の糞尿《ふんにょう》まみれの泥《どろ》がたっぷりたまっていることも発見した。しかも、その汚水溜《おすいだ》めと井戸《いど》とは八十センチほどしか離《はな》れていないことも突《つ》きとめた。

つまり、こういうことだ。

ブロード街の井戸《いど》は、ミセス・ルイスがファニーのおむつを洗った水を捨てたブロード街四十番地の地下室の汚水溜《おすいだ》めの壁《かべ》からしみだした水で、汚《よご》されていたということだ。

ファニー・ルイスの死因は、下痢《げり》による体力低下と報告されていた。でも、それは真実ではなかった。

「ファニー・ルイスは最初の患者《かんじゃ》だった。つまり、指針症例《ししんしょうれい》だ」スノウ博士はいった。「その子がどうしてコレラにかかったのかは、これからもわからないでしょう。しかし、おむつについたコレラの毒が井戸《いど》にしみこんで、ブロード街の井戸水《いどみず》を汚《よご》したのはまちがいありません」

ファニーの死因はコレラだった。そのあと、六百十五人の命を奪《うば》ったコレラだ。

「スノウ博士、ファニーが死んだのは、ポンプのハンドルをはずす一週間前の土曜日でした」

ぼくはパズルを解こうと話しはじめた。「それならどうして、流行は二週間目におさまりはじめたんですか？」

「コレラの毒がどれくらい生きているのかわかっていないが、すくなくとも、ルイスさんは九月二日の土曜日以降、ファニーのおむつを洗った水を汚水溜《おすいだ》めには捨てていないんだ」スノウ博士は説明した。「それで、ハンドルをはずした九月八日には、流行はすでに終わりかけていたんだろう。コレラの毒があの井戸水《いどみず》からなくなって、新しく病気にかかる人は減っていった。もちろん、そのときはまだ家にためていたあの井戸水《いどみず》を飲んでいた人はいたんだがね」

フローリーが口をはさんだ。「でも、ファニーのお父さんもコレラにかかったんですよね？」

スノウ博士はうなずく。「ルイス巡査《じゅんさ》は、流行が終わりかけた九月八日にコレラにかかっている。ちょうど、ポンプのハンドルをはずした日だね」

ぼくはその意味を考えた。「ということは、もし、ミセス・ルイスが、ファニーのときとおなじようにルイス巡査《じゅんさ》の汚物《おぶつ》を地下室の汚水溜《おすいだ》めに捨てていたとしたら、コレラの毒は井戸水《いどみず》にしみこみつづけたということですね」

「そのとおりだよ」そういったのはホワイトヘッド牧師だった。「けれども、きみとスノウ博士が委員会を説得したおかげで、ルイス巡査《じゅんさ》がコレラにかかったあとは、だれもあそこの井戸《いど》水《みず》を飲めなくなった」

「ルイス巡査《じゅんさ》は十一日間もがんばりつづけたんだがね」スノウ博士がしみじみいった。

「もし、スノウ博士がいらっしゃらなかったら、その十一日のあいだもコレラはあばれつづけていたということなんですね」紅茶のおかわりをつぎながら、ウェザーバーンさんがいった。

博士はにっこり微笑《ほほえ》んで、そのカップをぼくにむかってひょいと上げた。「わたしときみだよ、イール。もしきみがイリー夫人のケースを突《つ》きとめていなかったら、委員会もおなじ決断は下せなかっただろうからね」

バーニーや、ほかの人たちは、もう決して生きかえることはない。けれども、ぼくたちは事態を変えた。ブロード街の井戸《いど》のハンドルをはずして、たくさんの命を救ったんだ。

第26章　ぼくたちの未来

あとひとつだけ、話しておかなくてはいけないことがある。

ある日の夜、スノウ博士の家に、ぼくが死亡者のリストを書き写した人口登録局のファー博士がいるのを見ておどろいた。それに、エドワード・ハギンズさんと、やさしそうな女の人もいた。エドワードさんはその人を自分の妻だと紹介《しょうかい》した。

スノウ博士にとっては、ふだんならまねくことのない大人数だ。そこにはホワイトヘッド牧師とヘンリーまでいたんだから。

ヘンリーのことに関しては、ウェザーバーンさんにはいくら感謝してもしきれない。ぼくの事情を知ったウェザーバーンさんは、すぐに馬車を呼んで、ぼくといっしょにミッグルさんのところへヘンリーをつれにいった。それから、ぼくたちに服を買ってくれて、学校にもいかせてくれた。

「もし、フィッシュアイというその悪党が、ふたたびあなたのあとを追うようなことがあれば、その男をまちがいなく囚人《しゅうじん》として流刑地《るけいち》のオーストラリア送りにさせてみせます」ウェザーバーンさんはそう息巻いた。「なにしろ、スノウ博士は女王様ともお知り合いなんですから」

それでも、スノウ博士がぼくたちのめんどうをみることができないのは、ぼくにもわかっていた。博士には仕事が第一だし、家にもほとんどいない。今後、ぼくたちがどうなるのかは、まったくわからなかった。その日の夜までは。

最初に口をひらいたのはファー博士だった。「スノウ博士にまねかれてわたしがここにやってきたのは、きみたちの過去に光を当てるためなんだ」

ヘンリーはぴったりぼくに寄りそって大きな声でささやいた。「あの人はいったい、なにを話してるの？　光を当てるってどういうこと？」

スノウ博士がにっこり笑った。「心配しなくていいんだよ、ヘンリー。ファー博士は、ただ、きみたちの家族について、知っていることを話しにきただけなんだから」

ファー博士はぼくに話しかけた。「もしきみが、イールなんていうおかしなあだ名を使っていなければ、きっと、もっと早く気づいていただろうと思うよ。けど、あの日きみに会って、その特徴的《とくちょうてき》な瞳《ひとみ》を見てから、ずっと考えつづけていたんだ。たまたま、ぼくは記録を保管する役所に勤めているもんだから、ちょっとばかり調べてみたんだよ。やっぱり思ったとおりだった。いいかい、ふたりとも、ぶっ倒《たお》れたりしないでしっかりきいておくれ」ファー博士はぼくとヘンリーにそういった。「きみたちが小さかったころ、きみたちのお父さんは、ぼくの下で働いていたんだよ。彼《かれ》もきみとおんなじ目をしていたよ、イール」

「それって、ぼくたちの父さんは、記録の保管をする仕事をしていたということなんですか？」ぼくはたずねた。

ぼくは、サマーセット・ハウスで事務員さんたちにまじってスノウ博士のためにリスト作りをしたあの日のことを思い出していた。亡《な》くなった人の記録を保管する仕事は取るに足らないようなことに見えるかもしれない。でも、ぼくはスノウ博士に教わった。そうした情報は、ときに物事をすっかり変えることができるということを。人の命だって救えるんだ。

「きみたちのお父さんが亡《な》くなってから、きみたちふたりの足取りは絶えてしまった」ファー博士がつづける。「きみたちのお母さんはすっかり落ちこんで、再婚《さいこん》したときいたよ、とんだ悪党とね。お母さんが亡《な》くなってからは、きみたちふたりのことはすっかりわからなくなってしまった」

ヘンリーはぽかんと口をあけている。気づくとぼくの口もぽかんとあいていた。ファー博士の話はこの先、どうつづくんだろう？

「あの日、わたしはとうとうきみを見つけたと思ったよ。だが、確信はできなかった。きみのお父さんは、きみがとても小さかったころ、一度、きみをつれてきたことがあったんだ。きっときみは覚えていないだろうな。きみたちのお父さんは、いつもきみたちのことを自慢《じまん》していたよ」

父さんは人口登録局で働いていた！　父さんはスノウ博士が頼《たよ》りにしたデータの保管にかかわっていたんだ。

「というわけで、きみたちの過去は明らかになったようだね」スノウ博士がいった。

それだけじゃなかった。

「それでは、ここからはきみたちの未来の話だ」スノウ博士がいう。博士がエドワード・ハギンズさんに合図をした。エドワードさんが話しはじめた。

「思っていたとおり、きみを元の立場とおなじかたちで雇《やと》うことはできなかったよ。けれども、ひとつ提案したいことがあるんだ。ぼくと妻は数年前、ひとりっ子だった赤《あか》ん坊《ぼう》をインフルエンザで亡《な》くしてしまってねえ」エドワードさんは手をのばして奥《おく》さんの手を握《にぎ》った。

「イールとヘンリー、もし、きみたちさえよければ、わたしたちといっしょに暮らさないか？　もちろん、きみたちふたりとも学校に通わせるよ。きみが望むなら、いつかスノウ博士のあとを追って、お医者さんにだってなれるかもしれないよ」

もし、ぼくがお医者さんになったら、スノウ博士が自分の説を証明するためにしたように、ぼくも実験をして、世の中を変えることができるかもしれない。そして、いつか、もしじゅうぶんな稼《かせ》ぎを得られるようになったなら、フローリーに絵を学ぶチャンスを与《あた》えることだってできるかもしれない。フローリーが地図や医学的な図表を描《か》くことで、人々の生活をより健康的で、いいものにする姿が目に浮《う》かぶようだった。フローリーもきっと気に入るだろう。

ぼくのまわりで、大人の人たちが拍手をしている。ヘンリーは恥《は》ずかしそうに笑いながら、ぼくのわき腹に顔をうずめている。ぼくにはもうひとつだけ質問があった。

「ああ、それならもちろんだいじょうぶだよ」エドワードさんは答えた。「デリーも大歓迎《だいかんげい》さ」

エピローグ

一八五五年九月二十六日（水）

ぼくとヘンリー、そしてフローリーは、スノウ博士とホワイトヘッド牧師に招待されて、セント・ジェイムズ教区委員会に出席した。

ブロード街の井戸《いど》のポンプからハンドルがはずされて、もう一年以上がたっている。近所の人たちは、元どおりにもどすように請願《せいがん》をだしていた。井戸《いど》は修理されて、地下で汚《よご》れた水がしみこむ心配はなくなっていた。それに、あのあと、この近所でコレラの発生はない。委員会の投票の結果、井戸《いど》のポンプにハンドルをもどすことになったけれど、それは当然だといってよかった。

委員会が終わるとぼくたちは、スノウ博士とホワイトヘッド牧師に心をこめてさよならをいって別れた。ふたりはコレラの伝染についての論文を書いていて、これから、お茶を飲みながらおたがいの草案を比較《ひかく》検討するということだった。フローリーの雇《やと》い主《ぬし》はとても進んだ考え方を持ったメアリー・ティールビーさんという人で、スノウ博士の地図作りでフローリーが果たした役割のことを知ると、特別に、フローリーの外出を許してくれた。以前、スノウ博士が直接ティールビーさんをたずねて、フローリーに地図の仕上げを手伝ってもらいたいとたのんだことも効いていた。

フローリーとヘンリー、それにぼくは歩きながら、この一年のおたがいの暮らしぶりや、変わったことを伝えあった。先頭に立っていたぼくの足は、なぜだかブラックフライアーズ橋を目ざしていた。

「あんまり、遅《おそ》くなるまえに帰らないと」ヘンリーがいった。ヘンリーはエドワードさんの家での暮らしがとても気に入っている。もちろん、ぼくもそうだけど。ぼくにとっては、もう一度、息ができるようになったという感じだった。くず拾い以上のことに頭を使うチャンスを得たといってもいい。

橋につくと、ぼくは橋から身を乗りだして、テムズ川の暗い流れを見下ろした。泥《どろ》のなかをはいずりまわり、頭のてっぺんからつま先まで泥《どろ》まみれの泥《どろ》さらいだったころのことを思い出していた。

「最近、親指ジェイクとは会ってるの?」フローリーがやさしくたずねた。

「いや」ぼくは片手をデリーの頭においてひき寄せながら答えた。「もう、ずいぶん会ってないんだ」

でも、ジェイクということばをきいたとたん、あの「大いなる災厄《さいやく》」がはじまった朝のことをはっきりと思い出した。「おれたちは、みんな川くず屋の仲間だろ？　この土地でなんとか一日一日を生きていかなくちゃならんのだ。お天道様《てんとうさま》の下で平等にな。ルールを守って、いたわりあわなくちゃならんのだ」ジェイクはそういっていた。

ぼくたちは、精いっぱいやってきた。スノウ博士やホワイトヘッド牧師、フローリーとぼくは。親指ジェイクはどうしているんだろう。奥《おく》さんのヘーゼルと子どもたちのところにもどっていたらいいのになと思った。ただ、そんなことにはなっていないような気がしていた。ジェイクはいろいろと厄介《やっかい》ごとをかかえていたから。

けれど、去年の夏、大いなる災厄《さいやく》がブロード街を襲《おそ》ったとき、厄介《やっかい》ごとをかかえたのはぼくたち全員、おなじだったことをもう一度思い出した。

そして、どうにかして、ぼくたちは生き残ったんだ。

著者の覚え書き

執筆のきっかけ

数年前、わたしはスティーブン・ジョンソン著の『The Ghost Map』と出会いました。スノウ博士と一八五四年に起こったブロード街でのコレラ大発生のことを語ったノンフィクションです。本作はこの本から受けたインスピレーションを元に書き上げたものです。いくつかのできごとは事実よりも短い数日のあいだにおしこめていますし、イールやフローリーといった、謎解《なぞと》きに重要な役割を果たす登場人物は創造しました。

実在のスノウ博士は、いまではとても有名な地図を考案しました。コレラの犠牲者《ぎせいしゃ》が、ブロード街の井戸《いど》の周辺に集中していることを明確に示した地図です。ブロード街の井戸水《いどみず》を飲み、亡《な》くなったスザンナ・イリーの息子《むすこ》もふくめた住人にインタビューをおこなうことで、スノウ博士はブロード街の井戸水《いどみず》とコレラの因果関係をはっきりと示すことができたのです。

九月七日にひらかれた委員会でのスノウ博士の証言のおかげで、九月八日、ポンプのハンドルははずされました。この日は、科学的な仮説に基《もと》づいて市民を守るために行動が取られた、公衆衛生の歴史上とても重要な日になったのです。その年の秋、スノウ博士とホワイトヘッド牧師は、セント・ジェイムズ教区コレラ調査委員会からコレラの研究をつづけるよう、要請《ようせい》を受けています。

ルイス家の赤《あか》ん坊《ぼう》フランシス（ファニー）が流行の最初の患者《かんじゃ》、指針症例《ししんしょうれい》であることを突《つ》きとめたのは、ヘンリー・ホワイトヘッド牧師です。この発見に導かれて、一八五五年の春、ブロード街四十番地の汚水溜め《おすいだ》が掘《ほ》りかえされました。検査官のヨシャパテ・ヨークは、汚水溜め《おすいだ》を囲っていたレンガがくずれていたと報告しています。ブロード街の井戸《いど》からは一メートルほどしか離《はな》れておらず、まわりを取り囲む土には人糞《じんぷん》がたまっていたとも報告しています。つまり、サラ・ルイスが赤ん坊《あかぼう》のおむつを洗った水を汚水溜め《おすいだ》に捨てたことによって、コレラの菌《きん》がレンガの外へしみだして、井戸水《いどみず》を汚染《おせん》していたのです。

現在、スノウ博士は疫学《えきがく》と麻酔学《ますいがく》両方のパイオニアとして、広く知られています。しかし、わたし個人は『The Ghost Map』を読むまでその名を知りませんでした。もっと多くのことを知るために、わたしはたくさんの本を読み、ウェブサイトにあたり、博物館や、医学の歴史の専門図書館であるロンドンのウェルカム図書館をふくむたくさんの図書館を訪れました。

ついには、かつてブロード街と呼ばれていたブロードウィック街にも立つことになりました。そこには例のポンプのレプリカと、井戸《いど》のあった位置を示すピンクの大理石の碑《ひ》が立っていました。一八五四年当時がそうであったように、二〇一一年にも、そこはにぎやかな地区の中心でした。当時の生活を想像しながら、わたしは思わずしゃがんで手をのばし、その石にふれていました。このようにして、本書は形になったのです。

登場人物について

本書には、実在した人物とわたしが創造した人物が登場しています。イール、ヘンリー、フローリー、フィッシュアイ・ビル・タイラー、グリッグスの家族、エイベル・クーパー、赤毛のネッド、そして、親指ジェイクは創造した人物です。スノウ博士、ホワイトヘッド牧師、ウィリアム・ファー博士、そして、スノウ博士の家政婦ジェーン・ウェザーバーンは実在した人物です。さらに、ジョンとエドワードのハギンズ兄弟は、実際にライオン醸造所《じょうぞうしょ》の経営者でした。ただし、どちらかが紳士的《しんしてき》な人物ではなかったとするような根拠《こんきょ》はなにひとつありません。ふたりの甥《おい》っ子《こ》であるハグジーは創造した人物です。

ブロード街四十番地には仕立て屋の「G氏」が住んでいましたが、本書ではグリッグスさんになりました。トーマス・ルイス巡査《じゅんさ》とその妻サラも四十番地の住人でした。ふたりには息子《むすこ》がひとりと幼い娘《むすめ》フランシス、そして、娘《むすめ》のアニーがいました。アニーはのちの国勢調査に刺繍業者《ししゅうぎょうしゃ》との記載《きさい》があったので、本書ではアニー・リボンになりました。ハムステッドに住んでいたスザンナ・イリーは、軍需《ぐんじゅ》工場の経営者の未亡人でした。ブロード街の井戸水《いどみず》を好んでいたことが知られており、息子《むすこ》たちが毎日瓶《びん》につめて届けていました。

以下に、主要な登場人物について、もうすこし述べてみましょう。

ジョン・スノウ博士（一八一三年～一八五八年）

ジョン・スノウは九人きょうだいのいちばん年上として、ヨーク市に生まれました。父ウィリアムは未熟練工でしたが、農園主にまで出世します。両親は子どもたちにちゃんとした教育を与《あた》えようと考え、ジョンも十四歳《さい》まで学校に通いました。

一八二七年、ジョンは十四歳《さい》で親元を離《はな》れ、ニューカッスル・アポン・タインという炭鉱町へ旅立ちます。家族で親交のあった外科医兼薬剤師《けんやくざいし》のハードキャッスルの元で見習医となるためでした。ジョンがはじめてコレラ患者《かんじゃ》に出会ったのは、一八三一年、この地でのことでした。一八三六年にはロンドンに移動して医者修業をつづけ、二年後ロンドンで正式に医者になりました。

一八四六年、ロンドンの歯科医ジェイムズ・ロビンソンは、イングランドではじめてエーテルを使用しました。エーテルやクロロホルムといったガスは大変重要なものです。苦痛をあたえずに外科手術や歯科治療《ちりょう》ができるからです。ジョン・スノウも独自に麻酔《ますい》の研究をはじめ、モルモットやハツカネズミ、カエルなどを使ってさかんに実験し、吸入マスクを開発し、医者や歯科医を補助するようになります。一八五三年には、ビクトリア女王がレオポルド王子を出産する際、クロロホルムを投与《とうよ》するほどの卓越《たくえつ》した技術を持っており、名声がとどろいていました。同時に、スノウ博士はコレラの研究もつづけていました。一八五四年にブロード街でコレラが大流行する以前から、コレラの発生とロンドンの水の供給との関連を研究していました。

一八五四年にブロード街での調査で成功をおさめたとはいえ、コレラが水が原因で発生する病気であるとするスノウ博士の説が完全に認められるのは一八六六年のことでした。それには、ヘンリー・ホワイトヘッド牧師の助力も大きな役割を果たしたと考えられています。しかし、不幸にも、スノウ博士はこうした進展を見届けることができませんでした。心臓疾患《しっかん》に苦しみ、一八五八年六月十六日に亡《な》くなっています。まだ四十五歳《さい》の若さでした。現在、ジョン・スノウ博士は麻酔学《ますいがく》と疫学《えきがく》のパイオニアとしてその名をとどめています。

ホワイトヘッド牧師（一八二五年～一八九六年）

ヘンリー・ホワイトヘッドは医学に関しても公衆衛生に関しても一切《いっさい》学んでいません。父親が校長を務めていた学校のあるラムズゲートで生まれ、オックスフォード大学に入学、一八五〇年に学位を得ています。ロンドンでの最初の任務はベリック街にあるセント・ルークス教会の副牧師でした。ホワイトヘッド牧師は、ジョン・スノウ博士のコレラに関する説には、スノウ博士とともにセント・ジェイムズ教区のコレラ委員会に参加するまで賛成はしていませんでした。スノウ博士の説を信じるようになったのは、スノウ博士がブロード街の住人からききこみを重ねた末に一八五五年一月に完成させた論文を読んでからです。

一八六五年と六六年に、ふたたびコレラが発生した際、ホワイトヘッド牧師はスノウ博士の研究を大衆に思い出させる記事を発表しました。一八七四年にブランプトンに新しい地位を得てロンドンを離《はな》れる際、ホワイトヘッド牧師の栄誉《えいよ》をたたえるお別れの晩さん会がひらかれました。その際のスピーチのなかで、ホワイトヘッド牧師はスノウ博士のことを「今世紀にあらわれた、人類にとっての最大の恩人」だと語っています。

ウィリアム・ファー博士（一八〇七年〜一八八三年）

ウィリアム・ファーはシュロップシャー州の村で大家族のもとに生まれました。地方の篤志家《とくしか》、ジョセフ・プライスの経済的支援《しえん》で、医者になる教育を受けました。やがて医学的な統計に関心を持つようになり、医者に患者《かんじゃ》の死因の正確な記録を残すよう勧《すす》めます。一八三八年にはイングランドおよびウェールズの人口登録局に入局、医学的な統計収集の責任者となり、退職する一八八〇年まで人口登録局に在籍《ざいせき》しました。

ファー博士がコレラ蔓延《まんえん》の原因が汚染《おせん》された水だと信じるようになるには時間がかかりました。ジョン・スノウ博士の死後八年たった一八六六年にふたたびコレラが流行するまで、スノウ博士の説を完全には認めていませんでした。今日、ファー博士は、公的な保険機関にデータを提供し、他国でも参考となる人口動態統計の開発者として記憶《きおく》されています。

時代背景

本書はビクトリア女王の時代のロンドンが舞台《ぶたい》となっています。ビクトリア女王は、一八三七年から逝去《せいきょ》した一九〇一年までイギリスを統治しました。英国史上、また女性として、世界でいちばん長い統治期間です。

本書が幕をあける一八五四年の夏、ロンドンは人口二百万人をかかえて、急速に発展していました。イールの時代のロンドンには、廃品《はいひん》回収のさまざまな業者がいました。屎尿《しにょう》処理業者は汚水溜《おすいだ》めの汲《く》み取《と》りをし、川くず屋、泥《どろ》さらいたちは、テムズ川から再利用可能な木材や石炭などを集めていました。繊維《せんい》専門の廃品《はいひん》回収業者や骨の収集業者、革製品《かわせいひん》をなめす際に使用する犬の糞《ふん》を専門に集める業者もいました。しかし、衛生状態は廃品《はいひん》回収業者の手にあまりました。ロンドンには人間や家畜《かちく》など動物の排泄物《はいせつぶつ》を処理する下水のシステムがなかったのです。水洗トイレからでる汚物《おぶつ》をはじめ、そのほとんどのいきつく先はテムズ川でした。

一八五八年の夏『大悪臭《だいあくしゅう》』と呼ばれる猛烈《もうれつ》な悪臭《あくしゅう》に襲《おそ》われてはじめて、ロンドンでは近代的な下水システムを構築するようながす法律が制定されたのです。総延長距離《きょり》百三十キロにのぼる下水が設置されるまでには、十六年の歳月《さいげつ》と三億一千八百万個のレンガを要しました。ロンドンの都市計画技師ジョセフ・バザルジェットが設計、指導したのですが、それはまた別の物語！

過去そして現在のコレラ

コレラの原因はコレラ菌《きん》です。コレラ菌《きん》を顕微鏡《けんびきょう》ではじめて確認《かくにん》したのは、一八八三年、ドイツ人科学者ロベルト・コッホとされていますが、ブロード街でコレラが大流行したおなじ年、一八五四年に、イタリア人科学者フィリッポ・パチーニ（Filippo Pacini）が発見していました。一九六五年、このパチーニの忘れられていた功績をたたえて、コレラ菌《きん》の学名は正式に、Vibrio chorerae Pacini 1854 となりました。

スノウ博士の学説のとおり、コレラは主にコレラ菌《きん》に汚染《おせん》された水を介《かい》して広がります。以下はインターナショナル・メディカル・コープス（IMC）のウェブサイトからの引用です。

コレラは腸内感染による重篤《じゅうとく》な下痢《げり》を引き起こす伝染病で、健康な成人でも、数時間で死に至ることがある。潜伏《せんぷく》期間は、短くて二時間ほどから五日ほどまでで、水のようなはげしい下痢《げり》をともなう症状《しょうじょう》が引き金となり、極度の脱水症状《だっすいしょうじょう》と腎臓《じんぞう》障害を引き起こす。潜伏《せんぷく》期間が短いため、コレラはかんたんに爆発的《ばくはつてき》な大流行を起こしやすい。（中略）コレラはコレラ菌《きん》を経口摂取《せっしゅ》することで発症《はっしょう》する。コレラ菌《きん》に汚染《おせん》された糞便《ふんべん》や水、食物によって感染が広がるが、その原因は不衛生な環境《かんきょう》や手を洗わないなどの生活習慣による。

(International Medical Corps."Basic Facts on Cholera." http://internationalmedicalcorps.org/page.aspx?pid=475)

スノウ博士は「コレラの大流行は過去のことだ」といわれる日がくることを強く願っていました。しかし、世界のあちこちで現在でも毎年何万人もの命がコレラによって奪《うば》われています。世界保健機関の二〇一二年のデータによると、毎年、三百万人から五百万人が感染し、十万人から十二万人が死亡しています。

二〇一〇年一月十二日にハイチで起こったはげしい地震《じしん》のあと、コレラが流行しました。ハイチでは五十年以上コレラの発症《はっしょう》はなかったのですが、地震《じしん》後水が汚染《おせん》されたことが原因となり、二〇一二年までに五十万人以上のコレラ患者《かんじゃ》がでて、七千人以上が亡《な》くなっています。

コレラの主な治療法《ちりょうほう》は単純といっていいものです。脱水症状《だっすいしょうじょう》に対抗《たいこう》するための、経口輸液と呼ばれる方法で、電解質液を飲ませるのです。点滴《てんてき》が必要になることもあります。ゴールデン広場《スクエア》周辺の住人たちも、きれいな水を大量に飲んでいれば、青い恐怖《きょうふ》からのがれることができたかもしれません。

ジョン・スノウ博士のことば

本書に登場する台詞《せりふ》のほとんどは、実在の人物のものも、創造上の人物のものもわたしが創作したものです。しかしながら、ヘンリー・ホワイトヘッド牧師によって引用されている、ジョン・スノウ博士の次のことばだけは、どうしてもそのまま生かしたいと考え、作品中に登場させせました。

「いつかきっと、爆発的《ばくはつてき》なコレラの発生が、過去のものになる日がくる。わたしもきみも、生きてその日を迎《むか》えることはできないかもしれないし、わたしの名前も忘れ去られているかもしれないけれどね。そして、コレラを消し去るために必要なのは、コレラがどのように繁殖《はんしょく》するかという知識なんだ」

★本書には一部配慮すべき用語が含まれていますが、歴史的背景を尊重し、使用しております。ご了承ください。

ブロード街の12日間

2014年11月20日　初版発行
2020年　5月30日　７刷発行

著者　デボラ・ホプキンソン
訳者　千葉茂樹
装丁　城所 潤
発行者　山浦真一
発行所　あすなろ書房
〒162-0041
東京都新宿区早稲田鶴巻町551-4
電話　03-3203-3350（代表）
印刷所　佐久印刷所
製本所　ナショナル製本

©2014 S.Chiba ISBN978-4-7515-2480-0
NDC933 Printed in Japan